KB123023

복기

2

서주원 장편소설

봄기

2

평사리
Common Life Books

봉기 2

펴낸날 | 2017년 12월 21일

지은이 | 서주원

편집 | 김관호
디자인 | 랄랄라디자인

펴낸곳 | 도서출판 평사리 Common Life Books
펴낸이 | 홍석근
출판신고 | 제313-2004-172 (2004년 7월 1일)
주 소 | 서울시 마포구 성산로 2길 39 금풍빌딩 7층
전 화 | 02-706-1970 팩 스 | 02-706-1971
전자우편 | commonlifebooks@gmail.com

잘못된 책은 바꾸어 드립니다.
책값은 뒤표지에 있습니다.

| 차 례 |

1.
수성당 개양할미의 저주

원혼(冤魂)의 바다.

칠산바다에 어둠이 내려앉았다. 지난밤부터 거친 숨을 몰아쉬던 인당수의 삼각파도는 해질 무렵에 서서히 꼬리를 내리더니 밤 9시쯤 종적을 감추어 버렸다.

서해바다의 수호신 개양할미. 전설에 따르면, 그미는 딸 여덟 명을 위도 등 칠산바다의 중요한 곳에 보냈다. 막내딸과 함께 변산면 격포리에 있는 적벽강 사자바위 위 수성당에 머물며 서해바다를 다스리고 있다.

어쩌면 그미도 오늘 인당수에서 발생한 서해훼리호 참사를 지켜보고 있었으리라. 그렇다면 그미는 오늘 하루를 어떻게 보내고 있을까?

"곰소 둠벙 속 같다."

변산반도 사람들이 그 깊이를 알 수 없는 물속을 얘기할 때 쓰는 속담이다. '곰소 둠벙'은 부안군 진서면 곰소항 등대 부근의 깊은 물 웅덩이라고 말하는 사람도 있다. 고창군 심원면의 대섬인 죽도(竹島) 앞 갯골을 지칭한다는 얘기도 있다.

아무튼 까마득한 그 옛날 개양할미는 수성당 옆 여울골에서 나와 서해바다를 연 뒤 수심을 재고 풍랑을 다스렸다. 키가 커서 굽나막신을 신고 서해바다 그 어디를 가도 버선이 젖지 않았다.

그런데 '곰소 둠벙'에서 그만 발이 빠졌던 모양이다. 명주실 세 꾸리가 들어갈 정도로 깊다는 물웅덩이에 발이 빠져 버선이 물에 젖고 말았다. 그러자 화가 치민 그미는 치마에 돌을 담아 이 물웅덩이를 메워 버렸다고 전해 온다.

칠산바다를 지나는 선박들의 안전과 어부들의 풍어를 관장하는 개양할미가 오늘은 왜 인당수에 삼각파도를 일으킨 것일까. 억겁의 세월 동안 그미는 수도 없이 칠산바다에 저주를 내렸을 것이다. 그미가 내린 저주인지 모르겠지만 일제 강점기 이후, 칠산바다의 중심인 위도 근해에서 발생한 대형 해상 참사를 꼽아보니 모두 세 차례였다.

그 첫 번째는 1931년의 참사였다. 그 기록은 딴치도 마을회관 앞에 있는 '조난어업자조령기념비(遭難漁業者弔靈記念碑)'에 새겨져 있다. 이 비석은 1932년 3월에 세워졌다. 위도면이 전라남도 영광군에 속해 있던 시절에 전라남도 수산당국이 건립한 것이다.

비문에 따르면, 지금으로부터 62년 전인 1931년에 세 차례나 몰려 온 큰 태풍 때문에 딴치도 뒤편 칠산어장에서는 5백여 척의 어선이 전복되었다. 그때 6백여 명의 어부들이 익사했다. 이 어부들의 넋을 위로하기 위한 위령비가 바로 큰딴치도에 있는 조난어업자조령기념비다.

두 번째 참사는 1959년 4월 22일에 발생했다. 곰소와 위도 사이를 오고 가던 여객선 '통도호(統道號)'가 강한 풍랑으로 침몰했다. 이 사고로 위도 주민 30여 명이 목숨을 잃었다. 57톤급 순항 여객선 통도호의 정원은 58명이었다. 선장은 서길보(徐吉甫) 씨로 당시 46세였다. 통도호는 그날 오후 곰소항을 출항해서 위도로 들어가야 했다. 그런데 해상엔 태풍 경보가 내려진 상황이었다.

"태풍 경보가 내려 풍랑이 심상치 않으니 오늘 객선을 띄울 수가 없습니다!"

서 선장은 이렇게 주장했다. 그런데 위도에서 곰소로 장을 보러 나왔던 많은 사람들이 객지에서 하룻밤을 더 묵게 되면 안 된다고 따지고 들었다.

"선장 당신이 숙박료 물어 낼꺼여, 엉?"

"으째 못 가는디? 그 이유가 무신디? 후딱 대답을 쫌 혀보랑께!"

이렇게 사람들의 비난이 빗발치자 견디다 못한 서 선장은 출항을 감행할 수밖에 없었다. 물론 곰소항에 있던 지서(支署)에서 허락을 하지 않았으면 출항이 불가능했다.

통도호가 곰소와 위도 사이의 순항 여객선으로 취항한 것은 사고 발생 2개월 전인 그해 2월경이었다. 그보다 1개월 앞서 선박검사를 마친 터라 선체는 큰 결함이 없는 상태였다.

통도호가 곰소항을 출발한 시간은 당일 오후 3시 50분이었다. 높은 파도를 헤치며 위도로 향하고 있던 통도호가 고창군 심원면 미여도(未與島) 북방 약 2km 해상에 이르자 선체에 문제가 발생했다. 출항 후 1시간쯤 뒤인 오후 4시 50분경이었다. 난폭하게 꿈틀거리던 풍랑에 몸부림을 치던 여객선 안으로 바닷물이 들어오기 시작했던 것이다.

서 선장은 여객선 안으로 쏟아져 들어오는 바닷물을 막기 위해서 모포(毛布)를 구해 물구멍을 틀어막았다. 그렇지만 소용이 없었다. 바닷물은 여객선 안으로 계속 들어왔다.

이에 겁을 먹은 서 선장은 곰소항으로 돌아가기 위해 뱃머리를 돌렸다. 그런데 기관실의 엔진이 꺼졌다. 기관장은 엔진의 시동을 걸었지만 3분 만에 엔진이 다시 멈춰 섰다.

"선원들과 승객들은 배 위로 올라가시오!"

사태가 심각해지자 서 선장은 이렇게 고함을 질렀다. 이후 여객선 안에서는 아비규환이 벌어졌다. 서 선장을 포함한 승무원들이 선체 안으로 들어오는 바닷물과 사투를 벌이고 있는 사이 산더미 같은 파도가 선체 옆면의 가운데 허리를 사정없이 후려 갈겼다. 눈 깜짝할 사이에 통도호 선체는 두 쪽으로 쪼개지고 말았다.

집채만한 파도들이 넘실거리는 바닷물에 빠져 정신없이 허우적 거리던 사람들의 손에 잡힌 것은 길이 3m, 너비 2m 가량의 널빤지였다. 이 널빤지를 붙잡은 사람은 10여 명이었다.

그러나 널빤지를 붙잡고 표류하던 생존자 가운데 예닐곱 명은 바닷물에 휩쓸려 어디론가 사라지고 말았다. 통도호 침몰 뒤 10시간 가까이 차가운 바닷물 속에서 널빤지를 붙들고 헤매다 보니 몸이 꽁꽁 얼어붙었고, 기력이 떨어져서 의식을 잃고 말았던 것이다.

4명의 생존자와 유족들의 원성은 우선 정부의 무성의한 구조작업에 모아졌다. 그리고 태풍 경보를 무시하고 출항을 허가한 경찰에 대한 분노가 솟구쳐 하늘에 닿을 정도였다.

그 무렵 전라남북도 해상에는 태풍경보가 내려져 있었다. 그런데 당일 전라북도 해상의 태풍경보는 해제되었다. 그러나 전라남도 해상에서는 해제되지 않았다.

이런 상황에서 곰소항의 선박 입출항을 관장하던 웅연포(熊淵浦)의 지서가 통도호의 출항 허가를 내준 것이다. 목적지인 전라남도 영광군 위도 근해의 태풍 경보는 해제되지 않았으나 출발지인 전라북도 부안군 곰소항 근해는 태풍 경보가 해제되었다며 통도호의 출항을 허가한 것이다.

통도호 침몰 이후, 당국은 승객 인원조차 파악하지 못했다. 널빤지를 타고 뭍으로 표류해서 구사일생으로 살아남은 생존자 수를 제외하고 승선자 수와 실종자 수를 정확하게 발표하지 못했다. 실종자 명단은 매일 들쭉날쭉했다.

사고 발생 나흘이 지나도록 구조작업은 단 한 시간도 제대로 이루어지지 않았다. 당시 현장에 투입되었던 해무청(海務廳) 소속 '무등산호'는 심한 풍랑을 핑계로 한 시간의 구조작업도 본격적으로 시행하지 못했다.

　고창군 상하면 장호리 해변가에 떠밀려서 발견된 서길보 선장을 포함한 시신은 모두 7구였다. 사고가 발생한 지 10여 일만에 집계된 실종자 25명 중 상당수는 오늘날까지 그 시신이 발견되지 않고 있다.

　통도호 참사 후, 34년만에 위도에서는 또다시 대형 참사가 발생했다. 바로 오늘, 1993년 10월 10일 오전 10시 10분 10초경에 침몰한 서해훼리호 참사의 발생 과정과 정부의 대응 능력 등이 34년 전에 침몰한 통도호 참사와 여러모로 엇비슷하다.

　사고가 발생한 지 12시간이나 지났건만 정부는 정확한 탑승객 수를 집계하지 못하고 있다. 여객선 안에서도 매표를 한 탓에 승객 수는 물론이고 실종자 수도 정확하게 파악하지 못한 상태다. 그러다 보니 위도 주민은 물론이고 적잖은 국민이 오늘 정부가 발표한 생존자 수도 믿지 않는 상황이 되고 말았다.

　그 옛날 통도호는 칠산바다에 발효된 태풍 경보가 해제되기 직전에 출항을 했다. 반면에 오늘 서해훼리호는 비록 폭풍주의보는 내리지 않았지만 지난 밤 위도 근해에 강한 돌풍이 불어서 출항을 해서는 안 되는 상황이었다. 그런데도 파장금항의 어선신고소는 서해훼리호의 출항을 허가했다.

　경찰은 어떤 근거로 출항을 허가했을까? 오늘 칠산바다의 물너울이 사납기 그지없는데도 파장금항 어선신고소는 폭풍주의보가 내리지 않았다고 서해훼리호의 출항 허가를 해주었다. 34년 전 곰소항의 선박 입출항을 관장하던 웅연포(熊淵浦)의 경찰이 통도호의 출항을 허가한 것과 거의 비슷한 논리로 서해훼리호의 출항을 허가했는지 모른다.

3년 전인 1990년 10월에 건조된 110톤급 철선인 서해훼리호의 정원은 승무원 14명을 포함한 221명이다. 서해훼리호는 거의 두 배가 넘는 승객을 태웠다. 법으로 정한 적재정량의 몇 배가 넘는 화물도 실었다. 그런데도 파장금항 어선신고소는 정기 여객선 서해훼리호의 출항을 허가한 것이다.

그로 인해서 온갖 적폐로 썩어 있는 금수공화국 대한민국이 오늘 오전 위도 앞바다 인당수에서 침몰하고 말았다. 전국 방방곡곡이 울음바다가 되고 말았다.

2.
파장금항 탈각장의 칠성판

"이 사람아, 이 사람아! 나를 두고 으디 갔소? 죽었는지 살었는지 어디다가 물어 본다요? 살었으믄 언녕 오고 죽었으믄 언녕 나오시요! 황천길 떠날꺼믄 나도 뎄고 갈 것이지 이 풍진 시상에 나 혼자 냉겨 놓고 으디를 간 것이요? 엉어어어…! 어엉어어…!"

총 44구의 시신을 임시 보관하고 있는 파장금항 선착장 근처의 탈각장 앞에서 서해훼리호 승무원 임사공의 처 이춘녀의 대성통곡이 다시 시작되었다. 그러자 주변 사람들은 저마다 복받치는 슬픔을 게워내면서 속절없이 흘러내리는 눈물을 훔쳐냈다.

"언니 언니 우리 언니! 나를 두고 으디 갔능가? 차디찬 갱물 속으 괴기밥이 되었능가? 손지 새끼 등에 업고 저승길을 나섰능가? 박복헌 인생이라 청상과부 되어가꼬 소처럼 일만 허다 이승 떠난 우리 언니! 허망허네 허망허네 인생살이 허망허네! 무심허네 무심허네

하늘도 무심허고 조상님도 무심허네! 어엉어어…! 엉어어어…!"

이춘녀가 생사를 알 수 없는 언니의 고단한 인생살이를 한탄하며 대성통곡을 하자 옆에 앉아 있는 조희진과 조희오 형제도 오열을 터뜨렸다.

"어머니…! 이모부…! 동해야…! 엉어어어…! 엉어어어!"

이춘녀의 대성통곡에 조희진과 조희오의 오열까지 더해지자 탈각장 주변은 다시 눈물바다로 변하고 말았다. 어두운 밤하늘과 시커먼 밤바다를 번갈아 보면서 슬픔을 삭이고 있던 이순신이 깡소주를 마셨다.

동굴여관 1층 식당에서 저녁을 먹으면서부터 마시기 시작한 소주가 벌써 네 병째였다. 깡소주를 병나발로 들이키고 있는 이순신이 골머리를 앓으면서 의문을 품고 있는 것은 도대체 무슨 근거로 파장금항 어선신고소가 서해훼리호의 출항을 허락했느냐 하는 점이었다.

이춘녀의 얘기에 따르면, 오늘 이른 아침까지만 해도 서해훼리호의 운항 책임자인 최 선장은 출항을 포기했던 모양이다. 승무원인 임사공은 오늘 새벽 동이 트기 전 진리에 있는 자택을 나서면서 아내 이춘녀에게 오늘 서해훼리호의 출항 가능성은 '0%'라는 얘기를 했다는 것이다. 비록 폭풍주의보는 내리지 않았지만 오랜 경험 상 출항을 한다는 것은 "칠성판을 지고 바닷물에 뛰어드는 것이나 다름없다"는 말도 남겼다고 했다.

그러면서도 임사공이 걱정을 한 대목이 있었다는데, 그것은 다름 아니고 어제 오후 위도에 들어 온 낚시꾼들 중 고위층 인사들이 많았다는 점이라고 한다. 월요일인 내일 출근을 해야 하는 고위층 인사들이 만일 "폭풍주의보도 내리지 않았는데, 오늘 여객선이 뜨지 않아 나한테 무슨 일이 생기면 그 책임을 당신이 질 것이냐?"고 강하게 따지고 들었다면 아마 최 선장도 할 말이 없었을 것이다.

그래서 이춘녀는 대놓고 입 밖으로 내뱉지는 못하고 있지만 '오늘 서해훼리호 침몰 사고의 장본인은 이 나라의 지체 높은 고관대작들'이라는 심증을 굳힌 상태였다.

이순신이 품고 있는 두 번째 의문은 서해훼리호 선사(船社)의 뒤를 봐주고 있는 검은 손들이었다. 정원이 221명인 서해훼리호에 과연 몇 명이 타고 있었는지, 화물은 얼마나 많이 실었는지, 아직도 그 수치가 오리무중이다. 정부조차 그 수치를 정확하게 확인하지 못할 정도로 그동안 선사인 KS훼리의 서해훼리호 운영체계는 엉망진창이었다.

사고 발생 후, 정부와 언론은 과적과 정원 초과에 따른 복원력 상실, 그리고 사고 순간의 삼각파도와 선장의 운항 미숙 등이 참사의 주된 원인이라고 여론몰이를 하고 있다.

그동안 서해훼리호와 선사인 KS훼리는 당국에 상습적으로 승선 인원을 속여서 보고했다. 과적도 밥 먹듯이 해왔다. 그런데도 관리 감독을 철저하게 해야 할 해운항만청은 마치 강 건너 불 구경하듯 눈감아 주었다. 소위 '해피아들'의 묵인이 없다면 가당치도 않은 일이었다.

술에 취한 이순신을 강하게 짓누르고 있는 것은 무엇보다 오늘 기상 상태가 좋지 않아 승무원들이 출항을 꺼렸는데도 경찰이 무리하게 출항을 허가한 점, 위도인들은 여객선 선체에 결함이 있다는 생각을 오래 전부터 해왔는데 정부나 언론이 그 문제에 대해서는 단 한마디 언급도 하지 않는다는 사실이다.

그동안 이순신은 적어도 2백 회 이상 서해훼리호를 타고 위도와 격포 사이를 오갔다. 이전에도 서해훼리호의 선체가 심하게 기우뚱거릴 때가 있었다. 특히 파도가 높을 때는 그 정도가 더욱 심했다. 그래서 이순신은 평소 배의 복원력에 구조적인 문제가 있다고 여겨왔다.

"이 개새끼들! 다 쥑여야 쓰것고만!"

잔뜩 술에 취한 이순신이 이렇게 갑자기 살의를 드러내는 것은 오늘 정부가 보여 준 어설픈 재난 대처 능력 때문이었다.

해경 경비정이 늑장 출동을 하는 통에 더 많은 사망자가 발생했다. 더더욱 가관인 것은 인당수에 당도한 해경 경비정이 물 위에 떠 있는 실종자들을 찾고 구조하는 데 최선을 다하지 않았다는 점이다. 그저 열심히 실종자를 구조하고 있다는 걸 보여주기 위한 쇼를 하고 있는 듯한 인상을 주었다.

정부의 재난 대응 능력이 후진국 수준이라는 점을 보여주고 있는 또 다른 단면이 이 순간 탈각장 안에서도 벌어지고 있다. 위도의 어선들이 목숨을 걸고 바다로 나가서 죽기 살기로 인양한 시신들이 지금 탈각장 안의 차가운 시멘트 바닥 위에 방치돼 있다. 망국적인 국가 운영 시스템 때문에 억울하게 죽은 것도 서러울 텐데 죽어서도 천대를 받고 있으니 망자들의 한을 어찌 달래야 될지 이순신으로서는 답답하고 막막할 따름이다.

그런데도 정부는 오늘 구조 활동에 최선을 다했다고 떠벌이고 있다. 몇 명이 승선했고, 몇 명이 생존했으며, 몇 명이 사망하고 실종됐는지 그 집계도 정확하게 못하는 주제에 사태 수습에 만전을 기하고 있다고 홍보하고 있다.

"야 씨발! 이것이 어찌기 국가여? 이것이 어찌기 나라냐고?"

이순신이 빈 소주병을 시커먼 밤바다에 휙 내던지고 일어섰다.

"야 순신아! 너 으디로 갈려고 이려?"

옆에 앉아 있던 오세팔이 이순신의 팔을 붙잡았다.

"놔 임마! 이 손 노란 말여, 새꺄!"

"글씨 으딜 갈라고 이러는 것여 시방!"

"으디 가긴 새꺄! 쩌그 저 어선신고솔 가서 휘발율 뿌리고 확 불을 질러 벤져야 쓰겄다!"

"얌마 미쳤냐? 너, 미쳤냐고 임마!"

"그려 미쳤다. 이 씨발놈으 시상 뒤집어 버리고 싶응께 언능 이 손 노라고 새꺄!"

"어선신고소가 무신 죄가 있간디 그려?"

"저 개새끼들이 오늘 무신 근거로 객선 출항을 허가혔는지 가서 꼬치꼬치 따져 볼란다! 저 새끼들을 족쳐야 오늘 서해훼리홀 침몰시킨 원흉을 잡아낼 것 같당께!"

"원흉을 잡어서 묻 헐라고야?"

"묻허긴 새꺄! 다 쥑여야지! 다들 잡어서 쥑여뻰져야지 씨발!"

서해훼리호를 침몰시킨 원흉들을 모두 잡어서 처단하겠다는 이순신의 취중 장담은 오세팔이 듣기엔 얼토당토않은 허풍이었다. 그래서 어처구니없다는 표정으로 이순신을 노려보았다.

"나대고 설치다 니가 뒈지믄 니 처자식은 누가 돌볼 껀디?"

"야, 이 씨부렁텡아, 시방 내 처자식이 문제냐? 수십 멩이 죽어가꼬 저 탈각장으 차디찬 씨멘트 바닥에 누워 있고, 수백 멩이 쩌그 저 시커먼 바다서 실종돼 가꼬 죽었는지 살었는지 모리는 판국인디, 씨발 내가 시방 멀쩡허기 살어있는 내 에펜네허고 자식새끼 걱정허기 생겼냐고 새꺄!"

"씨잘데기 읎는 소리 작작허고 에지간허믄 맹삭읎이 나대지 마라고 임마! 니가 하나 밖에 읎는 목심을 내걸고 나서가꼬 설친들 이 좆같은 시상이 바뀔 턱이 읎응께 안 뒈질라믄 아가리 닥치고 한 짝에 찌그러져 있어 새꺄!"

"나도 씨발 그러고 싶은디, 눈깔이 튀어 나올라고 혀서 더 이상 눈 뜨곤 못 보것는디, 날 더러 어쩌라고 새꺄! 야, 이 씨부렁텡아, 넌 새꺄 가심도 읎고 양심도 읎냐? 저 불쌍헌 영혼들을 저런 키조개 작업장에다 처박어 놨는디 씨발 넌 눈깔이 안 뒤집히냐고 새꺄? 탈각장이 묻 허는디냐? 개지 껍딱 까는디 아녀? 그런디라 씨발 비린내가 콧구녕을 찌르고, 어느 구석서 쥐새끼들이 튀어 나올지 모리고, 어느 틈새로 고양이 새끼가 기어들어갈지 모리는디, 씨발 그런 디다가 시신들을 모태서 방치허는 것이 말이 되는 소리냐, 엉?"

오세팔은 말문을 열지 못했다.

"씨발 오후 여섯 시나 돼서 시신들을 헬리콥타다 실고 육지로 실어나른다 허던만 기상상태가 나쁘다고 취솔허고, 일곱 시가 된께 해경 갱비정으로 수송을 헌다뎅 깜깜 무소식이고, 유가족들이 씨발 우리 오멘께, 내 에펜넨께, 시신을 위도 집으로 모셔 가겠다고 험서러 울고불고 그 난리를 쳐도 정부서 갤정이 안 떨어졌다고 지둘리라고만 허니, 아 씨발, 국민으 목심은 지키딜 못 허는 새끼들이 국민으 시신은 지키겠다고 저 임빽 지랄들을 떨고 있는디도 참말로 니 새낀 눈깔이 안 뒤집히냐? 난 씨발 눈이서 피눈물이 나오는 것 같어서 도저으 못살것다…! 흐으윽…! 엉어어어…! 어엉어어…!"

이순신은 오세팔의 목을 끌어안고 울부짖었다. 이순신의 어깨를 토닥거리고 있는 오세팔도 눈물을 머금었다. 한바탕 통곡을 터트리더니 이순신의 울분은 다소 누그러진 듯했다. 파장금항 어선신고소를 찾아가서 불을 질러 버리고 싶다던 살의도, 서해훼리호를 침몰시킨 원흉들을 죄다 잡아서 죽여 버리겠다던 취중 장담도 어느덧 사라지고 말았다.

죽음의 섬 위도의 산과 바다에 어둠이 내리기 전까지 탈각장 주변엔 위도 주민과 관공서 직원을 포함한 수백 명이 모여 있었다. 밤 10시 이전까지 남아 있던 위도 주민은 20여 명이었다. 그런데 밤 10시 30분이 넘어선 지금은 조희오의 일가친척을 포함한 10명 정도의 주민만 남아 있다.

"순신아, 엥간치허고 언능 들어가자! 니나 나나 몸뎅이가 재산인 디 몸뎅이까지 망가지믄 어찌기 헐라고 이려?"

"난 여그서 밤을 지샐란다! 여그 앉어서 쩌그 저 시신들을 지킬 텐께 너나 언능 들어가서 뻗어 자라고 새꺄, 내 걱정 말고!"

오세팔의 제의를 일언지하에 거절한 이순신은 이춘녀와 박양란의 간청도 들은 체 만 체 했다. 그러자 조희진이 나섰다.

"성님! 엔만허믄 고만 들어갑시다! 우덜은 진리 춘녀 이모네 집으로 갈 텐께 성님은 세팔이 성네 동굴여관으로 언능 들어가서 주무시오!"

"내 걱정 허덜덜 말고 다들 언능 들어가랑께! 희오 야도 시방 무진장 피곤헐 턴디, 언능 뎃고 들어가서 재우라고! 어린 동상이 넌 엑삭허지도 않냐, 엉?"

이순신이 도로변에 앉아서 꾸벅꾸벅 졸고 있는 조희오를 내려다보면서 이렇게 말했다.

"성님이 후딱 들어가야 우덜도 진리로 갈 것 아니오. 근께 언능 가잔 말이오!"

"아따 이 새끼 참 사람 승질나기 허네 잉…! 임마, 쩌그 탈각장 안으로 고양이 새끼 한 마리라도 들어가믄 어찌기 헐 껀디…! 넌 저 출입굴 지키는 저 갱찰허고 방우 새끼들을 믿냐? 하루 첨드락 씨발 손에 무전길 들고 빈둥빈둥 왔다리갔다리 험서러 여그 동향을 살피는 저 군청 직원들허고 멘사무소 직원들을 넌 믿냐고 임마…? 난 이 나라 공무원 새끼들 죽어도 안 믿는다! 난 지들 개밥그륵 지키겄다고 간 쓸개 다 빼놓고 사는 저 개새끼들 죽었으믄 죽었지 믿고 싶지 않다…! 좌우당간에 밤새도록 여그 지키고 있다가 씨발 시신 한 구라도 탈이 나믄 저 개새끼들 다 쥑여불란다. 근께 지발 나 좀 냅싸두고 언넝 들어들 가라고 임마…!"

이순신은 그 누구의 말도 듣지 않을 눈빛이었다. 조희진과 오세팔이 못마땅한 표정을 짓자 이순신은 탈각장 왼쪽 공터의 자갈밭에 큰대자로 드러누워 버렸다. 창문 밖으로 새어나온 탈각장 안의 백열등 불빛이 취기가 어린 그의 눈빛을 더욱 빛나게 했다.

이순신의 고집을 꺾을 수 없다고 판단했는지 조희진이 졸고 있는 동생 조희오의 등을 흔들었다. 그렇게 해서 조희오의 잠을 깨운 조희진은 이모 이춘녀와 외숙모 박양란 등을 데리고 자리를 떴다.

오세팔이 자갈밭에 드러누워 있는 이순신에게 통사정을 하고 5분쯤 지난 듯했다. 그런데도 이순신은 벽창호 같은 똥고집을 부리며 요지부동이었다. 그가 눈을 감고 묵묵부답이자 오세팔도 그만 지쳤는지 자리를 뜨고 말았다.

오세팔이 떠난 뒤에도 이순신은 한참 동안 자갈밭에 큰 대자로 드러누워 있다. 잠이 든 줄 알았더니 갑자기 상체를 일으켜 세웠다. 탈각장 출입구 쪽을 노려보고 있는 그의 눈에 소총이 어른거렸다. 탈각장 안의 시신들을 지키고 있는 전경 3명과 방위병 3명의 어깨에 멘 M1 소총이었다.

이순신이 자리를 박차고 일어났다. 탈각장 출입구 쪽으로 걸어갔다. 녹색 견장과 상병 계급장을 달고 있는 방위병에게 다가갔다.

"야, 정 상병, 너 그 아부지가 누구시냐?"

"지 풍금 정자 지자 술자 쓰시는 분인디요?"

"어, 니가 지술이 큰 아들이냐?"

"아뇨. 작은 아들인데요! 왜 그러시죠?"

"너, 그 총 좀 날 빌려도라!"

정 상병은 기가 차서 할 말을 잊은 듯 했다.

"농담이 아녀 새꺄! 그 총 좀 빌려 주랑게!"

정 상병은 대응을 하지 않는 것이 상책이라고 생각한 듯 시선을 딴 곳으로 돌렸다. 그러자 이순신이 정 상병의 어깨에 멘 M1 소총의 개머리판을 두 손으로 꽉 잡쥐었다.

"야, 이 새꺄! 이 총 좀 빌려 주란 말여! 씨발 오늘 객선을 침몰시킨 개새끼들 엥기믄 그 자리서 쏴 죽이게, 엉…!"

총을 뺏으려는 이순신과 총을 뺏기지 않으려는 정 상병 사이에 몸싸움이 벌어졌다. 상황이 심상찮게 돌아가자 그 옆에 서 있던 전경 3명과 방위병 2명이 달려들어 이순신의 두 팔을 악착같이 붙들었다.

전경과 방위병들의 완력을 견디지 못한 이순신은 정 상병의 M1 소총 개머리판에서 손을 뗐다. 총을 빼앗기 위해 몸부림을 치다보니 힘이 다 빠졌는지 그는 숨이 턱에 닿았다. 그러더니 시멘트 바닥에 벌러덩 드러누웠다.

이순신의 등에 닿은 시멘트 바닥이 매우 차갑게 느껴졌다. 탈각장 안의 시신들도 이렇게 서늘하고 찬 시멘트 바닥에 누워 있다는 생각이 들자, 그는 벌떡 일어났다.

이순신은 탈각장 왼쪽 창문 쪽으로 다가갔다. 유리창을 통해 건물 안의 바닥에 드러누워 있는 시신들을 살펴보았다. 어디서 구해 왔는지 모르겠지만 시신들은 한 구 한 구 하얀 천으로 머리부터 발 끝까지 덮여 있었다. 눈물이 앞을 가려 더 이상 그 시신들을 눈뜨고 볼 수가 없었다.

이순신이 담배를 꺼내 불을 붙이려고 하는데, 위도에 단 한 대뿐인 택시가 다가왔다. 탈각장 왼쪽 도로변에 멈춰선 택시 안에서는 딴치도 고창댁의 남편 박기보가 내렸다.

"아니 성님! 이 밤중에 어쩐 일이시오?"

"격포서 애들이 들온다고 혀서 왔네만 어쩌 자넨 여태까지 여기 있능가?"

"머 그럴 만헌 사정이 있어가꼬 그러는디요. 성님! 문수도 들온다고 헙디여?"

"어이! 지 누나들허고 매형들이랑 객포서 배를 한 착 차댈혀가꼬 시방 들오고 있다는디, 11시쯤 도착헌다구만!"

50대 후반의 박기보는 1남 3녀를 두고 있다. 외아들인 박문수는 막내로 올해 나이 스물아홉이다. 조희오와 동갑으로 전주에서 J대학을 졸업한 뒤 경기도 수원에 있는 큰누나네 집에서 직장생활을 하고 있다. 서해훼리호 침몰사고로 어머니 고창댁이 돌아가셨다는 소식을 듣고 귀향한 모양이었다.

밤 11시 가까이 되자 파장금항으로 어선 한 척이 들어왔다. 방파

제 끝에서 선착장까지 다가오는데 채 2분이 걸리지 않았다. 그 어선
은 새만금호였다.

격포에서 온 조칠봉네 고깃배인 새만금호 갑판 위에는 칠팔명의
남녀가 타고 있었다. 그 가운데는 박기보의 아들 박문수와 이춘녀
의 아들 임영범의 얼굴도 보였다.

박문수는 조희오와 중학교 동창이다. 다른 동창들도 있겠지만 두
사람의 관계는 매우 돈독하다. 그래서 이순신은 그를 잘 알고 있다.
지난해 여름 조희오가 격포 방파제에 좌판을 깔고 장사를 시작한
뒤로 더 두터운 친분을 쌓게 되었다.

이순신은 약 열흘 전인 지난 추석 연휴 때, 격포에서 박문수와 이
른 새벽까지 술을 마신 적 있다. 조희오 내외와 그의 아내 강신자가
동석한 술자리였다.

박문수의 등 뒤에 서 있는 이춘녀의 장남 임영범은 올해 나이가
서른셋이다. 서울에 살고 있는 그는 군산에 소재한 K상고를 졸업한
뒤 J은행에 취직해 은행원으로 근무하고 있는데, 서해훼리호 승무
원인 아버지 임사공의 실종 소식을 듣고 달려 온 것이다.

박문수와 임영범이 타고 온 새만금호의 브릿지 뒤편엔 조칠봉이
서 있다. 그의 얼굴을 멀리서 바라보고 있자니 이순신의 가슴에서
울분이 치밀었다.

"돈이라믄 산 호랭이 눈썹이라도 빼올 조칠봉 너 개새끼, 오늘도
몇 번을 목심을 걸고 인당수의 저승길을 오가고 있는지 모리것다만
그려 너 이 새끼 두고 보자 엉? 니가 잘 사나 내가 잘 사나 한 번 두

24

고 보자고 새꺄…!"

이순신은 꼴도 보기 싫은 조칠봉이 혹시 자신이 그곳에 머물고 있는지 알아 차릴까봐 선착장에서 조금 떨어진 어둠 속에 몸을 숨겼다.

"엄마…! 엄마…! 엉어어어…! 엄마…!"

뱃머리가 선착장에 닿자 박문수네 누나들의 울음소리가 파장금항에 울려 퍼졌다.

"아버지…! 아버지…! 엉어어어…! 어엉어어…!"

새만금호에서 내린 아들 박문수는 뱃머리 앞에 서 있는 아버지 박기보를 부둥켜안고 울부짖었다. 이어서 선착장으로 내린 딸들도 박기보를 끌어안고 오열을 터뜨렸다. 탈각장 출입구 앞에 다가 온 박문수는 어둠 속에 서 있는 이순신의 얼굴을 확인하더니 품에 안겼다.

"형님…! 흐으윽…! 엉어어어…! 흐으윽…! 어엉어어어…!"

이순신의 품에 안겨 잠시 오열을 터뜨린 박문수는 탈각장 출입구 쪽으로 걸어갔다. 어머니 고창댁의 시신이 그곳에 안치돼 있다는 걸 잘 알고 있는 듯했다. 임영범이 살짝 허리를 굽혀 이순신에게 인사를 올렸다. 이순신은 얼굴에 수심이 가득한 임영범의 어깨를 오른손 손바닥으로 가볍게 토닥거리며 인사치레를 대신했다.

"야, 새끼들아, 저리들 안 비켜!"

탈각장 입구를 지키고 있던 전경과 방위병들을 향해 박문수가 냅다 고함을 질렀다. 외지에서 온 전경들이야 박문수와 안면이 거의 없지만 위도 출신인 방위병들은 서로를 잘 알고 있는 터였다. "형님! 안 돼요. 이 밤중엔 탈각장 안에 아무도 들어갈 수가 없습니다!"

박문수는 부아가 머리끝까지 치밀어 올랐다.

"야, 이 새끼들아! 내 어머니가 여기 계신디, 왜 못 들어가게 허는 것이여? 저리들 안 비킬래, 엉!"

"그럴 순 없습니다. 죄송하지만 형님, 오늘은요. 그만 돌아가시고 내일 아침 날이 밝으면 다시 오시죠!"

박문수와 방위병들 사이에 승강이가 벌어졌다. 탈각장 안으로 들어가려는 박문수와 그를 저지하려는 방위병 사이의 승강이는 어느새 몸싸움으로 변했다. 그런 상황이 한동안 계속됐다.

20대의 위도 선후배들이 인정을 떠나 각자에게 주어진 처지에 따라 입을 열어 말을 뱉어내고 손발 등 몸을 움직이며 진퇴를 거듭하는 모습을 옆에서 지켜보고 있자니 이순신의 가슴은 미어졌다. 순박한 위도인들에게 도대체 그 누가 이런 비참한 현실을 만들었는지 원망스럽기 짝이 없었다.

"엄마…! 엄마…! 앙아아아…! 엉어어어…! 엄마…! 흐으윽…! 엉어어어…!"

굳게 닫힌 창문 너머로 탈각장 안을 들여다보고 있던 고창댁의 딸 3명이 오열을 터뜨렸다. 그 옆에 나란히 서서 탈각장 안을 살펴보고 있는 고창댁의 사위 2명도 눈물을 펑펑 쏟아냈다. 한밤중에 고창댁의 유가족들이 탈각장에 출현한 뒤 일대엔 난리가 났다. 남성들이 내지르는 고함소리와 여성들이 토해내는 통곡소리가 파장금항 왼쪽의 부둣가에 있는 동굴여관까지 들릴 정도로 떠들썩했다.

상황이 이렇게 된 첫 번째 원인은 박문수와 방위병들 사이에 벌어진 몸싸움을 옆에서 지켜보고 있던 전경들이 나선 탓이다. 위도 출신인 방위병들이 앞을 가로 막을 때는 그래도 박문수의 언행은 어느 정도 자제력이 있었다. 그런데 외지 출신 전경들이 끼어들자 박문수의 언행은 걷잡을 수 없을 정도로 거칠고 포악해졌다.

두 번째 원인은 박문수와 전경들의 몸싸움에 이순신과 고창댁의 사위들이 합세했기 때문이다. 특히 이순신이 탈각장 앞에서 벌어진 몸싸움에 개입하게 됨으로써 판이 더욱 커졌고, 일촉즉발의 상황으로 치닫기도 했다.

와중에 이순신은 전경의 어깨에 메고 있던 M1 소총을 한 자루 빼앗은 상태였다. 두 손으로 총을 거꾸로 세워서 들고 개머리판을 높이 쳐든 이순신은 여차하면 전경과 방위병 각각 3명 중 그 누구라도 힘껏 내리칠 자세를 취하고 있다.

이때 오토바이 한 대가 급히 다가왔다. 파장금항 어선신고소에서 경찰이 나온 모양이었다.

"야, 이 새꺄 김 순경! 너 후딱 이 문 못 여냐, 엉!"

이순신은 김 순경이 오토바이에서 내리자마자 쌍욕을 퍼부었다. 개머리판이 하늘로 향하고 있는 M1 소총을 들고 이순신이 설치자 김 순경은 깜짝 놀라 한발 뒤로 물러섰다.

"혀엉 형님! 제에 제발 그 총 좀 내려놓으세요. 그으, 그러시고요. 제 얘길 좀 들어 보세요!"

이순신을 형님이라고 부르고 있는 김 순경은 격포항 어선신고소에서 2년 정도 근무했다. 1년 전에 위도의 한 어선신고소로 자리를 옮긴 터라 두 사람은 서로를 잘 알고 있다.

"주둥아리 닥치고 싸게 이 탈각장 출입문이나 열어 새꺄! 돌아가신 오메가 저 안에 지신디 그 자식들의 앞을 가로 막고 천륜을

지키지 못 허게 허는 것이 씨발 나랏돈 쳐묵고 사는 너 같은 공무원 늠들이 헐 임무냐, 엉?"

김 순경은 식겁을 한 듯 다시 말을 더듬었다.

"혀엉, 형님! 조옴, 조금만요. 기다려 보실래요?"

"뭔 땜시 쫌만 기둘리라는 것이여 새꺄? 후딱 이 출입문을 열면 되는디 무신 꼼술 부릴라고 쫌만 지둘리라는 것이여 시방?"

"저 파장금 어선신고소엘 가서요. 상부에 보골 허고 바안 반드시 허락을 받아 보겠습니다요."

"상부다 보골허고 허락을 받는다고야?"

이순신은 기가 막혔다.

"그려 상부다 보골혀서 너 허락을 못 받으믄 그땐 어찌기 헐 꺼나? 그땐 씨부랄, 이 총 개머리판으로 니 대갈통을 두 짝으로 팍 빠게벤지고, 파장금항 어선신고솔 쳐들어 가가꼬 휘발율 확 뿌리고 라이타불을 킨다 잉! 그러믄 씨발 어찌되는지 알지야? 그땐 새꺄 너거들 죽고 나 죽는 것이여…! 알어 들었냐, 너?"

이순신의 협박에 겁을 집어 먹은 김 순경이 오토바이에 올라탔다. 과속으로 오토바이를 몰고 파장금항 어선신고소로 가고 있는

김 순경의 등 뒤로 자정 무렵의 짙은 어둠이 무겁게 내려앉았다.

박문수가 유리창 너머로 탈각장 안의 시신들을 살펴보고 있다. 그 옆에 서 있는 박기보가 손가락으로 고창댁의 시신이 어디쯤에 있는지 위치를 가르쳐 주는 듯했다.

"어머니…! 어머니…! 어엉어어…! 엉어어어…!"

어머니 시신의 위치를 확인한 듯한 박문수가 울부짖기 시작했다. 한참 동안 오열을 쏟아내던 그가 미닫이 창문의 창틀을 좌우로 힘껏 밀쳤다. 출입이 통제돼 있는 출입구 대신 창문을 통해 탈각장 안으로 들어가고 싶은 충동을 느낀 모양이었다.

그렇지만 안에서 잠근 창문은 열리지 않았다. 그러자 박문수는 불끈 쥔 오른손 주먹으로 유리창을 탕탕 쳤다. 여차하면 유리창을 깨버릴 태세였다. 그런데 박문수의 주먹질은 금세 멎었다. 아버지 박기보가 그를 제지했기 때문이다. 박문수가 다시 울부짖기 시작했다.

"어엉어어…! 엉어어어…! 어머니…! 어머니…!"

어머니의 시신이 눈앞에 보이는데도 다가갈 수 없는 현실이 너무도 서럽고 한스러운 모양이었다. 박문수의 등 뒤엔 3명의 누나와 2명의 매형이 서 있다. 그들 역시 굳게 닫힌 유리창을 통해 탈각장 안에 있는 고창댁의 시신을 바라보며 울부짖었다. 그 뒤에 서 있는 임영범도 펑펑 눈물을 쏟아 냈다. 아버지 임사공의 시신을 아직 발견하지 못한 처지라서 어쩌면 그도 박문수 못지않은 슬픔과 한을 느끼고 있을지 모른다.

"사장님, 그 총 얼른 좀 돌려주세요!"

탈각장 왼쪽의 자갈밭에 M1 소총 개머리판을 깔고 앉아 있는 이순신에게 전경 한 명이 통사정을 했다. 총을 빼앗긴 그 전경이다. 이순신이 입에 물고 있던 절반쯤 피운 담배를 자갈밭에 신경질적으로 내던지며 버럭 화를 냈다.

"니미럴 고 새끼, 참 사람 성가실키 허네 잉! 내가 새꺄 아까 말혔잖여! 김 순경 고 새끼가 출입굴 개방허믄 이 총을 돌려주고, 개방을 안 허믄 그땐 씨발 오함마로 쳐서 이 총을 뿌숴 버린다고!"

"그으, 그러시면 저 영창 갑니다. 그으, 그러니 그만 화를 푸시구요. 얼른 제 총을 좀 돌려주십시오. 사아 사장님, 제발요…!"

전경은 울먹이며 애원했다. 하지만 이순신은 총을 돌려줄 생각이 전혀 없는 듯 눈을 감고 입을 닫아 버렸다. 그러자 울상이 된 전경은 발만 동동 굴렀다. 한참 뒤, 김 순경이 돌아왔다. 김 순경이 탄 오토바이가 다가오자 이순신은 자리에서 벌떡 일어섰다. 잰걸음을 쳐서 달려들더니 오토바이에서 내리는 김 순경의 멱살을 낚아챘다.

"야 이 새꺄, 너 어찌기 됐어? 허락을 받었어, 못 받었어?"

"형님, 허락을 바안… 받어 냈으닌까요. 이 이 소온… 손 좀 어서 놓으세요…!"

이순신이 멱살을 풀자 김 순경은 갖은 인상을 쓰며 숨을 헐떡거렸다.

"엄살 고만 피우고 언능 기어가서 저 문을 따라고 새꺄! 씨발 개머리판으로 니 대갈통을 콱 빠개삔지기 전에!"

이순신이 M1 소총을 거꾸로 쳐들고 개머리판으로 위협하자 김 순경은 슬금슬금 뒷걸음질을 쳤다. 김 순경이 출입문의 자물쇠를 풀자 기다렸다는 듯이 고창댁의 유족들이 탈각장 안으로 우르르 몰려 들어갔다. 임영범과 김 순경도 그 뒤를 따랐다.

"얌마, 너 일로 좀 와봐라 잉!"

노심초사하며 이순신의 일거수일투족을 지켜보고 있던 전경이 다가왔다.

"총 여깃다!"

약속했던 대로 이순신이 총을 돌려주자 그 전경의 굳었던 얼굴에 화색이 돌기 시작했다.

"정말 미안허다! 니가 미워서 그런 게 아니고 씨발 이 나라가 개 좆같어서 그랬응께 나 좀 이해해 주라 잉!"

"네, 잘 알고 있습니다. 아무튼 정말 감사합니다, 사장님!"

총을 건네받은 전경은 연신 허리를 굽실거리면서 인사를 했다. 이순신은 힘을 내라는 듯 오른손으로 그 전경의 왼쪽 어깻죽지를 가볍게 친 다음 탈각장 안으로 들어갔다.

"어머니…! 엄마…! 장모님…! 어엉어어…! 엉어어어…!"

박기보가 고창댁의 발끝에서부터 머리끝까지 씌워져 있는 흰색 천을 살짝 벗겼다. 죽은 고창댁의 싸늘한 얼굴이 드러나자 자식과 사위들의 대성통곡이 시작됐다. 그들의 입에서 동시에 터져 나온 울부짖음은 하늘이 무너지고 땅이 꺼질 만큼 크고 요란했다.

올해 나이 쉰아홉인 고창댁의 친정은 고창군 해리면 동호해수욕장 근처의 바닷가 마을이다. 그미는 스무 살 때 위도로 시집을 왔다. 어부였던 백부(伯父)가 중매를 섰다. 육지의 처녀와 섬의 총각이 맞선을 본 뒤 결혼하기까지 과정이 결코 순탄하지 않았다.

박기보는 어린 나이에 아버지를 여의었다. 아버지는 칠산바다로 고기잡이를 나갔다가 어선이 전복되는 바람에 이승을 떠났다. 그 때문에 박기보는 홀어머니 슬하에서 어린 시절을 보냈다.

장남인 박기보에게 시집온 고창댁은 신혼 초부터 홀시어머니를 모시고 살았다. 그런데 시어머니는 병치레를 많이 했다. 50대 중반엔 중풍으로 쓰러졌다. 이 때문에 그미는 10년 가까이 자리보전을 하던 시어머니의 똥오줌을 받아내며 병구완을 할 수밖에 없었다. 그런 효성으로 그미는 부안군청에서 주는 효부상을 받은 바 있다. 효심이 지극했던 그미는 자식 농사도 잘 지었다. 남편 박기보를 도와 작은 멸치잡이 어선을 운영하면서 1남 3녀를 반듯하게 키워냈다.

그미보다 네 살 위인 박기보는 5년 전에 멸치잡이 어선의 운영권을 다른 사람에게 넘겼다. 그 뒤 0.5톤급 해태채취선 한 척을 장만했다. 겨울에는 남의 집 김양식장에 나가 품삯을 받고 일을 했다. 늦봄부터 늦가을까지는 주로 주낙과 손낚시로 물고기를 잡았다. 우럭, 광어, 농어 등 고급 활어는 가격이 비싸 벌이가 괜찮았다.

다른 위도의 아낙들처럼 고창댁도 젊어서는 많은 고생을 했다. 그렇지만 멸치잡이 어선을 팔아넘긴 뒤로 그미의 심신은 아주 편해졌다. 가난한 어부의 딸로 태어난 그미는 결혼 전까지 궁핍하게 살왔다. 시댁 역시 가난해서 결혼 후에도 이를 악물고 궁색한 살림살이를 꾸려야 했다. 그 때문에 거의 일평생을 막일도 마다하지 않고 살아왔다. 하지만 50대 후반에 들면서 사정이 좀 달라졌다. 진일과 마른일을 가려서 해도 무방할 정도로 집안 형편이 윤택해졌다.

그런데 올봄에 친정어머니가 중풍을 맞았고, 전주에 있는 J대학병원에 입원 중이다. 거의 식물인간이나 다름없는 팔순 노모의 병문안을 벌써 일곱 차례나 다녀왔다. 어제 아침 그미가 서해훼리호를 타고 격포로 나가려고 한 것도 순전히 친정어머니 때문이었다. 그미는 지난 추석 연휴 때 친정어머니를 찾아보지 못했다. 그래서 어제 전주로 병문안을 가려고 나섰던 것이다. 그미는 기왕 뭍으로 나들이를 나서는 김에 손수 농사지어 말린 고추 다섯 자루를 서해훼리호에 실었다. 부안읍에 있는 방앗간에 들러 고춧가루로 빻을 참이었다.

"엄마, 눈을 좀 떠보소! 우리가 왔웅께 눈을 좀 떠보란 말이네! 여기 영숙이도 왔네! 미숙이도 오고 문수도 왔네! 안 서방도 오고 배 서방도 왔다구! 이런 누추한데 누워 있지 말고 얼른 일어나 집으로 가잔 말이네! 엄마, 얼른 눈 좀 떠 보라구요! 엉어어어… 어엉어어어…!"

큰딸 박성숙이 어머니 고창댁의 얼굴을 매만지며 이렇게 울부짖었다. 둘째 딸 박영숙은 고창댁의 손을 붙잡고 울부짖었다.

"엄마! 불쌍한 우리 엄마! 평생 일만 하다 돌아가신 우리 엄마! 내후년에 환갑잔칠 해드릴려고 자식들이 돈을 모으고 있는데, 이렇게 돌아가시면 어떡해! 엄마, 얼른 일어나소! 환갑도 못넘기고 돌아가시면 어떡허냐고! 엉어어어… 엉어어어…!"

셋째 딸 박미숙은 또 다른 사연으로 울부짖었다.

"엄마, 어제 아침에 내가 전화로 그랬잖어! 꿈자리가 이상허면 제발 객선을 타지 마시라구! 그렇게 신신 당불 했건만 왜 객선을 탔냐구요? 외할머니 병문안이야 천천히 가도 되잖어! 날씨도 좋지 않고, 꿈자리도 나쁘다며 왜 객선을 탔는지 엄마, 대답을 좀 해보란 말야! 어서 일어나서 대답을 좀 해보라구요! 엉어어어… 어엉어어…!"

큰딸 박성숙의 옆에 무릎을 꿇고 앉아 있는 박문수는 고창댁의 가슴에 얼굴을 묻고 울부짖었다.

"어머니…! 어머니…! 흐흑…! 어머니…! 엉어어어…! 어엉어어…!"

박문수의 등 뒤에 서 있는 두 명의 사위도 오열을 쏟아냈다.

"장모님…! 흐흑…! 장모님…! 엉어어어…!"

고창댁 유가족들의 대성통곡은 30분 이상 계속됐다. 그들을 지켜보고 있는 이순신과 임영범은 눈물을 훔치며 속울음을 삼키고 또 삼켰다. 밤새도록 이어질 것 같던 자식들의 통곡소리가 서서히 잦아들자 박기보는 고창댁의 시신에 흰색 천을 덮었다. 시신이 밖으로 노출되지 않도록 정성스럽게 천을 덮어씌운 다음 그는 가족들을 데리고 탈각장 밖으로 나왔다.

대기하고 있던 SUV형 택시 안으로 박기보와 그의 딸 3명, 그리고 사위 2명이 들어갔다. 박문수와 임영범이 승차를 하지 않자 박기보가 창문을 열고 물었다.

"너 그들은 안 갈 거냐?"

"예 아버지! 전 여기 남아 있을게요!"

"자린 좁지만 어서들 올라타라! 피곤들 헐 턴디 그만 집이 들어가서 자고 낼 아침 일찍 나오잔 말이다!"

"아버지, 죄송합니다! 명색이 상준데요. 전 여기 남아서 어머닐 지킬게요. 이런 데 어머닐 놔두고 간다는 것이 흐으윽…!"

박기보는 눈물이 가득한 눈으로 박문수를 바라보았다. 그런 아버지의 시선을 피하려는 듯 박문수는 어두운 밤하늘로 눈길을 돌렸다.

택시가 떠난 뒤 탈각장 앞에는 이순신과 박문수, 그리고 임영범이 남았다. 출입문은 M1 소총을 어깨에 멘 전경 3명과 방위병 3명이 함께 지키고 있다. 출입문 자물쇠를 잠그고 난 김 순경은 주변을 잠시 살피더니 담배를 꺼내 물었다. 이순신은 선착장 쪽으로 걸어갔다. 선착장에 뱃머리를 대는 선박들이 벌이줄을 묶는 쇠말뚝 근처에 털썩 주저앉았다.

조칠봉네 새만금호는 보이지 않았다. 박문수와 전경들의 몸싸움이 벌어지기 전까지 쇠말뚝에 벌이줄을 묶고 정박해 있었던 것 같다. 그 이후 새만금호는 격포항으로 돌아가기 위해 출항한 모양이다. 아마도 지금쯤 새만금호는 인당수 근해를 항해하고 있을 것이다. 환하게 불을 밝힌 해경 경비정과 해군 함정 등이 떠 있는 서해훼리호 침몰 지점을 벌써 지나 임수도와 격포 사이의 물길을 헤쳐 나가고 있을 법했다.

졸음이 쏟아졌다. 이순신은 드러누웠다. 눈을 감고 누워 있자니 참극(慘劇)의 바다에서 실종된 지인들의 얼굴이 떠올랐다. 큰어머니 이춘심, 조카 조동해, 그리고 임사공과 최 선장 등 서훼리호 승무원들. 그밖에도 실종된 위도 지인들이 적지 않다. 그들의 얼굴이 떠오르고, 그들이 바다 위로 손을 내밀고 "나 좀 살려줘!"라고 외쳐대는 것 같아 이순신은 더 이상 눈을 감고 누워 있을 수가 없었다.

"흐으윽…! 흑흑 흐흐윽…!"

벌떡 일어나 앉은 이순신은 다시 흐느끼기 시작했다. 주체할 수 없는 울분과 격정 때문에 그는 울부짖기 시작했다.

"엉어어어…! 어엉어어…!"

언제 다가왔는지 박문수와 임영범도 이순신의 옆에 주저앉아서 울고 있다. 세 사람의 울음소리가 다시 파장금항의 짙은 어둠 속으로 울려 퍼졌다. 죽음의 섬 위도인들의 기나 긴 통곡과 분노의 밤이 그렇게 힘겹게 흐르고 있었다.

3.
참사 다음 날
파장금항의 폭도들

양력 시월 중순으로 접어드는 가을밤에 처연하게 떠 있던 그믐달이 하늘에서 사라진 뒤 새로운 아침이 시작되었다. 근래 들어서 위도인들이 단 한번도 경험한 바 없는 낯선 통곡과 분노의 아침이 밝았다.

대한민국을 울음바다로 만든 서해훼리호 참사를 수습해 보겠다고 정부는 이른 아침부터 부산을 떨었다. 파장금항 탈각장에서 하룻밤을 지샌 40여 구의 시신을 뭍으로 옮기겠다는 수송계획을 확정지었다. 헬리콥터에 싣고 군산공설운동장으로 운구하겠다고 최종 결론을 내렸다.

국무총리가 아침 일찍 헬리콥터를 타고 위도에 도착했다. 교통부장관과 보도진 등이 그를 수행했다. 위도면사무소 안에서는 국무총리와 교통부장관을 앞에 두고 현황보고가 진행됐다.

면사무소 밖에서는 위도 주민들의 시위가 벌어졌다. 위도의 갑남을녀(甲男乙女)와 필부필부(匹夫匹婦) 50여 명이 한데 모여 피를 토하는 심정으로 구호를 외쳤다.

"정부는 조속히 실종자를 구조하고 하루 빨리 선체를 인양하라!"

"정치권은 대참사의 수습을 빠르고 원만하게 진행하고 정치적으로 악용하지 말라!"

피켓을 들고 이런 구호를 외치는 위도 주민들의 눈빛은 비장했다.

그 시간, 서해훼리호 참사 현장에서는 실종자 구조작업이 개시됐다. 해군 함정 7척과 해경 경비정 10척이 투입됐다. 동원 인원은 총 98명으로 특수요원 80명과 해경 18명이었다.

오전 10시 10분쯤 시신 2구가 인양됐고, 오후 3시쯤 헬기와 함정을 이용한 시신 운구작업이 시작됐다.

만 하루 동안 파장금항 탈각장 안에 방치돼 있던 40여 구의 시신 중 고창댁 등 위도 주민의 시신은 군산공설운동장으로 운구되지 않고 위도 유가족들에게 인계되었다.

위도 주민의 시신 3구 중 고창댁의 시신이 가장 먼저 탈각장 출입구 앞에 대기하고 있던 용달차 뒤편의 화물칸에 실렸다. 이어서 2구의 시신도 유가족과 위도 주민들에 의해 탈각장 밖으로 운구된 뒤 또 다른 용달차에 실렸다.

위도 주민의 시신이 유가족들에게 인계돼 각자의 집으로 돌아가는 시점에 이르자 탈각장 일대는 눈물바다로 변했다. 탈각장 근처에 운집해 있던 4백여 명의 위도 주민들은 집단 최면에 걸린 사람들처럼 다들 멍한 눈길로 울부짖었다. 모두들 정신적인 공황 상태에 빠진 듯했다.

그런 상황인데 파장금항 방파제 안쪽으로 낡은 여객선 한 척이 들어왔다. 면사무소 직원인 듯한 양복쟁이가 침몰한 서해훼리호를 대신해서 임시로 운항하는 대체선이라고 알려 주었다.

"아니 씨발! 저게 뭐여! 태양호잖여 씨부랄!"

누군가의 입에서 육두문자로 잔뜩 버무린 '태양호'라는 단어가 튀어 나왔다. 태양호는 건조된 지 20년이 넘은 선박으로 서해훼리호가 취항하기 전에 파장금항과 곰소항을 오가던 정기 여객선이었다.

"씨발 저런 써금써금한 배를 타고 나가서 또 뒈지라는 것이여 뭣이여 시방!"

"폐선이나 진배없는 태양홀 보냈다고? 어따 씨발 새끼들이 위도 사람들을 멘맛허게 보고 이러는 것 아녀!"

여기저기서 악담이 쏟아져 나왔고, 사람들이 웅성거리기 시작했다. 그렇지만 거꾸로 돌아가고 있는 눈앞의 현실을 '내가 앞장을 서서 바꿔 보겠다!'고 선뜻 나서는 사람이 없었다. 다들 눈이 뒤집힌 터라 누군가가 나서서 불을 댕기면 확 타오를 성싶은데도 말이다.

"지가요, 앞장을 설 턴께 저 태양홀 오늘 여그 파장금항에다 수장시킵시다! 이러고들 있지 말고 도팍을 들고 가던지 오함마를 들고 가든지 언능들 선착장으로 가장께요! 가서 씨발 저 태양홀 파장금항에 까랑쳐벤지장께요…!"

드디어 선봉에 설 사람이 앞으로 걸어 나왔다. 그는 다름 아닌 이순신이었다. 양손에 돌멩이를 들고 앞장을 서서 나아가는 그를 따라 4백여 명의 위도 주민들이 선착장으로 몰려갔다. 파장금항으로 들어 온 태양호의 뱃머리가 선착장에 닿았다.

"야 이 씨벌 새끼들아! 위도 사람들이 무신 장기판으 쫄인지 아냐, 엉…!"

이렇게 고함을 지른 이순신이 태양호 3층에 있는 조타실을 향해 돌멩이를 던졌다. 그가 두 번째로 던진 돌멩이가 조타실의 유리창 한 장을 박살냈다. 그의 등 뒤에 서 있던 위도 주민들도 조타실을 향해 돌멩이를 던졌다. 손에 있던 돌멩이가 없어지면 주변에 있는 돌멩이를 집어 들었다.

"아 아! 위도 주민 여러분! 왜들 이러십니까? 진정들 하십시요! 이러시면 안 됩니다! 정말 이러시면 경찰에 신고하는 수가 있습니다! 다시 한번 말씀 드립니다! 위도 주민 여러분…!"

태양호 조타실 안에서 선장이 내보내는 경고 방송이었다.

"그려, 씨벌 새끼야! 갱찰에 신골혀라! 어서 신골 허라고 새꺄! 에라잇!"

태양호 선장의 경고 방송에 위도 주민들은 격노했다. 행동은 포악해졌고, 눈빛엔 살의가 가득했다. 마치 죽음을 불사한 투사들처럼.

어느 틈엔가 이순신이 태양호의 뱃머리와 선착장의 쇠말뚝 사이에 연결돼 있는 팽팽한 벌이줄에 거꾸로 매달려 있다. 약 10m 길이의 굵은 벌이줄을 두 다리로 감고, 두 손으로 붙든 채 대롱대롱 매달려 태양호 뱃머리 쪽으로 전진하고 있다.

그가 벌이줄의 중간쯤 건너갔을 때였다. 태양호가 서서히 후진하기 시작했다. 위도 주민들이 선착장에서 던지는 수백 개의 돌멩이가 태양호로 날아들자 선장이 겁을 먹고 후진을 명령한 모양이었다. 태양호가 후진을 시작하자 팽팽하던 벌이줄이 축 늘어졌다. 이로 인해 이순신은 약 3m 아래의 바다로 떨어졌다.

태양호 조타실의 창문 4개는 모두 깨진 상태였다. 그 깨진 유리창 안으로 돌멩이가 날아들자 조타실 안에 있는 선장은 벌이줄에 매달려 있는 이순신을 발견하지 못한 듯했다. 태양호 뱃머리 위의 쇠말뚝에 감겨 있던 벌이줄을 푼 승무원도 날아오는 돌멩이를 피하느라 정신이 없다보니 미처 이순신을 발견하지 못한 모양이다.

벌이줄에 거꾸로 매달려 있던 이순신이 바다에 떨어져 물속으로 모습을 감춰버리자 선착장 위에 있던 위도 주민들은 돌멩이질을 멈췄다. 하지만 그가 바다 위로 얼굴을 드러낸 뒤 헤엄을 쳐서 선착장 쪽으로 다가오자 돌멩이질은 다시 시작됐다. 그렇지만 이미 태양호는 선착장에서 던지는 돌멩이가 닿을 수 없는 지점까지 후진한 상태였다.

"엇따 묻들 허요! 이러고들 있들 말고 언능 배를 타고 바다로 나가장께요! 씨부랄 저 태양홀 오늘 저 갱물 속으다 까랑쳐삐지든지 아니믄 저끄 저 방파지 바깟으로 쫓아삐지든지 오늘 양단간으 끝짱을 내삐집시다…!"

이순신이 물 밖으로 나와 선착장에 서서 덜덜 떨고 있는데, 누군가 큰소리로 이렇게 외쳤다.

"암만 암만! 이러고 있으믄 저 새끼들이 위도 사람덜을 홍애좆으로 보고 뺀델 턴께 후딱 배타고 나가장께요…!"

이순신의 등 뒤에 서 있던 신궁자의 남편 장영길이 이렇게 맞장구를 쳤다. 그러자 몇몇 선주들은 벌써 선착장 근처의 부둣가 쇠말뚝에 묶여있는 자기네 배의 벌이줄을 풀기 시작했다.

"도파을 챙기든, 쇠빠이프나 몽둥일 챙기든 데지금 알아서들 허요만, 씨부랄 죽기 아니믄 까무라치긴게 오함마가 있으믄 챙겨가꼬 배다 실었으믄 좋겄고만…!"

현대호 뱃머리로 오르며 장영길이 이렇게 외쳤다. 그러자 7척의 어선에 오르는 위도 주민 80여 명은 각자 유리창이나 사무집기 등을 박살낼 수 있는 연장을 예서제서 챙겨 들었다.

"아따 이 새끼 또 지랄났네! 그 꼴로 으딜 가것다고 이런다?"

출항을 준비하고 있는 만복호를 타려고 다가서는 이순신을 오세팔이 가로막았다.

"저리 비켜봐 새꺄! 나 암시랑 안 헌께!"

"암시랑 안 킨 새꺄! 추와가꼬 시방 벌벌 떨고 있음서 으딜 기어간다고 나서는 것이여! 지발 부탁인디 엠헌 사람들헌디 폭폭정 고만 주고 새꺄, 언능 우리 집으로 기어가서 따순물로 씻고 옷도 갈아입으란 말여!"

"나 암시랑 안 헌께 존 말 헐 때 쩌리 비켜라 잉! 이 주먹으로 아구통을 쳐벤지기 전에!"

이순신이 불끈 쥔 오른손 주먹을 오세팔의 턱밑에 들이대고 이렇게 위협했다. 그러자 오세팔은 막고 있던 길을 터 준 뒤 한숨을 길게 토해 냈다.

태양호는 선착장과 방파제 끝의 중간쯤에 떠 있다. 뱃머리의 쇠 말뚝에 묶여있던 벌이줄은 선착장에 일부 남아있고 나머지는 이미 바다 속에 가라앉은 상태다. 급히 후진하면서 뱃머리에 있는 벌이 줄이 모두 풀려 나갔기 때문이다. 태양호에 가장 먼저 접근한 배는 만복호였다. 현대호가 출항 준비는 먼저 했지만 조희진과 조희오 형제를 태우느라 시간이 조금 지체되었다.

만복호 갑판 위에 서 있는 10여 명의 위도 주민들 중 눈빛이 가장 매서운 사람은 이순신이었다. 길이 50cm, 지름 1.5cm 정도의 쇠파 이프를 오른손에 든 이순신은 오한증 때문인지 간간히 몸을 부르르 떨었다. 바닷물이 채 마르지 않은 그의 눈빛은 차갑고 날카롭게 번 득였다.

태양호에 선두로 오른 이순신은 있는 힘을 다해 쇠파이프를 휘둘 렀다. 2층 객실의 유리창이 하나씩 깨지기 시작했다. 뒤이어 태양호 에 오른 오세팔 등 다른 주민들도 각자 들고 온 연장으로 2층 객실 의 유리창을 깨기 시작했다.

이런 난동을 더 이상 방치해서는 안 되겠다고 판단했는지 태양호 승무원 5명이 뛰어 나왔다. 순식간에 그들은 이순신의 팔뚝을 붙들 고 쇠파이프를 빼앗아 버렸다.

"야 이 새끼들아 이거 안 놔! 뒈지고 싶지 안으믄 어서 놔! 어서 노란께 이 개새끼들아…!"

이순신이 이렇게 악을 쓰며 바동거렸지만 승무원들의 완력을 당할 수 없었다. 그렇게 이순신이 승무원 5명의 손아귀에서 벗어나려고 팔다리를 내저으며 바득바득 용을 쓰고 있는 모습을 보고 위도 주민 6명이 달려들었다.

승무원들의 완력에서 벗어난 이순신을 포함한 위도 주민 7명과 승무원 5명이 태양호 2층 갑판의 기관실 옆 복도에서 서로 노려보며 맞서게 되었다. 위도 주민들은 저마다 손에 쇠붙이나 나무로 된 연장을 들고 있고, 승무원들은 빈손이다. 자칫 잘못하면 큰 불상사가 발생할 수도 있는 상황이었다.

이때 선내 방송이 시작되었다.

"위도 주민 여러분, 간곡히 부탁드립니다! 제발 고정하십시오! 다시 한번 부탁드립니다. 위도 주민 여러분, 제발 고정하십시오! 그리고 하고 싶은 말씀이 있으면 조타실로 올라와 주시면 고맙겠습니다…!"

태양호 선장이 조타실에서 전하는 선내 방송이 흘러나오자 위도 주민들의 난동은 일단 멎었다.

"이보쇼, 선장! 당신이 직접 배를 몰고 군산으로 돌아갈 꺼요, 아니믄 우덜이 몰고 군산으로 끌고 갈거라우?"

조타실에 들어선 장영길이 태양호 선장에게 이렇게 물었다. 돌멩이에 맞았는지 아니면 유리창이 깨지면서 튀긴 유리파편에 맞아서 그랬는지 이마에 선혈이 낭자한 선장은 즉답을 못하고 입을 움찔거렸다.

"어따 씨빨, 꿀먹은 벙어리여? 언능 새꺄 대답을 혀보랑께!"

장영길의 등 뒤에서 누군가 이렇게 윽박질렀다. 그런데도 선장은 대답을 하지 못했다.

"어따 씨발 새끼 참, 사람 미치게 허네 잉! 에라잇…!"

조타실 밖에서 유리창 깨지는 소리가 들렸다. 3층 갑판 위에 모여 있는 위도 주민 중 몇 사람이 들고 있던 연장을 휘둘러 1등 객실의 유리창을 깨고 있었다.

"제가 군산 선사에 무전을 쳐서 상의를 해볼 테닌까요. 조금만 기다려 주실 수 있을까요…?"

태양호 선장이 볼을 타고 흘러내리는 피를 손수건으로 훔치며 드디어 입을 열었다. 태양호 선사인 KS훼리에 무전으로 연락을 취해서 군산항으로 귀항 여부를 결정짓겠다고 했다. 그러면서 여러분은 조타실 밖으로 나가서 기다려 달라고 신신당부했다. 7척의 어선을 나누어 타고 와서 태양호에 오른 위도 주민 80여 명을 대표해서 조타실에 들어간 사람은 장영길과 이순신 등 10여 명이다. 그들이 밖으로 나오자 위도 주민들은 숨을 죽인 채 1등 객실 출입구 앞에 선장영길의 입을 바라보았다.

"쪼까 지둘러야 쓰것는디요. 태양호 선장이 말여라우, 군산 선사에다 무전을 쳐가꼬 여그 상황을 보고헌 다음 군산으로 돌아갈지 아니믄 여그 남을지 갤정을 헌다고 헌께요. 멫십 분만 지둘러봐야 쓰것고만이라우…!"

장영길이 손나발을 만들어 입에 대고 이렇게 외쳤다. 그의 당부를 위도 주민들은 대부분 받아들이는 눈치였지만 저마다 얼굴은 상기돼 있다.

"어따 씨부랄 어쩌다 우덜이 이런 폭도가 됐는지 참말로 미치고 환장헐 일이고만이라우!"

선미 쪽에 서 있는 조희오의 등 뒤에 털썩 주저앉으며 담배를 꺼내 문 50대 후반의 남자가 이렇게 탄식했다.

"근게 말이네! 살다 살다 이런 일은 참말로 첨인디 말여. 그나저나 이러다 암시랑 안 컸능가?"

그 옆에 앉아 있는 60대 후반의 남자가 이렇게 물었다.

"성님, 행여 잽혀가서 콩밥을 먹을감시 그요?"

"글먼 자넨 꺽정도 안 되는가? 시방 깨진 유리창이 수십 장이고, 선장은 피를 질질 흘리고 있던디 우덜을 가만 놔둘 것 같은가?"

"가만 놔두진 안 허것지만 어쩌것소. 지랭이도 밟으믄 꿈틀헌다는디 위도 사람들을 맨맛허게 보고 이런 폐선을 대체선으로 쓰라고 보냈으니 가만히 앉아 있을 수는 읎는 일 아닌게라우!"

"그래서 나도 피가 꺼꿀로 솟아가꼬 여까지 자네들을 따러 왔네만 막상 일을 저질러 놓고 본께 참말로 심장이 벌렁벌렁혀서 못 살 것네!"

등 뒤에서 들려오는 이런 대화 내용을 듣고 있는 조희오의 눈엔 핏발이 뻗쳤다. 태양호 선체에 벌이줄을 묶고 떠 있는 위도 어선들의 브릿지에 서서 창나무를 잡고 있는 선주들의 눈에도 핏발이 벌겋게 서 있다.

위도 소형 어선들의 선주나 선장들은 어제 생존자 69명을 구조했고, 실종자 시신 40여 구를 인양했다.

형제자매나 가까운 친척의 생사도 확인할 수 없는 처지였지만 목숨을 걸고 바다로 나가서 구조와 인양작업에 참여한 선주나 선장도 있었다.

서해훼리호 침몰 직후, 위도 주민들은 정부가 감당해야 할 초기 대응을 야무지게 수행했다. 그런데도 지금 정부가 위도 주민들에게 하고 있는 처사는 공을 원수로 갚는 격이다. 오늘 아침 국무총리와 교통부장관이 위도에 다녀갔지만, 위도 주민들은 물론이고 서해훼리호 유가족들의 슬픔과 고통을 조금이라도 덜어 줄 수 있는 조치는 거의 없다고 해도 과언이 아니다. 그저 임시방편의 변명과 허무맹랑한 대책만 늘어놓았을 뿐이다.

얼토당토않은 정부의 발표만 앵무새처럼 되뇌는 언론 보도는 거의 태반이 거짓말이었다. 정부도 믿을 수 없고 언론도 믿을 수 없다는 걸 뼈저리게 느끼고 있는 위도 주민들이 집단행동에 나선 것은 어쩌면 달리 선택의 여지가 없는 일이었다.

인당수에 가라앉은 서해훼리호 대신 파장금항과 격포항 사이를 임시로 운행하라고 보낸 태양호는 진즉 폐선해야 될 여객선이다. 3년 전에 건조한 서해훼리호가 어제 침몰했는데, 건조한 지 20년이 넘은 태양호를 타고 죽음의 바다 인당수의 물길을 건너다니라고 하니 위도 주민들이 벌떼처럼 일어나지 않을 수 없는 일이었다.

"아니 씨부랄, 쩌그 저 새만금호 갑판 우그에 있는 저 새끼는 으째 이짝으로 카메라 대가리를 들이대고 있대여?"

누군가가 이렇게 소리쳤다. 그러자 태양호 3층 갑판 위에 모여 있는 위도 주민 80여 명의 시선이 일제히 파장금항 방파제 안으로 들어오고 있는 새만금호로 모아졌다. 이순신의 시선도 새만금호 갑판 위로 날아갔다. 갑판 위에 서서 카메라 렌즈를 태양호 쪽으로 들이대고 촬영을 하고 있는 그 사람이 누구인지 금세 분간이 됐다. 어제 삼성호를 함께 타고 격포에서 위도로 들어 온 그 방송국 기자였다.

"저 씨부랄 새끼! 카메랄 뿌숴벤져야 쓰것고만 잉!"

이순신의 옆에 서 있던 장영길의 입에서 이런 결의가 쏟아져 나왔다.

"암만 암만! 저 기레기 새끼, 가만 놔둬선 안 되고 말고! 씨발 엊저녁으 9시 뉴슬 본께 위도에 나와 있는 기자 새끼들 참 가관이던디 저 새끼 오늘 꼭 조자불자고 잉!"

이순신의 오른쪽 발밑에 엉덩이를 깔고 앉아 있는 반백의 남자가 이렇게 맞장구를 쳤다. 그러자 장영길은 눈을 감고 잠시 무언가를 고민하는 듯하더니 조타실 쪽으로 뛰어갔다. 그 뒤를 따라 이순신도 조타실 안으로 들어갔다.

"이보쇼 선장! 나 방송 좀 헙시다!"

조타실 안에 들어선 장영길이 다짜고짜 이렇게 요구하자 선장은 영문을 몰라 눈만 끔벅거렸다.

"쩌그 저 갑판 우그 있는 저 기자 새끼헌티 헐 말이 있응께요, 마이크를 좀 켜 주랑께요!"

태양호 선장은 장영길이 손가락으로 가리킨 곳을 반쯤 열려 있는 조타실 출입문을 통해 내다보았다. 약 30m쯤 떨어진 바다 위에 떠 있는 새만금호 갑판 위에 카메라 렌즈를 태양호 쪽으로 들이대고 촬영 중인 기자의 모습이 보였다. 선장이 피 묻은 손으로 마이크를 켰다. 그 마이크에 입을 대고 장영길이 쌍욕을 퍼부었다.

"아 아 새만금호 갑판 우그에 있는 방송국 기자 새끼헌티 경골 헌다! 야 이 씨부랄 새끼야, 언능 너 고 카메라 대가리 밑으로 안 내릴래! 당장 안 내리믄 씨부랄 쫓아가서 카메랄 뿌쉬벤진다 잉…!"

장영길은 이렇게 경고를 했지만 새만금호 갑판 위의 기자는 카메라 렌즈를 밑으로 내리지 않았다.

"야 이 씨부랄 새끼야! 너 내 말이 말 같지 않냐, 엉? 좋기 말을 허믄 새꺄 알어들어야지, 시방 날 무시허는 거냐, 엉…?"

장영길이 재차 경고를 했는데도 기자가 들고 있는 카메라 렌즈는 여전히 태양호 갑판 위로 향하고 있다.

이에 발끈한 장영길의 눈알이 곤두섰다.

"아 아 태양호 주변에 있는 위도 선주님들께 안내 말씀 드리것습니다요. 여그 태양혼 우덜이 이미 접수를 헌 것이나 다름없응께 껵정들 마시고라우 언능 새만금홀 쫓아가서 말여요. 저 기자 새끼가 들고 있는 카메랄 뺏어가꼬 뿌쉬벤지든지 바다에다 까랑처벤진든지 처리를 좀 혀주셨으면 좋겠고만이라우! 씨발 그 책임은 지가 질텐게요. 껵정들 허지마시고 지 부탁을 좀 들어들 주시오 잉! 아 아 다시 한번 위도 선주님들께 안내 말씀 드리것습니다요…."

조타실 안에서 장영길이 선내 방송을 통해 이렇게 호소를 하자 태양호 선체에 뱃머리를 대고 있던 어선들이 후진을 시작했다. 7척의 위도 어선들은 각자 역할을 분담했다. 3척은 파장금항 밖으로 빠져 나가는 뱃길을 틀어막았다. 나머지 4척은 파장금항 좌측으로 달아나는 새만금호를 쫓기 시작했다.

태양호 조타실 안에서 새만금호의 움직임을 예의주시하고 있던 장영길이 다시 경고 방송을 내보냈다.

"어이, 객포 칠봉이! 새만금호는 시방 독안에 든 쥐네! 자네가 지아무리 용을 써도 말이여, 새만금혼 파장금항을 빠져 나가덜 못헐 텐게 언능 멈춰 서소! 거그 기자 새끼허고 자네허고 무신 관겐지 모리것네만 갸를 감싸고 돈다고 혀서 될 일이 아닝께 언능 거기 서라고…! 나 참 오늘 본께 자네가 객포놈인지 위도놈인지 참 모리것네만 고 기자새끼가 들고 있는 카메랄 씨발 박살을 내번질 텐게 고런 줄 알고 존 말 헐 때 쪼까 협졸 혀주소 잉!"

그러나 새만금호는 항해를 멈추지 않았다. 조칠봉에겐 위도인들의 입장을 헤아리기보다는 자기네 배에 타고 있는 방송국 기자를 보호하는 것이 우선인 듯했다. 이 광경을 장영길과 함께 지켜보고 있는 이순신은 만감이 교차하는 모양이다. 위도 주민들의 공적이 된 조칠봉을 바라보며 속으로 이렇게 중얼거렸다.

"조칠봉 이 씹쌔끼, 너 오늘 용코로 걸렸구나 잉…!"

이순신의 말마따나 조칠봉네 새만금호는 위도의 소형 어선 7척이 촘촘하게 쳐놓은 그물코에 제대로 걸려든 듯했다. 아니나 다를까 이리저리 도망치던 새만금호는 위도 어선 4척의 추격에 금세 따라 잡히고 말았다.

현대호의 선주 박일수와 만복호의 선주 김형관. 이 두 사람이 어제 구조한 생존자는 모두 15명이다. 인양한 실종자의 시신은 10여 구다. 어제 이 두 사람은 서해훼리호 참사 현장에서 생존자와 실종자를 구하기 위해 눈에 불을 켰다. 자랑스러운 의인의 눈빛이었다. 그런데 오늘은 파장금항에서 방송국 카메라 기자를 붙잡기 위해서 눈에 불을 켜고 있다. 살벌한 폭도의 눈빛이다.

만복호의 선주 김형관이 먼저 새만금호 갑판 위로 뛰어 올랐다. 기관실 앞 갑판 위에 서 있는 기자의 멱살을 잡자마자 쌍욕을 퍼부었다.

"야 이 개새꺄! 너 뒈지고 싶어서 환장을 혔냐, 엉?"

잔뜩 겁을 집어 먹은 기자는 금방 숨이 넘어갈 듯 캑캑거리면서 대꾸를 하지 못했다.

"야 이 씨부랄 새끼야! 위도 사람들이 촬영을 허지 말라고허믄 허지 말 것이지 새꺄, 카메라 대가릴 들이대! 니가 씨발 그렇기 빽이 좋냐, 엉?"

장골인 김형관이 우악스러운 손으로 움켜잡고 있는 기자의 멱살을 들었다 놓았다 하면서 다그쳤다. 이번에도 기자는 대답을 하지 못했다. 현대호 등 나머지 3척의 위도 어선들도 새만금호의 뱃전에 뱃머리를 댔다.

"너 이 개새끼 그 카메라 언능 이리 안 내놀래!"

현대호 선주 박일수가 기자에게 카메라를 내놓으라고 다그쳤다. 기자는 카메라를 어떻게든 지키고 싶은 듯 두 팔로 꼬옥 끌어안았다.

"하, 이 씨벌 새끼 지랄허고 자빠졌네 잉! 너 언능 카메라 일로 안 내놔!"

박일수는 기자가 끌어안고 있는 카메라를 빼앗으려고 손을 내밀었다.

"어따 성님! 어쩌 이러요?"

브릿지에 서 있던 조칠봉이 기관실 앞 갑판 위로 건너오더니 기자의 편을 들고 나섰다.

"칠봉이 자네가 참견할 바 아닝께 지발 끼어들지 말고 쩔로 가소 잉!"

"우리 배서 일어난 일인디 어찌기 지가 모린 체 허것소!"

"그려 자네 참 말 잘혔네! 자네네 배 새만금호서 벌어진 일엔 참견을 험서러 어쩌 자네네 고향 위도서 벌어진 일엔 모른 체 허능가? 오늘 자넨 타관놈 편은 들어도 위도놈 편은 안 들고 있는디 자네 참말로 이러도 되는 것이여? 시방 자네 성수허고 조카가 실종이 돼가 꼬 죽었는지 살았는지 모리는 판국인디, 한가허기 타관놈들 태우고 댕김서 돈만 벌믄 되것냐고?"

선배인 박일수의 쓴소리가 뜨끔한 듯 조칠봉은 움찔했다. 그렇지만 기죽지 않고 대들었다.

"어따 성님, 말씸이 쪼까 거시기 허네요!"

"무시 거시기혀?"

"지도 시방 성수님허고 조카 땜시 참말로 속이 속이 아닌께 말을 쪼까 가려서 혔으믄 좋것고만요!"

어이가 없다는 듯 박일수는 코웃음을 치면서 조칠봉을 노려보았다. 박일수의 시선이 따가운 듯 조칠봉은 고개를 떨구었다.

"야 이 씨부럴 새꺄! 언능 너 카메라 일로 내 노란 말이여!"

박일수가 또 큰소리로 다그쳤지만 기자는 벌벌 떨면서도 꼬옥 끌어안고 있는 카메라를 내놓지 않았다.

"어따 이 새끼가 아까 태양호에 카메랄 들이댈 때는 배째라는 식이던만 인자 꼬랑질 내리고 팍팍 기네 잉! 야 새꺄 그런다고 너그들 헌티 우덜이 속아 넘어갈 줄 아냐? 너그들이 이짝저짝 카메랄 들고 댕김서 으떤 뻘짓을 허고 있는지 다 알고 있응께 어른 수작 고만허고 언능 카메라 일로 내노라고 새꺄…! 씨부랄 어저끄부텀 너거들이 무신 짓을 힜는지 한번 따져 볼꺼나! 객선이 까랑진 직후에 너그들 무시라고 떠벌였냐? 야 이 호랑말코 같은 새끼들아! 객선이 까랑진지 만 하루가 지났는디도 너그들은 객선에 맻 맹이 탔는지, 실종자가 맻 맹인지도 모림서 시건방을 다 떨고 있잖여? 방송국서 나온 놈이나 신문사서 나온 놈이나 씨발 위도에 와가꼬 니놈들이 허는 지꺼리를 본께로 참말로 천하으 잡놈들이 틀림읎는디, 야 이 기레기 새끼들아! 난 국민획교 밖에 못 나왔다만 무시 오보고, 무시 팩튼지 고 정돈 분간헐 줄 안다! 그라고 무시 진정으로 유가족들을 위허고 국민을 위한 길인지도 안다고 새꺄! 근디 시방 너그들이 허는 뻘짓은 말이여, 월급 주는 너그 방송국허고 관피안지 마피안지

허는 새끼들허고, 이 나랄 내다 팔어 먹고도 남을 만헌 정치꾼들을 위허는 지껄이잖여! 아까 니가 찍은 동영상도 그런 디다 쓸라는 거 아녀 새꺄? 너그들이 으떻게 사실을 조작허고, 으떻게 짜깁길 혀서 방송을 내보낼지 안 봐도 비디오인디, 씨발 내가 널 가만 놔둘 것 같으냐? 우덜 위도 섬놈들이 어쩌서 쩌그 저 태양호 갑판 우그로 올라간지 니가 알어? 어쩌서 씨발 우덜이 폭도가 됐는지 니가 아냐고 새꺄? 좆도 모림서 씨발 탱자탱자허덜 말고 너 언능 그 카메라 일로 내 놔라 잉! 안 그러믄 저 갈코리로 니 눈깔을 빼버리는 수가 있응께…!"

박일수는 그 말이 허풍이 아니라는 걸 보여주겠다는 듯 기관실 옆에 있는 날카로운 쇠갈고리를 집어 들었다.

"어여 씨발 고 카메랄 내놓으라고 새꺄!"

쇠갈고리를 머리 위로 쳐든 박일수가 위협을 하며 기자를 윽박질렀다.

"저어 저기 선주님! 카아 카메라는 좀 그렇구요. 테이프만 꺼내서 드으 드리면 안 될까요?"

벌벌 떨고 있던 기자가 이렇게 제안을 하자 박일수는 멈칫했다. 제 말이 통하고 있다는 걸 눈치 챈 기자는 급히 뒷말을 이어 나갔다.

"죄에 죄송합니다만 제가 파장금항에 들어와서 촬영을 한 시간은 요 시입 십오 분 정도밖에 안 되는데요. 이 안에 들어 있는 테이프로 찍었으니 빼서 드리면 안 될까요?"

박일수와 김형관의 표정이 딱 굳어졌다. 방송 카메라에 대한 지식이 거의 없다보니 이런 상황에서 어떻게 대응을 해야 될지 난감한 모양이었다.

"어따 이 기자님 말씀대로 허는 것이 좋것고만 그려! 위도 사람들이 시방 이러는 것은 이 기자님이 아까 카메라로 태양홀 찍어서 그런게 고 대목만 테이프서 지워벤지믄 되것고만 그러네 잉!"

"아 씨발 칠봉이 자넨 찌그라져 있으랑께. 어쩌 낄 데 안낄 데 다 끼어 드는겨!"

동갑내기인 김형관이 조칠봉에게 호통을 쳤다. 그러자 조칠봉 은 머리를 긁적이며 브릿지로 돌아갔다.

"야 새꺄 너, 여그 위도에 언지까지 있을 껏이여?"

김형관이 기자에게 물었다.

"네, 아무래도 실종자 구조작업이 모두 끝날 때까지는 위도에 머물러야 될 것 같은데요. 근데 왜 그러시죠?"

"만약으 오늘 찍은 동영상이 테레비에 나오믄 그땐 너 어찌기 헐쳐?"

"그땐 선주님들 맘대로 하십시오. 어떤 처분도 달게 받겠습니다!"

"그려? 그르믄 너 언능 카메라 안에서 테이플 꺼내볼쳐!"

"네, 잠시만 기다려 주십시오!"

기자는 카메라 안에서 테이프를 꺼냈다. 그의 손은 심하게 떨렸다. 기자가 건네 준 테이프를 들고 박일수와 김형관 등 위도 선주와 선장들은 각자 자기네 배로 건너갔다. 새만금호에 뱃머리를 댔던 4 척의 어선과 파장금항으로 들어오는 뱃길을 막고 있던 3척의 어선

이 태양호로 몰려들었다. 그 사이 새만금호는 파장금항을 빠져 나
갔다.

태양호는 군산항으로 돌아갈 준비를 하고 있었다. 군산에 있는
여객선 선사인 KS훼리가 군산항으로 귀항을 명령했기 때문이었다.
파손된 유리창과 부상을 당한 승무원 등의 문제는 어떻게 처리해야
될지 선사의 결정이 아직 떨어지지 않았다. 하지만 선장이 어떤 식
으로든 무마시키겠다고 약속을 해서 위도 주민들은 태양호에서 내
리기 시작했다.

태양호 갑판 위에 올라가 있던 위도 주민 80여 명이 7척의 어선
을 타고 선착장으로 돌아왔다. 그 사이 태양호는 파장금항을 빠져
나갔다.

4.
서해훼리호 승무원들,
살아서 도주

이순신과 조희오가 큰딴치도 고창댁의 영정 앞에 절을 올리고 나니 상가(喪家) 마루에 걸려 있는 괘종시계가 저녁 9시를 알렸다.

"저기 순신이 성 열로 와서 술 한 잔 허시오!"

마당 한쪽의 술자리에서 이순신을 부르는 사람은 종국호 선주 이변우였다.

"자넨 여그 언지 왔능가?"

"한 삼십 분 전에 왔는디요, 맥주를 드릴꺼라우 쏘주를 드릴꺼라우?"

이순신은 소주를 받아 단숨에 들이켰다. 그런 다음 이변우에게 술잔을 돌려 준 뒤 소주를 따랐다.

"지가요, 어저끄 생존잘 구허고 실종자를 인양헌다고 칠을 냈던만 심신이 어찌나 고단허던지 오늘 하루 첨드락 집이서 잤소! 그려서 내가 선착장엘 나가지 못혔는디요, 듣자 헌께로 오늘 성님이 욕 봤다고 허던디 참말로 고맙고 장허요!"

"낯간지럽기 어쩌 그냐! 어저끄 니가 헌 일에 비허믄 오늘 내가 헌 일은 새발으 핀디!"

이변우는 어제 서해훼리호 침몰 직후, 수십 명의 생존자를 구하고, 시신도 10여 구나 인양했다. 그런 사실을 잘 알고 있는 터라 이순신은 이렇게 한껏 자신을 낮췄다.

"희오 너도 한잔 헐래?"

"네, 한잔 주십시오!"

이변우는 조희오에게 술잔을 넘긴 뒤 술을 따라 주었다.

"어저끄 너그 오메나 너그 아들을 구조혔드라믄 내가 오늘 밤새 도록 니 술잔을 받어 마셔도 될 턴디, 그러지 못 혀서 내가 참 할 말이 읎다!"

"말씀이라도 정말 감사합니다!"

이변우는 한숨을 내쉰 뒤 젓가락으로 안주를 집어 먹었다. 술이 약간 취한 이순신이 큰딴치도 부둣가로 나온 것은 그로부터 한 시간쯤 뒤였다. 치도리에서 딴치도로 들어오려면 약 800m 정도의 2차선 돌다리를 건너야 된다. 일명 '딴치도 다리'는 치도리 이장인 서주석 씨 집 앞 부둣가에서 시작돼 큰딴치도 부둣가의 모정 앞까지 이어져 있다.

모정 앞 다리 위에 박혀 있는 가로등의 불빛이 꾸벅꾸벅 졸고 있는 듯 꺼졌다 켜졌다를 반복했다. 밤 10시가 넘었지만 그 가로등 불빛 아래로 고창댁의 조문을 온 사람과 차량의 행렬이 끊이지 않고 이어졌다. 큰딴치도 부둣가의 모정에는 위도 주민 다섯 명이 술상을 앞에 두고 앉아 있었다. 30대 중후반인 그들은 모두 이순신의 고향 후배들이었다.

"성님, 여그 앉으시오!"

벌떡 일어나서 이순신을 반갑게 맞은 후배는 식도에서 멸치잡이 배를 운영하고 있는 김경일이었다.

"성님, 혹시 고 소식 못들었소?"

"무신 소식?"

"글씨 말여라우! 서해훼리호 승무원들이 살어있다고 안 허요?"

깜짝 놀란 이순신의 눈에 칼날이 섰다.

"아까 저녁때요. 새만금호를 타고 식도로 건너 온 방송국 기자가요. 식도 뱃놈들을 만나서 취잴허던디, 뱃놈들 여러 맹이 이구동성으로 허는 말이요. 어제 점심 무렵에 파장금 선착장서 서해훼리호 최 선장도 보고, 또 무시냐, 승무원인 영범이네 아부지 사공이 양반도 봤다고 허던디라우…!"

이순신은 믿기지 않는다는 듯 벌어진 입을 다물지 못했다.

"그러고요 성님! 낼 말여라우, 대통령이 파장금에 올지 모린다고 허던디 고 소식은 못들었소?"

"영민국 대통령이 파장금에 온다고야?"

"야, 참말인지 거짓말인지는 나도 잘 모리것소만 그런다는 소문이 있응께 참골허셨으면 좋것고만이라우!"

이순신은 담담한 표정으로 모정의 술자리에서 빠져 나왔다.

"대통령이 낼 파장금에 기어온다고? 허참 무신 낯짝으로 기어오는지 모리것고만 잉! 씨부랄 청와대는 방송 뉴슬 보고 참사 소식을 접했다고 허고, 갱찰이고 장관이고 어저끄 하루 첨드락 구조작업은 뒷전이고 대통령헌티 보고허는디만 매달렸다고 허던디 어찌기 이것이 나라고 국가여 씨발! 거참 여그저그서 대통령이 구조를 허고 지휠 허는디 소극적이었다고 비난을 헌께 씨발 청와대는 콘트롤타원지가 뭔지가 아니라고 발뺌을 험서러 해경이 구졸 허지 대통령이 구졸 허는 사람이냐고 큰소릴 뺑뺑 치던디 아니 이런 개좆같은 나라가 시상 천지에 또 으디 있단 말이여! 그렇기 멍들고 망가진 나라의 대통령이 책임잘 엄중허게 처벌 허것다고 엄포를 놓고 있는디, 씨발 처벌을 받아야 헐 진짜 책임자는 바로 대통령허고 이 나라 고관대작들인디, 몸통인 지들은 일찌감치 쏘옥 빠져나가고 깃털인 해경허고 여객선 선사만 조지것다고 떠벌이고 있으니, 아 씨발 이 금수들을 어찌기 잡어서 족쳐야 된대여! 만약 낼 대통령이 위도에 오믄 씨발 대통령은 물러가라고 외침서 데몰 혀야 되는 것이여, 아니믄 식칼이라도 들고 가서 할복을 허것다고 쌩쑈를 해야 된대여, 그것도 아니믄 지서나 어선신고소서 총을 훔쳐가꼬 가서 다 쏴 죽이고 나도 자살을 혀야 된다냐, 아 씨발 어찌기 혀야 일평생 후회가 없을까잉…!"

이순신은 고민을 거듭해 보지만 위도에 찾아오는 대통령 앞에서 자신을 포함한 위도인들이 어떻게 처신하는 것이 옳은 것인지 판단이 서지 않았다. 아무래도 조희오와 박문수를 찾아가서 상의를 해 보는 것이 좋을 성싶었다. 젊고 배운 애들이니 묘안이 나올 법했다.

마침 골목 안에서 상복을 입은 상주 박문수가 걸어 나왔다.

"순신이 형님! 얼른 저희 고모네 집으로 좀 가십시다요!"

"너그 고모네집엔 묻허게?"

"글씨 무슨 일인지 모르겄는디요. 경찰 세 명이 형님을 찾어와서 그리 모셨고만요."

"갱찰이 날 찾는다고야? 아니 그 새끼들이 어쩌서?"

"저헌티 이것저것 묻던디요, 암만해도 오늘 태양호 사건 때문에 형님을 지서로 모시고 갈라고 그러는 것 같던디요!"

"무시 어쩌고 어쩌야! 날 지서로 잡어갈라고 그러는 것 같다고?"

이렇게 묻는 이순신의 눈에 쌍심지가 돋았다.

"어엉어어어…! 엉어어어어…!"

진리에 있는 위도관아 옆 이춘녀네 집안에서 이른 아침 댓바람 부터 울음소리가 울려 퍼졌다. 장영길의 처 신궁자가 눈물바람으로 이춘녀네 집 마당으로 들어섰기 때문이다. 마루로 나온 이춘녀가 냅다 소리를 질렀다.

"아니 이런 오살년이 무신 일로 아침 초장부텀 이렇기 오도방정 을 떤다냐?"

"언니, 이 일을 어쩌면 좋당가? 오밤중에 말이네 잡어가뎅 부안으로 넘겼다는디 나 어쩌면 좋냐고? 엉어어어…!"

"아니 이년아, 누가 잽혀갔간디 이러는 것이여, 시방?"

이춘녀는 마루에 걸터앉아 울고 있는 신궁자에게 이렇게 물었다.

"어젯밤에 말이네! 두성이 애비가 잉 지서로 잽혀갔는디 아까 지설 쫓아갔덩 글씨 두성 애빌 부안으로 끌고 갔다고 안 허는가…! 언니 흐으윽, 나 어쩌믄 좋당가? 이 일을 어쩌믄 좋냐고? 흐 흐윽, 엉 어어어…!"

이춘녀는 자초지종을 모르는 터라 더 이상 말을 잇지 못했다. 조희오가 작은방 방문을 열고 마루로 나왔다. 그는 이순신과 장영길이 어젯밤 왜 지서로 불려갔는지 잘 알고 있다. 물론 꼭두새벽에 해경 경비정을 타고 부안경찰서로 간 사실도 알고 있다.

"희오야! 너그 이모부가 말이다. 부안갱찰서로 넘어 갔다는디, 이 일을 어쩌면 좋다냐? 어저끄 태양호서 난리를 쳤다고 그런 것 같은디, 이 일을 어쩌믄 좋냐고…?"

이춘녀는 이제야 왜 신궁자가 이른 아침부터 울부짖고 있는지 감을 잡은 듯했다. 그렇지만 그미는 끓어오르는 부아를 참을 수가 없는 모양이다.

"아니 이런 임뱅 씨뱅 당창을 허다 오뉴월에 땀도 못 내고 뒈질 년이 있나! 야 이년아, 너 히도 히도 너무 허는 것 아녀, 엉? 불난 집에 부채질 허는 것도 아니고, 시방 초상집에 와서 이게 무신 지랄이여?"

신궁자는 대꾸도 없이 계속 울부짖었다.

"이 썩을 년이 오늘 날 잡어 쥑일라고 작정을 혔나! 안 그리도 시방 사람 죽것는디 어쩌 이렇기 임뱅 지랄을 헌다냐, 잉?"

임영범이 잠이 덜 깬 눈으로 작은방에서 마루로 나왔다. 신궁자의 대성통곡이 못마땅한 듯 부시시한 얼굴이 금세 심하게 일그러졌다.

"이 싹동머리 읊는 년이 언지까지 질질 짤라고 이런댜? 야 이년 아 나도 시방 죽것단 말이여! 니 속이 어쩐지 모리것다만 서방 잡어 먹은 나 보다 더 허것냐, 잉? 흐으윽…! 엉어어어…!"

이춘녀의 통곡이 시작되었다. 참사가 발생한 지 사흘째가 되었건 만 아직도 남편 임사공의 생사를 확인하지 못하고 있다. 이승을 떠난 것이 틀림없다고 판단하기에 시신이라도 빨리 찾아야 되겠다는 생각이 간절하지만 어제도 시신을 찾지 못했다. 그래서 애간장이 타고 있는데, 신궁자가 그미의 가슴에 소금을 뿌린 셈이다.

"아이고, 내 팔자야! 하늘도 무심허고 조상님도 무심허지, 내가 무신 죄를 졌었다고 이런 꼴을 당해야 된당가! 엉어어어…! 어엉어 어…!"

이춘녀가 마룻바닥을 손바닥으로 탕탕 치면서 대성통곡을 하자 신궁자의 울음소리는 어느새 멎었다.

옆에 서서 이춘녀와 신궁자의 실랑이를 지켜보고 있는 조희오와 임영범의 눈에도 눈물이 가득했다. 안방에 있는 전화기의 벨이 울렸다. 임영범이 방안으로 들어가서 전화 수화기를 들었다.

"여보세요! 아 네, 제수씨…! 네, 잠시만요…! 희오야, 격포 제수 씨다!"

안방으로 들어간 조희오가 수화기를 들었다.

"어, 난데 잘 잤니? 몸은…? 그래 다행이네. 어… 글쎄 내 말 좀 들으라구! 내가 어제 얘길 했잖아, 위도엔 들어오지 말고 거기 있으라고! 허참 말귈 못 알아듣네 잉…! 그러다 탈이 나면 어떡할 건데? 급히 병원엘 가야 될 일이 생기면 어떻게 할 건데? 그러니까 격포에 그냥 있으란 말이여! 어, 알았어…! 어… 어… 그럼 형수님 좀 바꿔 줄래? 형수님, 저 희옵니다. 네, 어제 옥잘 데리고 병원에 다녀오셨는데, 고맙다는 말씀도 못 드렸네요. 네, 사실 저도 유산이 될까 봐 걱정을 많이 했는데요. 천만다행이네요… 네… 네… 죄송하지만 순신이 형님은 지금 위도 안 계시구요. 어제 자정쯤 위도지서로 끌려갔다 오늘 새벽 두 시쯤 부안경찰서로 가셨네요. 뭐 큰일은 아니구요. 어제 형님이 서해훼리호 대신 투입된 태양호라고 허는 객선에 올라가서 항의를 했을 뿐인데요… 아니 형수님! 그건 아니구요. 사소한 시비가 붙었을 뿐인데. 아, 네에… 그럼요. 뭐 순신이 형님이 경우에 없는 일을 하셨겠어요… 물론이죠. 저도 옆에 있었는데 큰 사골 친 건 아니니까 너무 걱정 마시구요. 그럼요. 곧 풀려 날겁니다…. 네, 아니요. 형님 혼자 가신 게 아니라 벌금 사는 그 있잖아요. 친이모는 아니지만 궁자이모라고…! 네 그 궁자 이모 남편이랑 같이 가신 건데, 두 분 다 금방 풀려 나실 겁니다…. 글쎄 그런 건 아닌 것 같구요. 아무래도 이 새끼들이 유가족허고 위도 사람들 입에다 재갈을 물리고 있는 것 같은데… 그럼요. 곧 풀려 나겠죠…. 네, 형수님 걱정 마세요…!"

이순신의 처 강신자와 통화 중인 조희오는 진땀을 빼고 있다. 이순신이 무슨 일로 위도지서로 붙잡혀 갔고, 왜 부안경찰서로 이송

됐는지 나름대로 잔머리를 굴리면서 설명을 하자니 조희오의 등골에서는 식은땀이 솟아올랐다.

통화를 마친 조희오는 깊은 한숨을 내뱉었다. 담배를 피우고 싶어 서둘러 마루로 나가려고 하는데, 벽에 걸려 있는 사진들이 걸음을 멈춰 세웠다. 승무원 제복을 입고 서해훼리호를 배경으로 찍은 임사공의 사진을 물끄러미 바라보는 조희오의 눈시울이 뜨거워졌다.

한바탕 통곡을 하고 난 이춘녀는 마루에 멍하니 앉아 있다. 그 옆에 앉아서 훌쩍거리던 신궁자가 일어나서 안방으로 들어가더니 주방으로 향했다. 어제 아침에도 그랬듯 오늘 아침 식사도 집 주인인 이춘녀 대신 그미가 준비할 모양이다.

"언니 언능 밥 먹소! 어저끄 나지때도 그러든만 엊저녁으도 밥숟갈을 뜨는 둥 마는 둥 허던디…. 언니, 이러다 쓰러지믄 큰일난께 식사는 제때 꼬박꼬박 챙겨 먹으란 말이네!"

이춘녀는 대꾸하지 않고 앉아서 긴 한숨만 몰아쉬었다.

"어따 언능 들어가잔 말이네! 이러다 언니까지 죽는다고…!"

신궁자가 이춘녀의 팔을 붙들고 몸을 일으켜 세웠다. 이춘녀는 마지못해서 일어나더니 안방으로 들어갔다. 신궁자가 안방에 차려 놓은 밥상 앞에 이춘녀, 임영범, 조희오가 둘러앉았다. 이춘녀는 밥맛이 없는지 숟가락을 들고 우두커니 앉아 있다.

"어따 언니, 언능 먹으란 말이네! 밥맛이 읎다고 안 먹고, 먹기 싫다고 안 먹으믄 형불 찾기도 전에 언니가 쓰러진당게…!"

이렇게 이춘녀를 닦달하고 난 신궁자가 무릎걸음으로 전화기가 놓여 있는 TV 받침대 앞으로 다가갔다.

그미가 텔레비전 스위치를 켜자 위도면사무소 전경이 나왔다. 텔레비전에서는 오늘도 이른 아침부터 서해훼리호 참사 소식을 특보로 내보내고 있다. 이춘녀와 임영범은 텔레비전 뉴스에 큰 관심이 없어 보인다. 반면, 조희오와 신궁자는 텔레비전 뉴스에 온 신경을 곤두세우며 숟가락과 젓가락을 놀렸다.

"다음 소식입니다. 서해훼리호 최 선장과 갑판원 임사공 씨가 살아있다는 제보 어제 받았는데, 위도 현지에 나가 있는 황나라 기자 연결하겠습니다. 황나라 기자!"

순간 밥상머리 앞에 있는 4명의 시선은 모두 텔레비전 화면에 꽂혔다. 모두들 넋이 나가고, 숨을 멈춘 듯했다.

"네, 저는 지금 위도면 파장금항 선착장에 있는데요. 사고 당일인 그저께 정오쯤 이곳에서 서해훼리호 최 선장과 갑판원 임사공 씨를 직접 만났구요, 또 대화도 나눴다는 위도 주민들이 있습니다. 그런데 최 선장과 임사공 씨의 행방은 현재 오리무중인 상탭니다…."

온몸이 얼어붙은 채 숨을 죽이고 텔레비전에 시선을 고정시키고 있던 신궁자의 입에서 탄성이 터져 나왔다.

"워어메 좋은 거! 헤헤헤 언니, 최 선장허고 형부가 살아있다니 이것이 꿈인지 생신지 모리것고만 잉…? 호호호 희오야, 영범아, 내 허벅질 한번 꼬집어볼래? 꿈인가 생신가 확인을 좀 혀보게 말여…! 옴마 잉, 참말로 꿈이 아니고 생시네 잉! 아이고 언니, 형부가 살았다니, 시상에 이런 기적이 으딧당가! 히히히 헤헤헤 호호호…!"

신궁자가 자신의 볼을 꼬집어보고, 귀를 잡아당겨 보면서 탄성을 뱉어냈다. 그런데 밥상 앞에 앉아 있는 나머지 3명의 안색은 딱딱하게 굳은 채 펴지지 않았다.

"어따 참말로 어쩌들 이런댜! 형부가 살아있다는디 언니도 그라고 희오허고 영범이 너거들도 그라고 어째들 한마디 말이 읎데여? 참말로 몰강시런 사람들이고만 잉!"

신궁자는 이춘녀의 안색을 천천히 뜯어보며 다시 입을 열었다.

"아니 언니, 형부가 살었다는디 어쩌 암말도 안 허는가…? 그저끄 객선이 까랑진 날도 그러데만 죽고 사는 것은 말이여 하늘이 정헌 것 같더라고! 언니도 잘 알고 있겄지만 지난 봄 부산 구포역서 열차가 전복됐는디 용허게 살아남은 사람이 수두룩허고 잉, 지난여름엔 또 어떤 일이 있었능가? 목폰가 해남에선가 비행기가 추락을 혔잖여! 이때도 살 사람은 어찌기든 살 던디, 우리 형부도 말이여 까랑지는 객선서 어찌기 빠져 나왔는지 모리것는디 이 정도믄 참말로 천운을 타고난 것 같지 않어…?"

신궁자가 이렇게 물어보지만 이춘녀는 여전히 묵묵부답이다.

"호호호 헤헤헤 언니, 우리 형분 참 대단한 사람이라는 생각이 드는디 말여, 어찌기 까랑지는 객선서 탈출을 혔을까 잉…! 아차 그렇지! 형부가 해병댈 나왔지! 헤헤 언니, 형부가 살어남게 된 비결이 뭔지 인자 알었네! 내 생각엔 말이여, 섬 출신에다 구신 잡는 해병댈 나온 덕분에 살어남은 것 같은디, 언니 생각은 어떤가…? 내 말이 맞어 안 맞어…? 히히히 헤헤헤…."

신궁자가 이렇게 묻자 이춘녀가 들고 있던 숟가락을 머리 위로 쳐들었다. 그러더니 숟가락 뒷면으로 신궁자의 머리꼭지를 내리쳤다.

"아야아…! 아이고 아퍼…! 아아니 언니, 어어… 어째 이러는겨? 대관절 무신 일로 내 대갈통을 숟까락으로 후려 갈기냐고…?"

"야 이 속창알머리 읎는 년아! 이 일이 시방 웃고 떠들 일이냐?"

"글면 웃고 떠들 일이지 울고 감출 일인가?"

"야, 이년아! 니가 아무리 대갈팍이 안 돌아가는 닭대가리라고 허지만 시방 돌아가는 일이 똥인지 된장인지 참말로 분간을 못 헌단 말이여?"

"아니 언니, 객선 승무원들이 다 죽은 줄 알았던만 최 선장도 살었고, 형부도 살었다믄 박술 치고 축할 혀야 될 일이지 묻 땜시 울며 불며 감추냐고?"

"너 존 말 헐 때 고 주둥아리 닥쳐라 잉! 안 그러믄 오늘 니 주둥아릴 쫘악 찢어버리는 수가 있응께…!"

이춘녀가 숟가락을 쳐들고 신궁자의 머리를 다시 내려칠 자세를 취했다. 그러자 신궁자는 벌떡 일어나 자리를 피했다. 전화벨이 울렸다. 임영범이 받았다. 벌금리에 사는 외삼촌 이윤복의 전화였다.

"예, 삼촌…! 예 저도 지금 테레빌 보고 있는데요. 아버님이 살어 계신다면 얼마나 좋겠습니까만 저는 믿기지 않는데… 뭐 그러면 얼마나 좋겠습니까…! 아 글쎄 뉴슬 못 믿는 게 아니라요, 솔직히 말씀드리면 전 뭐가 뭔지 잘 모르겠네요…. 네… 네… 잠시만요, 어머닐 바꿔 드릴 테닌까…! 어머니, 벌금 외삼촌이네….”

임영범이 건네 준 수화기를 이춘녀가 받아 들었다.

“오빠, 나요…! 야, 나도 시방 테레빌 보고 있는디라우, 고 양반이 살어있다믄 집으로 올 양반이지 안 올 양반이요…? 오빠도 알것지만 내가 결혼을 헌 지 35년이요, 그런디 고 양반 성질머릴 내가 어찌 모리것소…! 오빠 말대로 고 양반이 째째허게 으디로 내뺄 사람은 아니고 말고라우…! 그러지라우, 살어있다믄 폴쏘 나 헌티 어찌기든 연락을 읐을 턴디… 야… 어따 참말이랑께요. 난 고 양반헌티 전홛 받은 적도 읎고, 으디서 기벨을 받은 적도 읎는디… 야… 야… 그러지라우, 살어만 있다면야 얼매나 좋것소, 고것이 아닌 것 같응께 시방 내 맴이 심란허요 참말로…!”

이춘녀는 오빠 이윤복과 전화 통화를 하면서 목덜미를 자꾸 주물렀다. 뒷골이 당기는 모양이었다. 그미와 이윤복의 전화 통화가 끝난 뒤, 이곳저곳에서 임사공의 생존 여부를 묻는 전화가 빗발쳤다. 전화기가 불이 날 정도였다. 오는 전화 대부분은 그미가 받았고, 일부는 임영범이 받았다. 임영범은 삐삐에 찍힌 전화번호를 확인하며 수화기를 들기도 했다.

이춘녀네 집 앞 골목에서 조희오는 담배를 꺼내 물었다. 면사무소와 지서가 코앞에 있는 골목에서 그는 담배연기를 바쁘게 뿜어내며 고민에 빠져 있다. 참사 사흘째인 오늘은 어머니와 아들의 시신을 찾을 수 있을지, 언론 보도처럼 이모부 임사공이 생존한 것인지, 부안경찰서로 넘어간 이순신은 언제 풀려날지, 격포 이순신의 집에 누워 있는 아내 김옥자의 몸 상태는 정말 괜찮은 건지….

눈앞에 펼쳐진 이런저런 난제들을 꼽아 보자니 조희오는 속이 타는 모양이다. 벌써 세 개비째 줄담배를 피우는 중이다.

"희오, 아침은 먹었냐?"

딴치도 출신으로 정치권에 발을 깊숙이 걸치고 있는 김두길이면 사무소 쪽에서 걸어왔다. 조희오의 형 조희진과 위도국민학교 동창인 그는 국회의원 김금수 의원의 보좌관을 지낸 바 있다. 그의 등 뒤엔 낯선 남자 2명이 서 있다.

"아니 형님, 여긴 어쩐 일이세요?"

"어어, 여기 저 서울서 온 《금수일보》 기자분들인데, 너그 이모 지금 댁에 계시냐?"

"네, 집에 계십니다만 왜 그러시죠?"

"어, 이분들이 너그 이모부 문제로 취잴 좀 하시겠다는데 니가 안낼 좀 해주면 좋것다!"

"글쎄요…."

조희오가 말꼬리를 흐리며 머뭇거리자 김두길은 기자들을 데리고 이춘녀네 집안으로 들어갔다. 그들의 뒷모습을 바라보고 있는 조희오의 눈에 칼날이 섰다.

"야, 이 씨부랄 새끼들아 쩌리 안꺼져…?"

이춘녀네 집안에서 임영범의 고함소리가 들려왔다. 조희오는 물고 있던 담배를 길바닥에 내던지고 집안으로 뛰어갔다.

"야, 이 썹새꺄! 우리 어머니가 무슨 죄를 졌길래 이러는 것이여,

엉? 너 이 새끼, 뒈지고 싶어 환장을 했냐, 엉…?"

임영범이 기자 한 명의 멱살을 잡고 흔들었다. 옆에 있던 김두길이 임영범의 팔뚝을 붙들고 뜯어말렸다.

"야 임마, 영범아! 너 왜 이러냐…?"

"왜 이러긴요. 형님 같으면 이 씹새낄 가만 놔두겠소? 우리 어머니더러 아버질 어디다 숨겨 놓고 혹시 오리발을 내미는 것 아니냐니, 범법잘 숨겨 주거나 도주를 도우면 큰일을 당한다는 걸 혹시 알고 있냐니, 아 씨발, 형님이 나라면 이 개새낄 가만 놔두겠냐구요?"

"그래도 그렇지 임마, 이 멱살은 놓고 얘길 허든 안 되것냐?"

임영범은 잡고 있던 기자의 멱살을 놓고 김두길에게 소리쳤다.

"얼른 나가쇼! 이 개새끼들 데리고 얼른 우리 집에서 나가라구요?"

김두길이 뭉그적거리자 임영범은 마당 왼쪽에 있는 헛간으로 뛰어들더니 낫을 들고 나왔다.

"얼른 나가라구요! 씨발, 이 기레기 개새끼들 뎃고 얼른 우리 집서 나가란 말이요!"

임영범이 사지를 벌벌 떨고 있는 김두길을 향해 이렇게 이를 갈며 고함을 내질렀다. 낫을 든 그의 오른손도 심하게 떨렸다.

"아아 알았다, 영범아! 나아… 나갈 텐게 쪼옴… 쫌만 지둘러주라잉…!"

김두길이 기자 2명을 데리고 허겁지겁 집밖으로 나갔다. 그들의 모습이 사라진 뒤 임영범이 쌍욕을 퍼부었다.

"햐 씨발, 김두길이 개새끼, 저 천하에 그 잡놈을 오늘 그냥 팍 요절을 냈어야 되는디… 흐으윽…! 흐으윽…! 엉어어어…!"

임영범이 흐느끼기 시작했다. 그 상황을 옆에서 지켜보고 있는 조희오의 눈에도 눈물이 골짝 났다.

"흐으 흐으윽…! 엉어어어…! 어엉어어…!"

마루에 앉아 있는 이춘녀의 입에서 다시 또 서글픈 곡소리가 쏟아져 나왔다. 그미 옆에 앉아 있는 신궁자는 뚝뚝 떨어지는 눈물을 훔치고 있다. 이춘녀네 집안에서는 한참 동안 곡소리가 울려 퍼졌다. 그 곡소리가 멎은 것은 10분쯤 뒤였다. 다른 불청객이 집으로 찾아왔기 때문이다.

"아니, 저 개새끼들이 왜 우리 집에 기어오는 것이여 잉!"

마루에 앉아 있던 임영범이 이렇게 소리치며 벌떡 일어섰다. 집안으로 3명의 경찰이 들어섰다. 그 가운데 한 명은 김 순경이고, 나머지 두 명은 어깨에 M1 소총을 멘 전경이다.

"야, 이 짭새 새끼들아! 니들이 우리 집에 무슨 볼일이 있간디 아침 식전부터 기어 온 것이여, 엉?"

마루 밑에 내려놓았던 낫을 집어 들고 마당으로 뛰어나간 임영범이 경찰 앞을 가로막았다. 임영범의 오른손에 들려 있는 서슬이 퍼런 낫을 보고 경찰이 겁을 집어 먹은 듯했다. 그들은 마당 한 가운데에 걸음을 멈춰 세운 뒤 한 발짝도 떼지 못했다.

"야, 이 개새끼들아, 얼른 안 꺼져, 엉?"

임영범의 오른손에 들려있는 낫이 눈앞에서 춤을 추자 경찰 3명의 얼굴이 파랗게 질렸다. 그런 상황에서 김 순경이 조심스럽게 입을 열었다.

"저어 임영범 씨, 이… 이러지 마시구요. 혀업… 협졸 좀 해주시면 안 될까요?"

"무슨 협졸 해달라는 거여, 새꺄?"

"아아… 아버님이 생존했다고 해서 조오살 나온 거니까요. 어머님하고 몇 마디 얘길 좀 나누게 해주시면 안 되겠습니까?"

"야, 이 새꺄! 우리 아버지가 살아계시는 걸 니 눈깔로 직접 확인했어?"

"직접 확인은 못했습니다만 언론 보도처럼요. 증인도 여러 명이구요. 여기저기서 제보가 쏟아지고 있어 이렇게 염치불구하고 찾아왔는데, 죄송하지만 협졸 좀 해주시죠!"

"난 협졸 헐 수 없으니깐 얼른 기어나가란 말이여 새꺄! 씨발, 이 낫으로 니 모가질 쳐버리기 전에!"

"그으 심정은 이핵 하겠습니다만 이… 이러지 마시구요. 저흰 지금 공물 집행하고 있다는 걸 참작해 주시면 고맙겠습니다!"

"뭐, 공무 집행? 야, 이 새꺄, 공무라니, 우리 가족이 씨발, 죄인이라도 된단 말이여, 엉?"

"죄에… 죄송하지만 그럴 수도 있습니다. 마안… 만약에요. 아버님이 살아계신다면 여러 가지 법을 어긴 거라 경찰 조살 받아야 되구요. 만약 가족들이 아버님의 도필 돕고 있다면 여억시 법을 어긴 건데, 제… 제가 알기론요. 서해훼리호 승무원들한텐 아직 지명수

밴 안 떨어진 것 같은데요. 엊저녁에 검찰청에서 특별수사팀이 꾸려졌다니 곧 지명수배가 떨어질 것 같은데, 그으리 아시고 협좀 좀 해주시죠, 제에발 부탁입니다!"

"야, 이 호로 상놈오 새끼들아, 지명수배가 곧 떨어진다니 우리 아버지가 무슨 죌 졌간디 이러는 것이여 잉? 흐으윽…! 흐으윽…! 엉어어어… 어엉어어어…!"

울부짖던 임영범이 왼손으로 김 순경의 멱살을 움켜잡았다.

"야, 이 씹새꺄, 뭐? 우리 아버질 지명수배헌다고? 너 이 짭새 새끼, 터진 입이라고 함부로 놀리고 있는데, 너 정말 죽고 싶어 환장을 했냐, 엉?"

임영범이 김 순경의 멱살을 쥐고 흔들며 낫을 높이 쳐들자 전경 2명이 조심스럽게 발걸음을 뗐다. 그러더니 순식간에 임영범의 오른팔을 낚아챘다.

"이 손 놔! 이 손 안 놀래…? 야, 이 개새끼들아, 뒈지고 싶지 않으면 어서 이 손 노란 말이여, 어서…!"

임영범과 전경 사이에 몸싸움이 벌어졌다. 격렬한 몸싸움 끝에 임영범이 엉덩방아를 찧으며 뒤로 넘어졌다. 그러면서 낫을 땅에 떨어뜨렸다. 전경 한 명이 그 낫을 집으려고 허리를 굽혀 손을 내밀었다. 이때 조희오가 뛰어들었다.

"야, 이 개새끼들아! 니들 저리 안 꺼져, 엉?"

조희오의 손엔 몽둥이가 들려있다. 넘어졌다 일어선 임영범의 손엔 어느새 집어 들었는지 다시 낫이 들려있다.

"야, 이 개새끼들아, 얼른 우리 집에서 나가라고…! 하, 이 개새끼들이 겁대가릴 상실했나, 어서 안 나갈래, 엉…!"

임영범이 고함을 내지른 뒤 한 발 한 발 앞으로 전진했다. 몽둥이를 든 조희오도 임영범과 보조를 맞추며 앞으로 나아갔다. 두 사람은 이심전심으로 경찰을 집밖으로 몰아낼 작정을 굳힌 듯했다. 그러자 김 순경은 슬금슬금 뒷걸음질을 쳤다. M1 소총을 손에 든 2명의 전경도 언제 어떻게 날아올지 모를 몽둥이와 낫을 경계하면서 조심스럽게 뒤로 물러섰다. 이렇게 팽팽한 긴장이 감돌고 있는데, 이춘녀의 애절한 목소리가 임영범의 등 뒤에서 날아들었다.

"영범아, 이 썩을 놈아! 언능 이 낫 안 내려 놀래, 잉?"

신발도 신지 않고 맨발로 대문 근처까지 뛰어나온 그미의 손이 낫을 들고 있는 이영범의 오른손 손목을 붙들었다.

"어머니, 이 손 놓소…! 얼른 이 손 좀 노란 말이요…!"

"이 애미 오늘 죽는 꼴 보고자퍼서 이러냐…? 나 죽는 꼴 안 볼라믄 이눔아 언능 이 낫 내려 노라고…!"

"어머니, 정말 왜 이러능가? 이 개새끼들 다 죽여버리고 나도 죽으면 된께 저리 좀 가 계시란말이요…. 씨발 우린 지금 아버지가 살아계신지, 돌아가셨는지도 몰라서 똥줄이 타고 있는데 이 짭새들이 이 지랄을 떨고 있는데, 이 새끼들을 냅싸 두란 말인가?"

"이 애미도 시방 속에서 천불이 난다만 근다고 엠헌 사람들을 낫으로 찔러 죽일 순 없잖여, 이눔아!"

"어머니, 죄송하지만 나도 살기 싫으요. 이 개 같은 세상살이 참말로 찌긋찌긋허단 말이네!"

"야, 이눔아! 시방 그게 내 앞에서 헐 소리냐? 참말로 그게 애미 앞으서 헐소리냐고?"

"어머니, 정말 죄송한데요. 제발 저리 가 계시란 말이요. 개만도 못 허고 소만도 못 헌 이 씹새끼들 오늘 그냥 다 쥑여 버리게!"

"이 썩을 놈아, 넌 하나 밖에 읎는 자식인디 만약으 너헌티 무신 일이 나믄 너그 아버지 한은 누가 풀어드리냐고?"

임영범은 말문이 막힌 듯 더 이상 말대꾸를 하지 못했다.

"내 손에다 장을 지진다만 만약으 너그 아부지가 살어지신다믄 쩨쩨허기 으디 숨을 양반이 절대 아니다! 그런디 이렇기 억울헌 누명을 쓰고 돌아가시믄 그 한을 어떻기 풀어 드릴 것이여, 잉?"

"어머니⋯! 흐으윽⋯. 아버지가요. 치사허게 어디 숨거나 도망칠 분이 아니란 걸 나도 잘 안다구요. 근데도 이 씨부랄 새끼들이 우리 아버질 죄인 취급을 허니 흐으윽⋯! 엉어어어⋯! 어머니, 나도 요, 이 개새끼들 말대도 아버지가 살아계신다면 참말로 여한이 없 것소⋯! 승객들을 버리고 도망쳤다고 손가락질을 받어도 상관없고, 으디 숨어계시다가 붙잡혀서 감옥에 가셔도 관계없고, 아버지가 살아만 계신다면 난 그것으로 족할라네! 근데 그게 아닌 것 같어서 참말로 미치고 환장허겄는데, 이 개새끼들이 사람 속도 모르고 염장을 질러대니⋯. 흐으윽, 어머니⋯! 흐으윽, 아버지⋯ 어엉어어⋯!"

"늑으 아부지 억울헌 누명을 풀어 드릴라믄 언능 이 낫 내려 놓고 김 순경 저 양반이 허자는 대로 해보잔 말이다. 참말로 이러다 너헌티 무신 일이라도 생기믄 그땐 이눔아 나도 저 헛깐에 있는 농약을 마시고 시상을 하직헐지 모린단 말이다…. 흐으윽…. 엉어어어…. 어엉어어…!"

이춘녀가 이렇게 울부짖자 임영범은 들고 있던 낫을 내려놓았다. 조희오도 몽둥이를 내려놓았다. 마당에서 벌어진 한바탕 소란이 멎은 뒤, 이춘녀는 김 순경의 조사에 순순히 응했다. 그미는 여객선 침몰 직후 단 한 차례도 남편 임사공의 연락을 받은 적이 없고, 도피를 도운 적도 없다고 강조하고 또 강조했다.

조사를 마친 김 순경과 전경 2명이 대문 밖으로 나가자 그 뒤를 신궁자가 따라 나섰다. 잠시 뒤 그미가 마당으로 들어섰다.

"어쩌 니년의 낯빠닥이 똥 씹은 쌍판대기냐?"

풀이 죽어 마루에 털썩 주저앉는 신궁자에게 이춘녀가 물었다.

"언니, 뻔데기 앞으서 주름 잡기 싫은께 나 좀 냅싸 뒀으믄 좋것고만, 흐으윽!"

"뻔데기 앞으서 주름 잡기 실텡! 고것이 뭔소리다냐?"

"시방 언니 속이 시커멓기 탔을 턴디, 어찌기 하찮은 내 신세타령을 늘어 놓것능가, 흐으윽…!"

"김 순경헌티 두성이 애비 소식을 물어 보는 것 같던디, 언지나 풀려난다고 허디?"

"글씨, 모린다고 안 허능가? 어저끄 태양호서 저지른 일이 간단헌 것이 아니래여…! 흐으윽…! 흐으윽, 엉어어어…!"

신궁자가 참고 참던 울음보를 결국 터뜨렸다. 그미를 물끄러미 바라보고 있는 이춘녀도 질금질금 눈물을 짜냈다. 신궁자와 이춘녀의 울음소리가 멎을 때쯤 집안으로 사람들이 들이닥쳤다. 이번엔 집안사람들이다. 이춘녀의 오빠 이윤복이 올케 박양란과 함께 먼저 마당으로 들어섰다. 5분 뒤, 조희오의 큰형인 조희진 내외가 들어왔다. 조희오의 둘째형인 조희택이 여동생인 조수희와 매제 용삼영을 데리고 집안으로 들어 온 것은 오전 8시 50분쯤이다.

"그나지나 앞으로 어찌야 쓸까 잉….."

안방에 둘러앉았지만 모두들 말이 없자 박양란이 이렇게 말길을 텄다.

"글씨 말이네, 시방 돌아가는 꼬락서니가 참말로 요상시런디 이 일을 어쩌믄 좋당가?"

신궁자가 맞장구를 쳤지만 이춘녀는 입을 꾹 닫고 있다.

"고모! 참말로 영범이 아빠헌티 아무 기벨도 읎어?"

박양란이 조심스럽게 이렇게 물었다. 이춘녀는 대답을 하지 않았지만 윗목에 앉아 있던 임영범이 발끈했다.

"아니 외숙모, 지금 무슨 소릴 허는 거요?"

"아니 영범아, 내가 시방 어쨌다고 이랬쌌나?"

"아버지한테 연락이 없냐니요? 그럼 숙몬 지금 우리 아버지가 살어계신다고 믿는 거요?"

"테레비서도 그라고, 위도 사람들도 다 그렇기 믿고들 있는 것 같던디 내가 무신 잘못을 혔다고 이런다냐?"

"참 너무하시네요. 세상 사람들이 그렇기 믿고 떠들어도요. 집안

사람들은 제발 저흴 믿어주셔야 되는 것 아뇨? 하늘에 걸고 맹세컨
대, 나도 그렇고, 어머니도 그렇구요, 아버지한테 전활 받은 적도 없
고, 목소리도 들은 적 없습니다. 근데 왜들 이러시냐구요? 아까 어
머니허고 외삼촌허고 통활 허는 걸 옆에서 들었는데, 외삼촌도 저
흴 못 믿는 것 같던디 참말로 해도 해도 너무들 허시네요…! 흐으
윽…! 흐으윽…! 엉어어어…! 어엉어어…!"

복받치는 설움을 참을 수 없는지 임영범이 울면서 마루로 나갔
다. 안방 윗목에 나란히 앉아 있던 조희오와 조희택 형제가 그 뒤를
따라 나섰다.

"희오 너, 나허고 얘길 좀 헐꺼나!"

조희택이 동생 조희오를 데리고 집밖으로 나섰다. 조희오의 둘째
형 조희택은 올해 나이 서른다섯으로 임영범보다 두 살 많고, 조희
오보다는 여섯 살이 더 많다. 그는 위도중학교를 졸업한 뒤 서울에
서 봉제공장을 운영하고 있다.

"어제 격포서 들어옴서 제수씰 만났다. 근데 몸이 좋지 않던데, 여
긴 나헌티 맡기고 넌 격포에 가 있는 것이 어떻겠냐?"

"글쎄 나도 그런 생각을 안 해본 건 아닌데, 어떻기 허는 것이 옳
은 일인지 참말로 판단이 안 서네요…!"

"동해 시신을 찾는 것도 중요허겄지만 이러다 제수씨 몸에 탈이
생기면 뱃속에 든 아이까지 위험할 수 있다. 그렁게 내 얘길 허투루
듣지 말라고!"

"고마워, 형!"

"그러고 너 한 가지 명심헐 게 있다!"

"뭔데요?"

"너 지발 사고치지 마라 잉!"

"제가 무슨 사골 친다고 이러세요?"

"희진이 형님도 그러고 수희허고 용 서방도 그러고 럭비공 같은 니가 어디로 튈지 몰라서 다들 걱정이 태산인께, 지발 너 대학 다닐 때처럼 함부로 행동하지 마라 잉! 지금 니 처지가 그때허곤 하늘과 땅 차이라는 걸 명심허란 말이여! 동핸 갱물 속에 있고, 니 처 뱃속엔 또 한 멩의 아이가 있잖어! 그런께 어떤 일이 있어도 네락없이 나서서 나대지 말란 말이여!"

조희택의 충고가 따끔한 듯 조희오는 입을 떼지 못했다. 시선을 하늘로 돌리고 눈물을 글썽거리는 조희오에게 조희택이 담배를 권했다. 두 형제가 뿜어내는 담배 연기가 이춘녀네 집 담벼락 위로 흩어졌다.

5.
대통령의
파장금항 방문

　조희오의 입과 코에서 빠져 나온 담배연기가 딴치도 박문수네 집 돌담 너머로 갯바람을 타고 넘나들기 시작한 것은 그로부터 20분쯤 뒤였다. 조희오는 진리 이춘녀네 집에서 고창댁의 발인 시간에 맞춰 딴치도로 건너왔다.

　"가남보살 가남보살! 상은 낮추고 하는 높이고 가남보살 가남보살…"

　상여소리에 맞춰 고창댁의 시신이 들어 있는 관이 박문수네 집 안방에서 마루를 거쳐 마당으로 나왔다. 상주인 박문수의 위도중학교 동창들이 상가 안방에서부터 큰딴치도 부둣가 모정 앞까지 운구한 관에 동네 어른들이 꽃상여를 씌웠다.

　"어머니, 엉어어어…! 엄마, 어엉어어…!"

　박문수 등 고창댁 유족들의 곡소리가 큰딴치도 부둣가에 울려 퍼졌다. 서해훼리호 참사로 희생된 위도 주민의 첫 노제(路祭)가 이렇게 시작됐다. 부둣가에 모인 백여 명의 위도 주민들이 눈물을 펑펑 쏟아냈다. 오늘 하루에만 세 곳의 마을에서 서해훼리호 침몰 사고로 희생당한 위도 주민들의 장례식이 치러지다보니 고창댁의 노제를 지켜보고 있는 사람들은 주로 치도리와 딴치도리의 주민들이다.

"어너 어너 어어 너와 어와 너…! 어너 어너 어어 너와 어와 너…! 어너 어어너 어어 너와 어와 너어…! 어너 어어너 어어 너와 어와 너어…! 북망산천이 멀다더니 문전산이 북망산일세…! 어너 어너 어어 너와 어와 너…! 숙모 숙모 우리 숙모 이제 가면 언제 올꼬…! 어너 어너 어어 너와 어와 너…! 어너 어어너 어어 너와 어와 너어…! 어너 어어너 어어 너와 어와 너어…!"

고창댁의 주검을 실은 꽃상여의 앞머리를 붙들고 땡그랑 땡그랑 조종(弔鐘)을 울리며 앞소리를 메기고 있는 앞소리꾼은 김대수다. 김대수는 김만수의 형이자 박문수네 친고모의 장남이다. 그는 현재 딴치도 어촌계장을 맡고 있다.

상여를 메고 있는 상두꾼의 절반 이상은 박문수의 중학교 동창들이다. 그 가운데는 조희오도 끼어 있다. 그런데 그의 몸은 딴치도에 있지만 마음은 파장금항에 가 있다. 헬리콥터를 타고 오전 10시쯤 파장금항에 도착할 예정인 영민국 대통령 때문이다.

어제 오후 저녁 무렵 청와대 경호실의 경호원들이 파장금항에 들어왔다. 그들은 파장금항 일대를 구석구석 수색했다. 검은색 양복 차림의 귀에 무전기 이어폰을 낀 경호원은 모두 40여 명이었다. 그들은 포구와 마을 고샅, 그리고 인근 야산 등을 샅샅이 뒤졌다.

경호원들은 또 탈각장 뒤편의 매립지에 헬리콥터가 뜨고 내릴 수 있는 임시 헬기장을 마련했다. 파장금항 바다 속 갯바닥에서갯벌을 퍼서 메운 매립지에 모래주머니를 원형으로 쌓았다. 그 형태는 마치 씨름판 같았는데, 면적은 조금 더 넓었다.

청와대 경호원들의 이런 움직임과 공무원 등의 귀띔 때문에 영민국 대통령이 파장금항을 방문한다는 소문이 어젯밤 위도에 쫙 퍼졌다. 이 소식을 듣고 이른 아침부터 위도 주민들은 파장금항으로 향했다. 치도리와 딴치도리의 마을 이장도 벌써 파장금항에 가 있다.

고창댁의 상여를 어깨에 메고 있는 상두꾼 조희오의 고민은 시간이 흐를수록 더욱 깊어졌다.

'씨발, 파장금엘 가야 되는 것이여, 말아야 되는 것이여? 파장금에 가서 운 좋게 대통령을 만나게 된다면 무슨 얘길 해야 되는 것이여? 우리 가족의 시신을 빨리 인양해 달라고 부탁을 해야 되는 것이여, 아니믄 내 어머니와 아들을 살려내라고 몽니를 부려야 되는 것이여? 씨부랄, 그것도 아니면 무능하고, 무책임한 대통령은 위도에서 물러가라고 외쳐야 되는 것이여…?'

조희오의 머릿속은 복잡했다. 괜히 나서서 사고치지 말라고 신신당부한 작은형 조희택의 말도 뇌리에 깊이 박혀서 의식을 짓누르고 있다.

"어너 어너 어너와 어와너…! 어너 어너 어어 너와 어와 너…! 어너 어어너 어어 너와 어와 너어…! 어너 어어너 어어 너와 어와 너

어…! 간다 간다 나는 간다 황천길을 나는 간다…! 어너 어너 어어
너와 어와 너…! 일가친척 많다지만 대신 갈 사람 아무도 없네…!
어너 어너 어어 너와 어와 너…! 어너 어어너 어어 너와 어와 너
어…! 어너 어어너 어어 너와 어와 너어…!"

상여 앞소리꾼을 위도에서는 '내미장군'이라고 부른다. 내미장군
김대수가 메기는 앞소리에 맞춰 뒷소리를 받고 있는 상여꾼 조희오
의 눈에는 눈물이 가득했다. 인당수에 수장된 어머니 이춘심과 아
들 조동해, 그리고 이모부 임사공의 얼굴이 떠올라 눈물이 앞을 가
렸다.

조희오는 눈물을 가득 머금고 있는 눈으로 뒤를 돌아보았다. 어
머니의 저승 가는 길을 단 1초라도 늦추려는 듯 꽃상여의 뒤끝을 붙
들고 늘어지며 울부짖고 있는 상주 박문수의 모습에 그의 가슴이
미어졌다. 자신도 곧 저런 처지가 될 것이라고 생각하니 가슴이 갈
기갈기 찢어지는 것 같이 아팠다.

"망월봉아 망금봉아 잘 있거라 나는 간다…! 어너 어너 어어 너
와 어와 너…! 성지섬아 임수도야 언지 다시 너를 볼꼬…! 어너 어
너 어어 너와 어와 너…! 징허구나 징허구나 저 바다가 징허구나…!
어너 어너 어어 너와 어와 너…! 객선 타고 육지 가다 이게 무신 봉
변인가…! 어너 어너 어어 너와 어와 너…! 인당수에 빠진 영혼 어
서 나와 한을 풀소…! 어너 어너 어어 너와 어와 너…! 이승에서 못
다한 정 저승에서 나눠보세…! 어너 어너 어어 너와 어와 너…! 어
너 어어너 어어 너와 어와 너어…! 어너 어어너 어어 너와 어와 너

어…!"

조희오는 감당하기 힘든 슬픔 때문에 더 이상 상여를 멜 수 없는지 상여꾼의 행렬에서 빠져 나왔다. 그런 다음 부둣가에 주저앉아 울부짖기 시작했다.

"어머니…! 엉어어어…! 동해야…! 어엉어어…! 엉어어어 이모부…!"

한참 동안 울부짖던 조희오가 자리에서 일어났다. 파장금항으로 가서 대통령을 만나야 되겠다는 결심을 굳힌 듯했다. 그는 손목시계를 들여다보았다. 현재 시간 오전 9시 50분, 소문대로 대통령이 파장금항에 도착하려면 10분밖에 남지 않았다. 조희오는 뛰기 시작했다.

'씨발 사고 발생 사흘째가 됐는데도 승선 인원이 몇 명인지, 실종자가 몇 명인지 파악도 못 허고 있는 이 개떡 같은 나라! 늑장 출동에 소극적인 대처로 단 한 명의 생존자도 구출허지 못한 이 무능하고 대책이 없는 나라! 선박 구졸 변경허지 않았는데도 정원을 서른네 명이나 늘려주고, 철공소 수준의 조선소서 연안여객선을 만들어도 눈감아 주는 이 도적놈들의 나라! 승객 명불 만들어 승선 인원을 무선으로 보골 허지 않았는데도, 항해살 태우지 않고 궂은 날씨에 출항을 했는데도 여객선 선사를 비호하고 뒤를 봐주는 이 썩어빠진 나라! 아 씨발, 이런 금수공화국의 대통령이 지금 파장금항에 찾아온다는데 어머니를 잃고, 아들을 잃고, 이모부를 잃은 유가족인 내가 그저 먼 발치서 지켜만 보고 있어야 된단 말인가? 가보자! 이 미

개한 국가의 대통령이 위도 주민들 앞에서 어떻게 위선을 떨면서
자신허고 청와대의 책임을 다른 데로 돌리는지 가서 한번 확인해
보자…!'

이렇게 각오를 다지며 조희오는 뜀박질에 속도를 붙였다. 숨이
차고 다리가 아프지만 대통령이 위도를 떠나기 전에 파장금항에 꼭
도착하고 싶었다. 그가 긴 딴치도다리를 건너 치도리 동천길 마을회
관 앞에 도착했을 때, 위도초등학교 쪽에서 낡은 용달차 한 대가 다
가왔다. 손을 들고 차를 세워 파장금항까지 태워 달라고 부탁을 해
보고 싶었지만 용달차는 눈 깜짝할 사이에 동천길을 빠져 나갔다.

'힘들어도 가자! 시간이 좀 늦더라도 가보자! 파장금에 가서 대통
령한테 인당수 물귀신이 된 불쌍헌 영혼들으 주검을 조속히 인양하
라고 요구허자. 무고허게 돌아가신 영혼들의 주검을 바다 속 미물
들으 허기진 배를 채우는 요깃거리로 방치할 순 없지 않은가!내 어
머니의 손발을, 내 아들의 입과 눈을, 내 이모부의 코와 귀를 물고기
가 파먹고 꽃게가 뜯어 먹으라고 놔둘 순 없는 일 아닌가…!'

조희오의 눈에서 뜨거운 눈물이 쏟아졌다. 자식 된 도리를, 아비
된 도리를, 조카 된 도리를 다하지 못하고 있는 자신의 신세가 한심
하고 처량하다는 생각이 들었다.

"흐윽 흐윽 흐으윽…!"

숨이 차서 헐떡거리면서도 조희오의 입에서는 낮은 곡소리가 새
어 나왔다. 그런데 이번 곡소리는 느낌이 좀 남달랐다.

"흐으윽 흐윽… 에잇 씨발 흐으윽…!"

참사 당일, 조희오는 외삼촌 이윤복네 낚싯배 삼성호를 타고 위도에 들어왔다. 그런데 그를 대하는 큰형 조희진 내외의 눈빛은 매우 싸늘했다. 뿐만 아니라 그들의 관심은 실종된 어머니 이춘심에게만 쏠려 있을 뿐 조카 조동해는 관심 밖이었다. 조희오는 그 이유를 오늘 아침에야 어느 정도 짐작하게 되었다.

　"내가 희오 너헌티 이 말을 혀야 되는지 말어야 되는지 참말로 판단이 안 서서 입을 꽉 다물까 했다만 언진가는 너도 알어야 될 것 같어서 허는 말인디, 너그 성 희진이허고 희택이는 물론이고 말이다, 너그 성수도 그러고 누나도 그러고, 심지어는 잉, 너그 매양도 마찬가지던디, 너그 오메가 이렇기 갑작시럽게 돌아가신 것은 순전히 너그 각시 때문이라는 생각들을 갖고 있지 뭐냐…! 희오 너도 잘 알고 있겄지만 사고 전날도 그러고 사고 당일 아침에도 그러고 너그 처가 독감에 걸린 동핼 부안이나 전주에 있는 큰 뱅원에 뎄고 가야된께 너그 오메 더러 애길 뎄고 객선이 뜨면 꼭 좀 객포로 나오라고 울며불며 신신당불혔는디, 그렇다고 혀서 너그 오메가 동해 에미 땜시 돌아가셨다고 말헐 순 없는 것 아니냐! 그런디도 너그 성지간들은 동핼 에미 땜시 너그 오메가 돌아가셨다고 험서러 모다 한 통속이 되어가꼬 꽁알꽁알허던디, 나 참 다들 말이여 자식을 낳아서 키우는 사람들이 어찌기 그럴 수가 있다냐…! 메누리가 아퍼서 사경을 헤매는 어린 자식을 큰 뱅원으로 뎄고 갈라고 씨오멩헌티 육지로 데리고 나오라고 헌 것이 무신 잘못이라고 다들 동해 에미 살인자 취급을 허는지 참말로 난 그 속들을 알다가도 모리 것당께…!"

오늘 아침, 박양란이 이렇게 혀를 차며 전하는 말을 듣고 조희오
는 천 길 낭떠러지로 떨어지는 것 같은 절망감을 느꼈다.

"엉어어어 어머니…! 어엉어어 동해야…!"

이렇게 피울음을 쏟아내며 조희오는 위도초등학교를 지나 치도
리와 진리를 잇는 가파른 고갯길을 오르기 시작했다. '진말잔둥'으
로 불리는 해발 100m 정도의 고갯길을 피울음을 씹어내며 뛰어 오
르자니 숨이 턱까지 차오르고 심장이 터질 것 같다.

그렇게 조희오가 진말잔둥의 9부 능선쯤 다다르자 고개 너머 진
리 쪽에서 위도 마을버스가 올라왔다. 마을버스가 치도리를 지나
대리 쪽으로 가기 위해서 진말잔둥을 넘어오고 있다는 것을 익히
알고 있는 터라 그는 길섶으로 몸을 피했다.

버스가 지나간 뒤 그는 길 한가운데로 걸음을 옮겨 다시 뛰기 시
작했다. 흙먼지가 날아 와 눈 속으로 들어가서 눈을 비비고 있는데,
역시 진리 쪽에서 용달차 한 대가 진말잔둥 위로 올라왔다. 높은 고
개를 넘기 위해서 속력을 최대한 끌어 올린 탓인지 용달차가 치도
리 쪽 내리막길을 무서운 속도로 내려왔다.

"아아악…!"

용달차가 자신을 덮칠 것 같아 조희오는 비명을 지르며 눈을 감
았다.

"끼익…!"

용달차의 브레이크를 급히 밟는 소리가 귀청을 울렸다. 천만다행

으로 용달차는 조희오의 눈 앞 약 1미터 지점에서 멈춰 섰다.

"아 씨발, 누굴 죽일라고 작정을 한 것이여 뭣이여, 엉?"

조희오는 눈을 부릅뜨고 목청껏 고함을 질렀다. 그런데 용달차 운전자가 차창 밖으로 고개를 내밀며 씩 웃었다.

"아니 씨발, 무슨 낯짝으로 실실 웃고… 아, 아니 만수 형님…!"

목에 핏대를 세우고 오른손으로 삿대질을 하며 대거리를 벌이려고 덤비던 조희오의 입이 딱 굳어졌다. 용달차 운전자는 다름 아니고 딴치도 출신으로 경기도 구리시에 살고 있는 김만수였다. 김만수는 내미장군 김대수의 동생이자 상주인 박문수네 고모의 둘째 아들이다.

"아니 형님, 위도엔 언제 오셨어요?"

"어어, 오늘 아침 새벽에, 외숙모 장례식 때문에 격포서 낚싯밸 차대해서 들어왔다만, 근데 희오 너 지금 어딜가는 거냐?"

"파장금에 가는 중이네요!"

"파장금엔 왜?"

"대통령이 온다고 해서요. 쫓아가서 따지든지 몸부림을 치든지 해서라도 이 답답한 상황을 좀 바꿔 볼려구요!"

김만수는 손목시계를 들여다 본 뒤 말꼬리를 이어 붙였다.

"얼른 타라, 내가 실어다 줄 테니!"

조희오는 주저하지 않고 조수석에 올라탔다. 김만수는 진말잔둥의 좁은 고갯길에서 어렵게 차를 돌려서 오던 길을 되돌아갔다.

"대통령이 시방 브리핑을 받고 있던디!"

"브리핑이라뇨?"

"어, 대통령이 헬리콥털 타고 파장금에 도착하기 무섭게 군발이 몇 놈이 미리 세워 놓았던 상황판 앞에서 어쩌고저쩌고 하면서 브리핑을 허더라구!"

"대통령이 위도 주민들허고 대활 허는 시간은 없다고 허던가요?"

"글쎄 특별허게 그런 시간을 정했는지 모르겠다만 대통령이 당도 허기 전에 말이다. 김두길이허고 잠시 얘길 나눴는데, 고 새끼 허는 말이 지가 뭐 위도 주민들을 대표해서 대통령한테 한마디 허기로 돼 있다고 자랑을 늘어놓더라고…! 그리고 국회의원 김금수허고, 도의원 맹철수가 대통령한테 몇 가지 제안을 헌다고 허더라만…."

"김두길이 이 새끼도 유가족인가요?"

"글쎄다. 내가 오늘 새벽에 위도에 들어왔고, 지금 외숙모 묫자리 파는 일을 돕느라고 정신이 없다보니 위도 상황을 전혀 파악을 못해서 김두길이 고 새끼가 유가족인지 아닌지 모르겠다만, 그걸 왜 묻는데?"

"유가족도 아닌 놈이 위도 주민들을 대표해서 대통령한테 발언을 헌다니 열딱지가 나서 그러네요…."

김만수는 조희오의 말을 귀담아 듣지 않는 듯했다. 조희오를 얼른 파장금항에 태워다 주고 외숙모의 장지인 작은딴치도 가는 일이 급한 모양이다.

"형님, 그러면요, 제가 파장금에 가도 대통령을 만나기 힘들고설령 만난다고 허더라도 대활 나눌 수 있는 기회가 없겠네요?"

"내 짐작으론 말이다. 대통령이 위도에 당도허기 전에 의전을 맡은 청와대 관계자들이 김두길이 이 새끼들이랑 입을 맞춰 대통령허고 얘길 헐 사람들을 사전에 정한 것 같고, 지금 파장금항에 청와대 경호원 수십 명이 배치돼 있는 데다 경찰이 쫙 깔려 있어서 아마도 니가 선착장까지 들어가기 힘들 것 같은데 이 일을 어쩌면 좋냐…?"

조희오는 후회가 막급했다. 위도에 대통령이 오게 되면 어떻게 경호가 이루어지고 어떤 일정과 의전에 따라 움직이게 될지 미리파악을 못한 자신이 원망스러웠다.

김만수가 모는 용달차가 파장금항 어귀에 도착한 것은 오전 10시 35분쯤이었다. 김만수는 고창댁의 장지로 서둘러 가야 된다며 조희오가 내리자마자 차를 돌려 딴치도로 향했다. 파장금항 어귀에서는 경찰이 사람과 차량의 출입을 통제하고 있다. 그 총책임자는 김 순경이다.

"들어갈 수 없습니다…!"

아침 식전에 이춘녀네 집에 들렀던 전경 두 명이 파장금항으로 들어가려는 조희오의 앞을 가로 막았다.

"야! 새꺄 저리 안 비켜!"

조희오가 전경의 가슴을 밀며 호통을 쳤다.

"죄송하지만 지금은 출입이 안 됩니다…!"

"왜 출입이 안 되는데? 내가 위도 주민이고, 또 유가족인데 씨발 대통령한테 헐 말이 좀 있다는데, 왜 못 들어가게 허는 것이여 새꺄?"

조희오와 전경 사이에 실랑이가 벌어질 기미가 보이자 책임자인 김 순경이 끼어들었다.

"조희오씨! 죄송하지만 여긴 지금 출입을 할 수 없습니다!"

"왜 출입을 할 수 없냐고, 씨발?"

"보시다시피 지금 청와대 경호원들이 쫙 깔려 있고, 경찰도 군데 군데 배치 돼 있습니다. 저흰 지금 여기서 대통령이 계시는 저기 선착장으로 향하는 사람과 차량을 통제하고 있는데, 9시40분부턴 그 어떤 사람도 들여보내지 않았습니다. 저기 선착장에 계시는 위도 주민들은 모두 일찍들 오셔서 소정의 절차를 밟았는데, 좀 일찍 나오지 그랬어요…!"

조희오는 말문이 막혔다.

'아니 이 개새끼들이 진리 이모네 집에서 당한 걸 보복을 할려고 이러는 것이여 뭣이여 지금…!'

조희오는 이렇게 속으로 생각해 보았지만 설령 그렇다고 해도 김 순경의 말에 토를 달 수 없는 형편이다. 식전에 이모 이춘녀네 집에서 했던 것처럼 경찰을 향해 무턱대고 큰소리를 치거나 성질을 부릴 수도 없는 상황이다. 국가 원수인 대통령의 경호를 위해서 만전을 기하고 있다는 경찰 앞에서 어쭙잖은 행동을 보일 수는 없는 일이다. 그렇기는 하지만 단단히 벼르고 또 별렀는데 목전에 대통령을 두고 예서 걸음을 되돌릴 수는 없는 일이다. 무슨 수를 써서라도 기어코 오늘 대통령을 만나야겠다는 조희오의 눈앞에 펼쳐진 상황은 결코 녹록하지 않았다.

조희오는 까치발을 하고 탈각장 앞 선착장 일대를 살펴보았다. 영민국 대통령 앞에서 진행되고 있는 브리핑이 아직도 끝나지 않은 모양이었다. 그곳에 운집해 있는 사람은 4백 명이 넘을 듯 했다.

선착장 앞 바다엔 해경과 해군의 경비정 세 척이 떠 있다. 김만수의 말마따나 선착장까지 가는 길엔 백여 명의 경찰과 수십 명의 청와대 경호원이 늘어서 있다.

'아, 이거 정말 미치고 환장허것네! 브리핑 시간도 거의 다 끝나가는 것 같은데 이 일을 어쩌면 좋냐, 응…!'

조희오는 속으로 이렇게 탄식했다. 선착장까지 접근할 수 있는 마땅한 방법이 없어 애가 타고 입이 바짝바짝 마르는 그의 머릿속에 매립지의 임시 헬기장에 내려 앉아 있는 헬리콥터가 떠올랐다. 아까 김만수가 몰던 용달차를 타고 파장금고개를 넘어 오면서 눈여겨 보니 매립지 뒤편의 드넓은 맹지에는 경찰이나 경호원이 한 사람도 없었다.

딴전을 피우고 있는 김 순경의 눈치를 살피며 조희오는 탈각장 뒤편의 매립지 일대를 슬쩍 훔쳐보았다. 아니나 다를까, 경찰이나 경호원의 그림자도 보이지 않았다. 폐교가 된 파장금초등학교 근처에서 맹지를 가로지른다면 매립지에 마련된 임시 헬기장까지 접근이 가능할 수도 있을 듯했다.

'가자, 파장금잔등 쪽으로 가서 매립지로 들어가자! 대통령이 위돌 떠나려면 헬리콥털 꼬옥 타겠지…!'

조희오는 속으로 이렇게 각오를 다졌다. 순간적으로 그의 입가엔

얇은 미소가 흘렀다.

"김 순경, 너 이 개새끼, 오늘 아침 진리서 나한테 당한 걸 보복허려고 이러는 모양인데, 그래 너 두고 보자, 엉!"

조희오는 불끈 쥔 주먹을 들이대며 이렇게 김 순경을 윽박질렀다. 하지만 김 순경은 가소롭다는 눈빛으로 조희오를 바라보았다. 조희오는 등을 돌려 담배에 불을 붙이는 척 하면서 발걸음을 뗐다.

행여 경찰이나 청와대 경호원이 눈치 챌지도 모른다는 생각에 되도록 천천히 걸음을 옮겼다.

파장금리와 시름리 사이에 있는 파장금고개 밑 산자락엔 폐교가 된 파장금초등학교의 터가 남아 있다. 그 터로 들어가는 입구까지 터벅터벅 걸어 온 조희오는 심호흡을 한 뒤 임시 헬기장으로 가는 길을 가늠해 보았다.

500m쯤 떨어진 임시 헬기장 좌측에 작은 바위산이 하나 있다. 일명 '딴시름'이다. 치도리 앞에 있는 두 개의 섬을 '딴치도'라고 부르듯 시름리 앞에 있는 섬이어서 '딴시름'이라는 이름을 갖게 되었다고 한다. 그런데 딴시름은 파장금항의 방파제 공사를 하게 되면서 섬 속의 섬이 아닌 섬 속의 육지가 되었다.

조희오가 딴시름 오른쪽에 있는 드넓은 매립지의 임시 헬기장까지 가기 위해서는 널따란 남새밭과 갈대숲을 지나야 한다. 갈대숲을 빠져 나가면 좁은 자갈밭이 나온다. 이 자갈밭엔 사람 어깨 높이의 큰 바윗덩어리가 군데군데 박혀 있다. 그 자갈밭 뒤에 매립지가 펼쳐져 있는데, 갯벌을 퍼서 메운 탓에 발이 푹푹 빠지는 곳도 있다.

조희오는 허리를 최대한 굽혀 배추와 무가 여물고 있는 남새밭으로 들어갔다. 남새밭 주변의 밭두렁에 핀 보라색 도라지꽃이 유난히 돋보였다. 살랑거리는 갈바람을 따라 하늘하늘 춤을 추고 있는 코스모스와 꽃무릇도 잠시 그의 시선을 빼앗았다.

남새밭을 지나자 조희오의 눈앞에 무성한 갈대숲이 펼쳐졌다. 사람보다 큰 키를 자랑하며 고개를 푹 숙인 채 몸을 심하게 흔들고 있는 갈대를 헤치며 앞으로 한 발 한 발 전진한다는 것이 그리 쉬운 일은 아닐 성싶다. 그런데도 조희오는 갈대숲 속에서 뛰다시피 잰걸음을 쳤다.

갈대숲을 100m쯤 헤치고 나간 조희오는 고개를 들어 전방을 살펴보았다. 탈각장 뒤편으로 사람들이 길게 줄을 서 있다. 영민국 대통령이 그 사람들과 악수를 하고 있다. 아마도 대통령이 헬리콥터에 오를 시간이 다 된 모양이다. 그는 마음이 다급해졌다. 좀 더 서두르지 않으면 헬리콥터가 이륙하기 전에 임시 헬기장에 도착할 수 없을 것이라는 판단이 섰기 때문이다.

'아, 정말 미치겄네! 이런 기횐 다시 오기 어려울 텐데, 이 일을 어쩌면 좋냐! 오늘 꼭 대통령을 만나서 말 한마디라도 해보고 싶은데, 이거 정말 미치겠다! 씨발, 내가 살아서 뭣혀? 어머닐 잃고 자식을 잃었는데, 내가 살아서 뭐 허것냐고! 서둘러 가자, 잡혀서 감방에 가더라도 대통령이 저 헬기에 오르기 전에 쫓아가서 속 시원허게 헐 말을 좀 해보자! 그래야 씨부랄 내일 내가 뒈진다고 해도 후횐 없을 거 아녀…!'

조희오는 이렇게 혼잣말을 내뱉으며 걸음을 재촉했다. 머리를 풀어헤치고 고개를 푹 숙인 갈대가 흔들흔들 춤을 추며 그의 얼굴을 후려갈기고 안경 너머의 눈두덩을 찌르기도 했다. 하지만 그는 멈추지 않고 앞으로 전진했다. 헬리콥터가 뜨기 전에 임시 헬기장에 도착해야 된다는 일념으로 발걸음을 더욱 재게 놀렸다.

조희오가 맹지의 갈대숲에 150m가 넘는 새 길을 만들어 놓은 뒤 자갈밭에 도착하니 약 200m 전방의 임시 헬기장에 이륙을 준비하고 있는 헬리콥터가 앉아 있다. 그 헬리콥터에 오르기 위해 영민국 대통령이 허리를 잔뜩 굽히고 걸어가고 있다. 조희오는 내달리기 시작했다. 마치 달아나는 먹잇감을 쫓는 야수처럼.

"어딜 가십니까?"

자갈밭에 박혀 있는 큼직한 바위 뒤에서 검은색 양복을 입고 검은 선글라스를 낀 청와대 경호원 두 사람이 나타났다. 오른쪽에 선 경호원이 '멈춰 서라!'는 듯 오른손 손바닥을 내밀며 이렇게 물었지만 깜짝 놀라 사색이 된 조희오는 온몸이 꽁꽁 얼어붙어 입도 뻥긋할 수가 없는 처지가 되고 말았다.

"다시 묻겠습니다. 지금 어딜 가십니까?"

오른손 손바닥을 내밀고 있는 경호원이 다시 이렇게 물었지만 조희오는 이번에도 대답을 하지 못했다. 헐떡헐떡 가쁜 숨을 몰아서 뿜어낼 뿐 그의 입에서는 한마디 말도 새어나오지 않았다."당신 뭐하는 사람이야?"

경호원의 이 질문에 조희오의 파랗게 질려 있던 얼굴색이 정상으로 돌아왔다. 하지만 조희오는 그 어떤 대답도 하지 않으려는 듯 약간 벌어져 있는 입을 앙다물고 눈에 칼을 세웠다. 그러더니 냅다 뛰기 시작했다. 바위 왼쪽으로 돌아서 매립지의 갯벌로 뛰어들 작정인 듯 했다.

"임마, 너 거기 서…!"

이렇게 고함을 지르며 경호원 두 명이 조희오를 쫓기 시작했다. 이곳저곳에 몸을 숨기고 있던 경호원들이 쏟아져 나왔다. 10명이 넘었다. 그들이 포위망을 좁혀오자 조희오는 자갈밭에서 소주병 하나를 집어 들었다.

"이 새끼들 저리 안 꺼져…! 다가오면 씨발 니들 대갈통을 쳐버린다 엉…!"

조희오가 이렇게 위협하며 소주병을 들고 설치자 경호원들이 멈칫했다.

"야, 이 씹새끼들아, 저리 비키란 말이여! 나, 대통령을 만나 헐 얘기가 좀 있으니깐 저리 비키라고 새끼들아, 어서…!"

그러나 경호원들은 뒤로 물러서지 않았다. 그러자 조희오는 들고 있던 소주병을 옆에 있는 바위에 쳐서 깼다. 날카로운 병목만그의 손아귀에 남았다.

"야, 이 씹새끼들아, 어서 비키라고…! 씨발 내 어머니허고 내 아들이 지금 저기 저 바다 속에 있어! 그래서 씨발, 대통령한테 꼭 좀 할 말이 있어 그러는데 왜 날 가로막는 것이여, 엉…? 어서들 비켜라, 니들 모가질 쑤셔 버리기 전에 저리 비키란 말이여, 새끼들아…!"

조희오가 이렇게 협박을 해도 10여 명의 경호원들은 여전히 요지 부동이다. 조희오가 청와대 경호원들과 이렇게 대치하고 있는 사이에 대통령이 올라 탄 헬리콥터가 이륙했다. 헬리콥터는 금세 조희오의 머리 위로 날아올랐다. 그는 머리 위로 날아가고 있는 헬리콥터를 향해 오른손에 들고 있던 소주병 병목을 힘껏 던지며 부르짖었다.

　"야, 이 씨부랄 새끼들아, 어떻게들 이럴 수가 있냐? 씨발, 비싼 기름 없앰서 대통령을 위도까지 태우고 왔으면 할 일을 제대로 허고 가게 해야 될 것 아녀 새끼들아! 이렇게 훌쩍 기어들 갈라믄 좆빨러 여까지 왔냐고 새끼들아! 대통령이 여길 와서 무슨 말을 허고, 어떤 새끼들헌티 어떻게 브리핑을 받고 가는지 난 모르겠다만 씨발 이건 아니지 새끼들아…!"

　조희오는 펑펑 쏟아지는 눈물을 훔친 뒤 벌써 딴시름을 훌쩍 넘어 방파제 쪽으로 날아가고 있는 헬리콥터를 향해 다시 또 절규했다.

　"수백 명이 목숨을 잃은 참사 현장에 대통령을 모시고 왔으면 씨발 말도 안 되는 보골 받고, 개폼 잡고 사진이나 몇 장 찍게 해서는 안 되지 새끼들아! 씨부랄, 기왕 서울서 여까지 모시고 왔으니 넉넉허게 시간을 내게 해서 유가족들을 일일이 만나지는 못 할망정 오늘 선착장에 나온 유가족과 위도 주민들에게 허리를 숙여서 진심어린 사죌 허고, 시신 인양 작업을 언지까지 마치겠다고 약속도 좀 허고 떠나게 혀야지, 씨부랄 불과 몇 십 분 동안 위도에 머물게 할 꺼면 씨발 대통령을 뭣하러 위도까지 모시고 왔냐고 새끼들아…! 어디 그뿐이냐? 씨발 저기 저 사고 현장에도 모시고 가서 고생을 허고 있는 군인허고 경찰들도 좀 격려를 허고, 목숨을 걸고 물속을 들락거리고 있는 잠수부들도 좀 격려를 허게 조치를 했어야 되는 것 아녀…! 아 씨발, 내가 왜 이런 좆같은 나라에서 태어났는지 모르것네…!"

조희오는 무릎을 꿇고 자갈밭에 주저앉더니 땅을 치며 울부짖었다.

"아 씨발, 이런 하소연을 미국 대통령헌테 헐 수도 없고, 일본 수상한테 할 수도 없고, 도대체 어디 가서 해야 되는 것이여, 엉…? 내 부모, 내 자식을 씨발 살려 내라고 허는 것도 아니고, 어서 저 차갑고 어두운 물속에서 시신이라도 건져 달라고 부탁허고 싶었는데 이런 부탁을 씨발 어딜 찾아가서 누구헌테 해야 되는 것이여…! 어엉 어엉… 엉어어어…! 어머니, 이 못난 자식을 용서해 주소. 이 못난 자식 때문에 저승길로 떠나는 객선을 타셨는데, 어머니, 정말 죄송허네…! 동해야, 이 못난 아빠 용서해다오! 아파도 병원에 갈 수 없는 이런 오지 낙도서 태어난 아빨 니가 만나지 않았더라면 엄마 젖을 떼지도 못 허고 이승을 떠나지 않았을 텐데, 동해야, 정말 미안허다. 니가 지금 차가운 물속에 있어도 이 아빤 널 꺼낼 수도 없는데 아빠가 널 위해 할 수 있는 일이 아무 것도 없다는 것이 정말 슬프고 한스럽다! 흐으윽…! 흐으윽…! 엉어어어어…! 어엉어어어…!"

주먹으로 자갈밭을 내려치며 토해내는 조희오의 피눈물과 통곡이 한참 동안 계속 됐다. 경호원들은 그를 물끄러미 지켜볼 뿐 어떤 조치도 취하지 않았다.

6.
서해훼리호 참사
위도주민대책위 출범

"얌마, 희오야! 고만 들어가서 점심을 먹잔 말이다!"

파장금항을 방문했던 영민국 대통령이 서해훼리호 참사 현장의
브리핑을 받았던 탈각장 앞 선착장 그 자리에 앉아서 멍하니 바다
를 바라보고 있는 조희오에게 오세팔이 통사정을 했다.

"고만 일어나라고 임마, 오후 두 시가 넘었잖어! 얼른 우리 집에
가서 밥을 좀 먹자고!"

오세팔이 대꾸가 없는 조희오의 팔뚝을 붙들고 일으켜 세웠다.
마지못해 자리에서 일어난 조희오는 오세팔을 따라 무겁게 발걸음
을 옮겼다.

탈각장 앞 도로에 설치된 다섯 동의 간이천막 앞에는 남녀노소
100여 명이 시멘트 바닥에 엉덩이를 깔고 앉아 있다. 대부분 유가
족이다. 벌써 사흘째, 생사를 확인하지 못하고 있는 가족들 때문에

그들의 입에서는 수시로 듣는 사람의 애간장을 녹이는 곡소리가 흘러나왔다.

"엉어어어… 어엉어어어…!"

그 곡소리 가운데는 어린 아이들의 울음소리도 섞여 있다.

"엄마…! 아빠…!"

이번 참사로 엄마와 아빠를 한꺼번에 잃은 작은만치도 홍아영의 울음소리에 조희오는 귀청이 찢어지는 듯한 아픔을 느꼈다. 아영이네 아버지 홍난파는 위도에서 열손가락 안에 드는 부자로 두 척의 멸치잡이 배를 운영해 온 선주다. 그저께 홍난파는 아내와 함께 전주에서 학교를 다니고 있는 자식들을 만나러 가려고 서해훼리호에 승선했다가 참변을 당한 것이다.

홍난파는 슬하에 2녀 1남을 두었다. 송아영은 맏이이자 큰딸로 현재 J여자중학교 3학년에 재학 중이다. 전주에서 동생들과 함께 자취를 하고 있는데, 집안일은 외할머니가 돕고 있다. 어제 외할머니와 함께 위도로 들어 온 송아영의 통곡소리가 탈각장 앞을 지나가고 있는 조희오의 가슴을 찢어 놓았다.

"점심을 인자 먹는 거냐?"

동굴여관에 도착한 조희오가 1층 식당에 홀로 앉아 늦은 점심을 먹고 있는 중인데 양철만이 출입문을 열고 들어오면서 이렇게 물었다. 양철만은 키조개 채취사업을 하고 있는 개깃배 선주로 서해훼리호 참사 현장에서 민간 잠수부로 자원봉사를 하고 있다. 그는 조희오의 사촌 형인 임영범의 중학교 동기동창이다.

"네, 일이 좀 있어서 늦었는데 형님은 식사 하셨소?"

"어, 폴쏙 먹었는디, 아직 어머니도 못 찾고, 아들도 못 찾었지야?"

"네, 후유…!"

긴 한숨을 내뱉으며 물컵을 드는 조희오를 물끄러미 바라보던 양철만이 주방 쪽으로 걸어가더니 냉장고 안에서 소주 한 병을 꺼내들었다.

"저기 형님, 듣자 허니 시신 인양작업에 잠수부로 참여허고 있다던데, 물 속 상황이 어떻던가요?"

소주병과 맥주잔을 들고 동석을 하기 위해 맞은 편 의자에 앉는 양철만을 향해 조희오가 물었다.

"시야가 안 나오고 물쌀이 쎄서 선체에 접근하는 것이 쉽지 않은디, 씨발 새끼들을 죄다 때려죽일 수도 없고, 어이구 참말로…!"

"시신 인양 작업이 순조롭지 않은 모양이죠?"

"말도 마라. 폭폭허고 답답혀서 참말로 사람 죽것는디, 이 새끼들이 말이다. 군인이고 갱찰이고 시신을 찾는 데는 큰 관심이 없는 것 같고, 상부에 보골 허고, 언론 플레이 허는 데만 혈안이 돼 있는데, 아 씨발, 귀신은 묻허는가 몰러, 그런 새끼들은 안 잡어 가고, 엠헌 사람들만 잡어가니 말이여…!"

양대관은 생각만 해도 속이 뒤집히는지 맥주잔에 가득 따른 소주를 벌컥벌컥 들이켰다.

"저기 형님! 생존을 헌 사람들은 대부분 침몰 당시 3층 갑판에 있던 사람들이겠죠?"

"암만 암만…! 생존자 대부분 3층이나 2층 갑판 우그에 있던 사람들인데, 사고 당일 인양된 시신도 대부분 거그 있던 사람들일 걸!"

"그럼 지금까지 시신이 발견되지 않은 희생자들은 주로 객실에 있던 사람들일까요?"

"아마 그럴껀디, 너그 오메나 너그 아들도 객실 안에 있었응께 아직까장 시신이 발견되지 않은 것 같은디, 암만혀도 그 날 바람도 쎄고 파도도 높응께 너그 오메가 애를 뎄고 2층 객실에 있지 않았것냐!"

조희오는 말을 잇지 못했다. 입술을 질끈 깨물며 다시 한숨을 내뱉었다.

"오늘도 희진이 성님이 시신을 확인허러 현장에 나갔냐? 어저께는 희진이 성님이 직접 진성홀 몰고 바다에 나왔던디?"

"네, 오늘은 희택이 형님도 희진이 형님네 진성홀 타고 현장에 나가 있는데요. 후유…!"

다시 한숨을 내뱉는 조희오의 눈시울이 붉어졌다.

양대관이 냉장고에서 꺼낸 소주병을 들고 식탁에 앉으며 리모컨으로 텔레비전을 켰다. 뉴스가 흘러 나왔다.

"서해훼리호 참사 관련 소식입니다. 검찰이 도주한 것으로 판단되는 최 선장과 갑판원 임사공 씨 등 승무원에 대한 지명수배를 내렸습니다. 검찰청에 나가 있는 최배달 기자 연결하겠습니다…."

조희오와 양대관은 텔레비전 화면에 시선을 고정했다. 검찰청에서 방송국 기자가 전하는 바에 따르면, 검찰이 최 선장과 임사공 등 사고 당시 서해훼리호에 타고 있던 승무원 7명 중 상당수가 살아있다는 확증을 잡고 최 선장 등 전원을 전국에 지명수배했다는 것이다. 검찰은 사고 원인을 규명하는 데 생존 승무원들의 증언이 결정적이라고 보고 어젯밤에 Y검사를 반장으로 하는 수사반 4명을 위도로 급파한 데 이어 오늘 오전부터 전북경찰청과 군산해양경찰서 수사관 40여 명을 증파해서 생존 승무원들의 행방을 찾고 있다고 했다. 승무원 생존 가능성이 98%라고 자부하는 검찰은 임사공의 아들 등을 통해 생존 승무원의 자수를 권유하고 있다고 검찰청에 나가 있는 최배달 기자가 전했다.

"개새끼들…!"

양대관의 목소리가 급변했다.

"아니 최 선장허고 임사공 씨가 살아있다는 것이 말이 되는 소리여! 어이구 씨발…!"

맥주잔에 따라 놓은 소주를 벌컥벌컥 들이킨 뒤 양대관이 다시 혼잣말을 쏟아냈다.

"내가 씨부랄, 최 선장허고 한 동네 산 지가 수십 년이다, 새끼들아! 갑판원 임사공 씬 씨발 내 친구 아버님이라고 새끼들아! 그려서 이 두 양반을 누구보다도 잘 알고 있는디, 씨발 고 양반들이 까랑지는 객선서 죽어가는 승객들을 내팽개치고 슬쩍 빠져 나와가꼬 시방 어디로 도망쳐서 숨어있다고야! 에라이 미친 새끼들아, 헐 일들이 그렇기도 않냐…! 시방 사람이 몇 명 물속에 수장돼 있는지 확인도 못 허는 새끼들이 엠헌 선장허고 갑판원헌티 화살을 돌려가꼬 여론을 조작헐라고야! 야, 이 돌대가리 개새끼들아, 그럴 정신들 있으믄 씨발 시신을 한 구라도 더 건지는디 신경을 써라, 엉…!"

이렇게 양대관이 흥분한 목소리로 악담반지거리를 늘어놓고 있는 참인데, 김두길이 식당 안으로 들어왔다.

"어따 성님, 간댕이가 얼매나 크간디 대통령 앞서서 말도 참 청산유수로 똑소리나게 잘 허던디, 한나도 안떨립디여?"

오늘 오전 파장금항을 찾아온 영민국 대통령 면전에서 위도 주민들을 대표해 발언한 김두길을 칭찬하는 아부성 인사말이다. 하나 양대관의 말투엔 막 씹어도 큰 탈이 거의 없는 멸치의 뼈 마냥 억세지 않은 가시가 몇 개 박혀 있는 듯 했다.

"어찌 안 떨렸겄냐, 명색이 대통령 앞인디! 참말로 다리가 후들거리고 손이 떨려서 나 죽는 줄 알았다!"

"뭐 당사자인 성님이야 그렇기 떰서러 발언을 혔는지 모리것소만 지가 듣기엔 전혀 떨림도 읎고, 또박또박 말도 잘 허던디, 헤헤 참, 역시 두길이 성님은 위도의 인물은 인물입디다 그려!"

"어따 고만해라야, 넘사시롭기 어쩌그냐."

"알었고만요… 저기 성님, 한 잔 허실라우?"

"아니다 아녀, 있다가 김금수 국회의원허고, 맹철수 도의원이 지 풍금 내원암에 같이 좀 가자고 혀서 고 양반들 수행을 해야 허는디, 술 냄새 풀풀 풍김서 돌아 댕길 순 없잖여! 그러니 저녁에 말이다,

면사무소 회의 끝나고 한 잔 허자, 내가 한턱 낼 테니…!"

"아니 저녁에 면사무소서 무신 회의가 있는디요?"

"어, 서해훼리호 참사 위도대책위원횔 창립헌다고 허던데, 넌 아직까지 그 소식 못 들었냐?"

"야, 지는 아직 못 들었는데, 희오야 넌 그런 얘기 들었냐?"

"아뇨, 금시초문입니다!"

양대관의 등 뒤에 있는 식탁에 앉은 김두길이 식사를 하고 있는 조희오의 표정을 흘낏 훔쳐보며 다시 입을 열었다.

"저녁 7시에 말이다. 면사무소서 회의가 열린다고 허니 어지간허면 희오 너도 나오니라!"

대꾸를 하지 않고 숟가락으로 천천히 국물을 떠먹고 있는 조희오의 얼굴에 짙은 그늘이 스치고 지나갔다.

"근디 희오야! 너 오늘 오전에 뭔 일 있었담서야?"

조희오는 대답 없이 씁쓰름한 웃음을 국물에 타서 후루룩 마셨다.

"김 순경한테 들었는데, 하마터면 큰 일 날 뻔했다고 허던디, 매립지 근처에 매복허고 있던 청와대 경호원들이 널 가로막고 조칠 취했으니 망정이지 안 그랬으면 너 해외토픽에 나올 만한 큰 사골 칠 뻔했다고 허던디, 제발 부탁이다만 몸 조심해라, 안 그래도 너 학생운동 전과가 있어서 경찰도 그렇고 검찰도 그렇고 니 일거수일투족을 유심히 살피고 있는 모양이던디….''

조희오는 자칫 입 밖으로 새어나올지도 모를 신음을 질겅질겅 씹어 삼킨 뒤 오른손으로 흩어진 머리를 쓸어 올리며 시선을 텔레비전 화면으로 돌렸다. 김두길의 주책없는 입방정에 발끈한 것은 양대관이었다.

"아니 두길이 성님, 야를 협박하는 거요, 뭐요 시방?"

김두길이 성깔이 돋친 눈으로 양대관을 노려보았다. 이에 양대관은 당장이라도 대들 것 같은 어투로 따지고 들었다.

"성님, 지가 한 가지 물어봐도 되것소?"

"궁금헌 게 뭔디?"

"성님은 꿈이 뭐요?"

"뜬금없이 야가 지금 무슨 소릴 허는지 모르것네!"

"뜬금없는 것이 아니고 말여라우, 오늘 성님이 대통령 앞서서 마이클 잡고 허는 소릴 듣다본께 성님은 도대체 무신 꿈을 꿈서 사는 양반인지 궁금증이 나서 참말로 사람 미치것던디요. 혹시 성님으 꿈은 이 담에 도의원이나 국회의원 출마허시는 거요?"

김두길은 면구스러운 웃음으로 대답을 대신했다.

"5분도 안 되는 짧은 시간에 대통령헌티 위도 사람들으 현실을 알리고 무신가 하소연을 헌다는 것이 쉬운 일은 아니라고 생각허요만, 기왕 성님이 위도 사람들을 대표혀서 마이클 잡은 거믄 딱 뿌러지게 무신가는 한마디 혔어야 될 턴디, 가만 본께 대통령 귀에 거슬리는 소린 한마디도 안 턴디, 도지사가 시킨 것이요, 군수가 시킨 것이오, 아니믄 국회의원이나 도의원이 당불 헌 거요?"

이번에도 김두길은 즉답을 피했지만 그의 눈빛은 양대관을 노리고 있다.

"가방 끈도 짧고 일자무식인 나헌티 그런 기회 주진 않것지만 만약으 날더러 마이클 잡고 위도 주민들을 대표혀서 대통령 앞으서 한마디 허라고 혔으믄 내가 어떤 말을 했을 것 같으요?"

김두길은 굳은 표정으로 양대관과 조희오의 표정을 핏발이 선 두 눈에 가득 담았다.

"성님은 오늘 대통령 앞으서 뻐기고 자기 자랑허기 바쁘던디, 지가 이 손목시계로 정확허게 재 봤는디, 5분도 안 되는 발언 시간에 성님 학력허고 경력 소개허는디 2분 30초 이상을 허비헙디다. 위도면 딴치도서 부잣집 막내아들로 태어나 중학교 1학년 때 전주로 유학을 갔고, 전주서 고등학교 허고 대학을 졸업헌 뒤 공직생활도 허고 사업도 허다가 나이 40대 초반에 정치판에 뛰어 들어 국회의원 보좌관을 혔고, 영민국 대통령이 국회의원 시절에 직접 만난 것이 서너 차례라고 허던디, 시방 실종잘 구조허는 일이 1분 1초가 급한 상황인디 성님 학력허고 경력허고, 또 무시냐 대통령허고 친분을 자랑허느라고 그 귀중헌 시간을 다 허비허다니, 도대체 으떤 새끼가 성님헌티 마이클 잡으라고 헌 것이요…? 대관절 으떤 씨부렁텡이가 성님 팔뚝에 위도 주민 대표라는 완장을 채워 줬냐고요…?"

어찌나 먹기가 고약한지 고양이가 그 머리를 입에 물고도 먹을 수가 없어서 석 달 열흘을 울었다는 물고기가 양태다. 위도에서는 '장대기'라고 불리는 이 양태의 가시가 박힌 듯한 쓴소리를 양대관이 거침없이 쏟아내자 김두길의 좌불안석하는 모습이 역력했다. 행여 대화 내용이 식당 밖으로 새 나갈까봐 그러는 것 같았다. "내 팔뚝에 완장을 채워주고 오늘 위도 주민을 대표혀서 대통령헌티 한마디 허라고 했으믄 난 성처럼 허지 않았을 것이요. 우선은 말요, 위돌 방문헌 대통령 앞으서 굽신거림서 알랑방굴 뀌고 있는 군수, 도지사, 국회의원, 그라고 경찰허고 군발이 새끼들으 잘잘못을 낱낱이 밝힌 다음에요. 참사 직후 초동대처를 잘못허고, 사고 발생 사흘째인 오늘까지도 국가적인 재난을 어찌기 수습을 혀야 될지 몰라서 우왕좌왕허고 있는 이 무능헌 정부의 최고 책임자인 대통령헌티 헐 말 못헐 말을 다 꺼내서 속시원허게 퍼부었을 것이요. 씨발, 당신네 가족이나 일가친척이 시방 쩌그 저 인당수에 수장돼 있어도 이럴 것이냐고 따짐서러 그렇기 개폼 잡고 의자에 앉어서 앞뒤도 안 맞고, 이치도 안 맞는 브리핑을 고만 받고, 언지까지 물속에 있는 시신을 꺼내고, 언지까지 여객선 선첼 인양 헐 것이냐고 따지고 물었을 것이요. 근디 성님은….”

양대관이 눈에 쌍불을 켜고 다그쳐도 김두길은 자기방어를 하려고 입속에 가득 담아 두었을 여러 가지 말들 중 단 한마디도 입 밖으로 내뱉지 못했다.

“성님, 기왕 말이 나왔응께 한 가지만 더 물어볼게 있는디 잠시 들어 볼라요?”

양대관이 부릅뜬 눈으로 노려보며 거칠고 당돌하게 제안을 하자 김두길은 쓴웃음을 흘리며 한숨을 몰아쉬었다.

“성님도 잘 알것지만 난 단순무식해서요. 복잡헌 건 질색인께 딱 까놓고 야글 혀봅시다. 성님은 최 선장허고 영범이 아버지 임사공 씨가 살았다고 생각허요, 죽었다고 생각허요?"

김두길은 대답 없이 어깨를 부르르 떨었다.

"듣자헌께로 오늘 아침 성님이 진리 영범이네 집에 기자들을 끌고 갔다고 허던디요. 혹시 성님은 승무원들이 살았다고 생각허는 것 아뇨?"

"그으 그건 아니고 말이다. 영범이네 집에 같이 갔던 기자들은 평소 친하게 지내던 사람들인데, 영범이허고 영범이 어머닐 취재허기가 참 힘들다고 해서 그 기자들을 좀 도와줄라고 그랬던 것이여. 근데 영범이가 지나치게 과민 반응을 보이는 통에 일이 참 우습게 된 거여."

오늘 아침 김두길이 이춘녀네 집을 찾아 갔을 때 집안에 조희오가 머물고 있었다. 그 때문에 김두길은 조희오의 눈치를 슬슬 살피며 조심스럽게 말하고 있었다.

"아니 성님, 영범이가 과민반응을 보였다고라우?"

"그게 사실이라고 임마! 니가 영범이 친구다 보니 이성보단 감정이 앞서서 일방적으로 그 녀석 편을 드는 것 같은데, 승무원 생존설에 대해선 너도 좀 냉정허게 판단허고 행동했으면 좋겄다!"

"날 더러 냉정허게 판단허고 행동허라고라우? 씨발, 시상이 잘못 돌아가도 한참을 잘못 돌아가고 있는디 어떡기 지가 냉정할 수 있것소?"

김두길과 양대관의 언쟁은 점점 격해졌다. 눈을 지그시 감고두 사람의 언쟁에 귀를 기울이고 있는 조희오의 목젖이 연신 꿈틀거리면서 꾸르륵 꾸르륵 소리를 냈다. 혀끝까지 꿈틀 꿈틀 기어 나온 울분을 참으며 침으로 녹이고 녹여 목젖 너머로 넘기고 있는 모양이다.

"성은 도대체 어디 사람이요?"

"임마, 내가 위도 사람이지 어디 사람이여?"

"최 선장이 어떤 사람이고, 임사공 씨가 어떤 양반인지 참말로 성님은 모른단 말이요?"

"두 양반 다 심성이 곱고 책임감이 투철허다는 걸 내가 어쩌 모르 것냐만 사람이 말이다. 극단적인 상황에 내몰리면 평소와 달리 전혀 예상 밖의 행동을 허기 마련인디, 최 선장허고 임사공 씨가 지금 극단적인 상황에 몰려 있다면 어떻게 행동할지 그건 너나 나나 장담을 할 수 없잖여! 더욱이 그 두 양반은 자기 자신들의 문제만 끌어안고 있는 것이 아니잖냐? 그동안 불법 탈법을 자행해 온 여객선 선사 문제도 그 두 양반의 증언이 필요허다 보니 검찰이 지명수밸 내린 것 아녀…!"

"나 대그빡 뽀개진께요. 말 빙빙 돌리지 말고 간단허게 대답을 좀 혀주시오. 근께 성님 말은 한마디로 두 사람이 생존해 있고, 시방 어딘가에 몸을 숨기고 있다 이 말이 아니요?"

"야, 나도 그 분들이 그럴 사람들이 아니라는 걸 안다만 그 양반들을 봤다는 목격자가 한둘이 아니고, 또 언론이나 검찰도 그 분들이 살아있다고 확신을 하고 있는 모양인데, 넌 이 나라 언론도 안 믿고 검찰도 못 믿겠다는 거냐?"

"아이고 성님, 지금까지 쭈욱 정칠 해 왔고, 앞으로도 정칠 허실분이 참말로 어쩌 이러쇼? 쫌 더 눈을 크게 뜨고 시상을 살펴봐야 될 것 아뇨. 저기 저 테레빌 좀 보시오. 승무원들을 직접 봤다고 증언을 하고 있는 목격자들이 대부분 누구요? 저 사람들 중에 위도 출신이 몇 명이요? 대부분요, 외지서 위도로 배를 타러 들어 온 선원들인디, 쪼꼼 더 지가 싸가지 없이 말을 허자믄 저 선원들은 조직이 뱃놈들 아니오! 손에 돈을 백만 원을 쥐어 줘도 그러고, 천만 원을 쥐어 줘도 그러고, 술로 없애고, 지집년들헌티 없애고 하루이틀이믄 다 탕진을 허는 놈들이라 저 뱃놈들을 조직이라 부르는디, 객지서 위도로 배 타러 들어 온 쟈들이 최 선장허고 임사공 씨를 그동안 몇 번이나 봤것소? 성님도 잘 알것지만 저 조직이 뱃놈들은 지 앞가림도 지대로 못허는 새끼들인디 저런 새끼들 말만 믿고 승무원 생존율이 98%라고 확신을 험서러 지명수밸 내린 검찰이나 그걸 앵무새처럼 받아 적어가꼬 떠벌이고 있는 언론이나 죄다 썩어 빠진 놈들 아닐꺼라우? 지가요. 성님 속이 상헐까 봐서 시방 꾹꾹 참고 있소만 언론이나 검찰을 못 믿는 건 성님도 마찬가지잖요! 성님도 저 언론과 검찰 땜시 홍역을 몇 번 치렀잖요! 그리 놓고도 날 더러 저 새끼들을 믿으라고라우…?"

이렇게 양대관이 억세게 대서지만 뭔가 켕기는 것이 있는 듯 김두길은 시선과 고개를 슬며시 떨구었다. 양대관은 너무 심한 말을 내뱉었다고 판단한 듯 더 이상 말꼬리를 잇대지 못했다. 식당 안에 잠시 침묵이 흘렀다. 자리에서 일어난 조희오가 식당 문을 열고 밖으로 나갔다.

"신분증 좀 보여 주십시오!"

조희오가 진리 이춘녀네 집 안으로 들어서려고 하자 집 주변을 지키고 있던 예닐곱 명의 전경 중 계급이 제일 높은 수경이 제지 했다.

"너, 나한테 신분증 보여 달라고 그랬냐?"

충혈 된 눈으로 조희오가 이렇게 따졌지만 전경은 침착하게 대답했다.

"네, 신분증을 보여 주십시오. 임사공 씨 가족 외에는 이 집에 아무도 들어가실 수가 없습니다."

"야, 이 씨발 새끼야, 여긴 내 이모네 집이다. 난 이 집 집안사람이고, 서해훼리호 유가족이다. 격포 방파지서 좌판을 깔고 장살 혀서 먹고 살다가 씨발 여객선이 침몰돼 일을 허다 말고 위도로 들오다 보니 신분증을 격포 집에 놓고 왔다. 그래 신분증이 없는데, 씨발 내 친이모네 집도 들어갈 수 없단 말이여, 엉?"

"안타깝고 죄송한 일입니다만 상부의 명령 없이는 저희 임의대로 사장님을 이 집 안으로 들여보낼 수 없습니다…!"

조희오는 울컥 쏟아져 나올 것 같은 눈물을 참아 보려고 애를 쓰고 또 써보지만 복받치는 설움을 삭이지 못하고 끝내는 몸 밖으로 뿜어냈다.

"호으윽…! 호으윽…! 엉어어어…! 어엉어어어…!"

조희오는 울부짖었다. 울음소리를 들었는지 집안에서 이춘녀가 걸어 나왔다. 헝클어진 머리며, 퉁퉁 부은 얼굴이며, 그미의 행색은 흡사 귀신한테 홀린 정신병자 같았다.

"이모…! 흐으윽…! 희오야…! 어엉어어…!"

이춘녀와 조희오가 부둥켜안고 울음보를 터뜨렸다. 한참 동안 대성통곡을 하고 있는데, 외출했던 임영범이 터벅터벅 걸어왔다. 이춘녀는 조희오와 임영범을 두 팔로 끌어안고 울부짖었다. 세 사람의 곡소리가 해질녘 진리 마을의 고샅으로 퍼져 나가기 시작한지 3분쯤 지났을까, 근처에 있는 마을회관 옥상의 스피커에서 안내 방송이 흘러나왔다.

"아아, 진리 리민 여러분께 안내 말씀 드리것습니다. 네, 두어 시간 전에도 한번 안내 방송을 혔는디, 오늘 밤 7시 면사무소서 서해훼리호 참사 위도주민대책회의가 열립니다. 여러분도 잘 아시것지만 그저께 서해훼리호 참사가 발생을 혀서 우리 위도에 큰 시련이 닥쳤습니다. 그려서 이 시련을 우리 위도 주민들이 어떻게 극복을 혀야 될지 오늘밤 면사무소에 모여서 대책회의를 헙니다. 한 시간 뒤 회의가 시작되오니 바쁘시더라도 저녁밥을 일찍들 잡수시고 면사무소로 좀 나와 주시면 고맙겠습니다…!"

이춘녀네 집에서 저녁상을 물리고 난 조희오가 면사무소 옥상에 있는 가건물에 도착한 시간은 저녁 7시 30분이었다. 가건물 안에는 위도 주민 백여 명이 모여 있었다. 조희오는 회의장 뒤편에 서서 정면의 단상을 바라보았다.

"우리 위도는 시방 절체절명의 위기에 빠져 있습니다. 그러니모두가 똘똘 뭉쳐가꼬 이 위길 슬기롭게 극복헐 수 있는 길을 찾아야됩니다. 오늘 여러분은 부족허기 짝이 없는 제게 서해훼리호 참사 위도대책위원회 위원장을 맡기셨습니다. 이 자리가 월급을 받는 자리도 아니고, 권력을 휘두르는 자리도 아닙니다. 오직 시련을 겪고 있는 위도 주민을 대변허고, 위기에 빠진 위돌 구허는 디 앞장을 서야 되는 참말로 어깨가 무거운 자립니다. 어찟꺼나 지 나이가 인자 칠순을 앞두고 있는디요. 애기 때 울 오메 젖을 먹던 힘까지 다 쏟아부어가꼬 여러분의 바램에 부응허는 위원장이 될 수 있도록 노력을 허겄습니다. 이렇기 취임살 마치고요. 지금부턴 아까참으 논읠힜던 대로 서해훼리호 참사 위도대책위원회 산하에 두기로 헌 위도유가족협의회를 조직허도록 허겄습니다. 협의회의 회원은 당연히 유가족들로 구성헐 건디, 희생자 한 분 당 유가족 한 분을 회원으로 모시겄습니다. 앞서 결정을 헌 대로 지는 위도유가족협의회 고문을 맡게 되는디 임원은 말입니다. 회장 한 분, 부회장 두 분, 그리고 사무총장 한 분허고 감사 두 분을 뽑을까 허는디, 여러분들의 생각은 어떠신가요?"

서해훼리호 참사 위도대책위원회 위원장 김동필이 이렇게 제안하자 회의에 참석한 위도 주민 대부분이 동의했다.

"네, 그러믄 말입니다. 위도유가족협의회 의장을 맡을 분을 추천해주시면 좋것는디, 유가족 중 적임자가 있으면 천거해 주시기 바랍니다."

"김두길 씨를 추천헙니다."

김동필의 제안이 떨어지기 무섭게 회의장 오른쪽 중간 창가에 서 있던 심사곤이 김두길을 추천했다. 마치 위도유가족협의회 의장을 추천해 달라는 김동필의 제안을 기다렸다는 듯이 말이다.

"김두길 씨가 유가족인가요?"

단상의 김동필이 이렇게 심사곤에게 물었다.

"네, 물론 유가족입니다!"

"아니 어떻기 김두길 씨가 유가족인디?"

"네, 여러분도 잘 아시다시피 이번 참사로 작은딴치도 홍난파 씨 내외가 사고를 당했습니다. 홍난파 씨 부인은 김두길 씨 부인 박미자 씨의 육촌 언닙니다. 그런디 홍난파 씨의 장모님 강정순 씨가 어저끄 저녁에 저희 집에 찾아와가꼬 허시는 말씀이 자신은 연로헌디다 전주서 학교 댕기는 외손주들 뒷바라질 헐라믄 앞으로 어찌기 혀야 되것냐고 상일 험서러 무남독녀인 따님의 유가족 대리인을 김두길 씨더러 쫌 맡아달라고 신신당불혔습니다. 그리서 지가 그 의견을 김두길 씨헌티 전힜고, 이래저래 공사가 다망헌 김두길 씨가 고민에 고민을 거듭허다가 결국은 강정순 씨의 부탁을 받어들였는디, 여그 강정순 씨가 써준 위임장을 이렇기 받어왔고만요….."

심사곤이 강정순의 인감도장을 찍었다는 위임장을 들이밀자 김동필은 일단 김두길을 의장 후보로 접수한 다음 두 번째 후보자의 추천을 주문했다. 그런데 다른 후보를 추천하는 사람은 없었다. 결국 단독으로 입후보한 김두길이 위도유가족협의회 의장으로 선출됐다.

"저 씨발 새끼들이 지금 무슨 짓을 하는 것이여? 분명 짜고 치는 고스 톱 같은데, 아 씨발, 이걸 가만히 보고만 있어야 되는 것이여,

엉…?"

조희오의 눈에서는 불꽃이 튀었다. 그러나 그 불꽃은 금세 사그라졌다. 회의장 앞쪽에 그의 친형인 조희진과 조희택이 앉아있다보니 혀끝에 걸려 있던 분노도 입 밖으로 뱉어 낼 수가 없었다.

"자, 그러믄 말이죠, 여러분이 선출을 혀주신 서해훼리호 참사 위도유가족협의회 김두길 의장님을 단상으로 모셔서 취임살 들어 보는 것이 어떨까요? 여러분, 박수 부탁드립니다…!"

박수를 받으며 김두길이 단상에 섰다.

"감사헙니다. 제게 서해훼리호 참사 위도유가족협의회 의장이라는 힘들고 무거운 직책을 맡기셔서 부담스럽기도 하고요. 한편으론 큰 영광이기도 헙니다. 여러분도 잘 아시것지만 제가 오늘 아침 위도 주민들을 대표혀서 파장금 방파지서 영민국 대통령한테 위도의 실정을 정확허게 알리고, 또 우리 유가족들을 포함헌 위도주민들의 요구사항을 조목조목 전했는데…."

이렇게 시작된 김두길 의장 취임사는 10분정도 이어졌다. 그는 흐릿한 웃음을 간간히 피워 올리며 즉흥 연설을 막힘없이 이어갔다. 마치 원고를 미리 준비해서 달달 외운 것처럼.

7.
하늘도 끊기 힘든
천륜(天倫)

"아이고 아이고 내 팔짜가 어쩌다가 이 꼴인가, 아이고 아이고 못 살것네 폭폭혀서 못 살것네, 아이고 아이고 내 팔짜야 몹쓸년으 팔 자로다, 아이고 아이고 나 죽것네 가심이 찢어져 나 죽것네, 엉어어 어…! 어엉어어…!"

어두운 밤하늘에 이춘녀의 곡소리가 다시 울려퍼졌다. 이춘네 집 작은방에 누워 있는 조희오는 쉽게 잠을 이루지 못한다. 이모 이춘 녀의 애끓는 통곡소리가 한 시간 넘어 계속되다 보니 가슴이 메는 데다 철지난 모기들이 간간히 달려들어 깜박 들었던 잠도 달아나곤 했다.

'내가 지금 어디로 가고 있는 것일까…? 내가 지금 꿈을 꾸고 있 는 것일까…? 저 수평선 너머엔 지옥의 불바다가 펼쳐있는 듯 하 고 한 번 발이 푹 빠지면 죽어도 빠져 나올 수 없는 늪지대가 날 기다리고 있는 것 같은데…! 아 씨발, 이 모기 새끼들은 왜 또 지랄이여, 내 필 배가 터지게 빨어 먹었으면 고만 빨어 먹어도 될 텐데, 다시 또 빨어 먹겠다고 덤벼드니 원…! 그려, 실컷 빨어들 먹어라, 밤새도록 빨어들 먹어라…! 씨발, 내 피는 물론이고 대한민국 국민의 피를 어제도 빨어 먹고 오늘도 빨어 먹고 내일도 막 빨어 처먹을 이 나라 인간 흡혈귀들한테는 찍 소리도 못 허는 주제에 내가 무슨 염치로 니들을 나무라겠냐! 야, 이 모기 새끼들아, 어서 내 필 빨어 먹어라! 나 이 밤에 피가 말라 죽어도 좋으니 어서들 달려들어 내 필 빨어 먹으라고…!'

비몽사몽간에 조희오는 이렇게 속으로 중얼거렸다.

"희오야…! 희오야…!"

낯익은 임사공의 목소리가 나직하게 들렸다. 조희오는 자리에서 펄떡 일어나 앉았다. 임사공은 어느새 어두운 방안에 들어와서 앉아 있다.

"아니 이모부…!"

"쉿…!"

임사공이 오른손 가운데 손가락을 세워서 자신의 입술에 대고 조희오에게 조용히 하라는 몸짓을 취했다. 그런 다음 조희오의 귀에 입을 대고 모깃소리처럼 작고 가냘픈 목소리로 속삭였다.

"지발 조용히 허고 시방부터 내말을 좀 잘 들어봐라 잉! _그끄저끄_ 나허고 최 선장허고 용케 침몰허는 객선서 빠져 나와가꼬 너그 동네 대리로 도망쳐서 지금까지 띠뱃놀이 허는 원당에 숨어있었는디,

옷허고 먹을 것도 좀 챙기고 마지막으로 너그 이모 얼굴이나 한 번 볼까 혀서 여그 집에 들렀다만 어찌기 헐래, 쩌그 면사무소 앞으 용달차가 한 대가 세워져 있던디 가만 본께로 차 키가 꽂아져 있더라. 그 찰 훔쳐 타고 날 좀 전막리까지 태워다 줄쳐?"

임사공의 귓속말에 조희오는 대답도 못하고 고개만 끄덕였다.

"그려, 참말로 고맙다. 방금 안방엘 살짝 들어갔다 나왔는디 영범이허고 너그 이몬 곯아 떨어졌더라. 그라고 시방 집 대문 앞엔 전경들이 서너 놈 서 있던디 요 뒷문으로 살짝 빠져 나가가꼬 뒤안 텃밭을 지나 담을 넘자 잉!"

시간이 촉박하고, 처지가 곤란한 탓인지 임사공은 뒷말을 속사포처럼 쏟아냈다.

"근디 희오야! 집을 나서기 전이 한나만 부탁을 좀 헐 것이 있는디, 다름이 아니고 말이다, 오늘 새복에 최 선장허고 나는 외국으로 망명을 허던지 아니믄 북한으로 월북을 헐라고 석금 방파지에 묶여 있는 너그 성 희진이네 밸 점찍어 뒀고, 시방쯤 최 선장이 남몰래 이 배 저배 올라가가꼬 지름을 훔쳐다 연료 충분히 확보혀 놨을 턴디, 어찌기 헐래, 너도 같이 배를 타고 한국을 떠날래 어쩔래?"

임사공의 제안이 너무도 황당한 듯 조희오는 입을 다물지 못했다.

"아무튼 말이다. 자세헌 야그는 차 안에서 허고 언능 출발허자. 시방 최 선장이 석금 방파지서 눈이 빠지게 날 지둘리고 있을 턴게!"

배낭을 짊어진 임사공이 작은방 뒷문을 살짝 열고 뒤뜰로 나가자 조희오는 지체하지 않고 그를 따라 나섰다.

"올해 니 나이가 스물아홉이고, 니가 학창시절을 어떻기 보냈는지 누구보다도 내가 잘 아는디, 니가 재술허고 대학 들어가서 무신 지껄일 허다가 깜방에 들어갔는지 이 이모부가 모를 줄 아냐? 너 85년에 대학교 1학년이었고 그해 5월인가 서울에 있다는 미국 문화원인가 허는디를 기습혀서 점거헌 대학생들을 돕다가 큰 홍역을 한번 치렀지야? 너 대학교 3학년 땐가 전국 각지서 데모를 크게 헐 때 거리 시윌 주도허다가 깜빵에 갔잖여. 그때 너그 오메가 얼매나 고생을 헌지 아냐? 너야 깜빵에 처박혀 있었응께 잘 모리것지만 난 여그 위도서 너그 오멜 옆으서 똑똑히 지켜 본 사람이다. 너 그 공을 다 갚을라믄 이렇기 살어선 안 될 것이고만…! 열 손꼬락 깨물어서 안 아픈 손꼬락이 으디 있것냐만 너그 성지간 넷 중으서 너그 오메가 가장 애끼고 사랑헌 자식이 임마 막둥이인 바로 너여! 어쩌서 너그 오메가 자식들 중으서 너 헌티 더 애착을 가진 줄 아냐? 니가 유복자기 때문인디 니가 태어나기 전으 너그 아부지가 돌아가셨잖여, 널 맹글어 놓고 너그 아부지가 넘으집 고깃벨 타다가 배에 불이 나가꼬 돌아가셨잖여! 너그 아버지 초상을 치르고 나서 육지 벵원에 가서 뱃속에 있는 널 지우것다고 넉 오메가 진리 우리집에 수술빌 빌리러 찾어 왔길래 나허고 너그 이모허고 얼메나 뜯어 말린지 아냐? 한 사흘 뜯어 말린께 너그 오메가 꼬랑질 내리더라. 그리서 니가 시상에 태어난 것인디, 청상과부가 넘으집 날품까지 팔아감서 널 대학까지 보내 논께 니놈은 허라는 공분 안허고 맨날 데모나 허러 댕기고, 지집년들 똥구녁이나 빨러 댕긴다는 소문이 자자허는가

싶뎅 어느 날 니가 깜빵에 들어갔다고 허니 넉 오메가 얼메나 큰 충격을 받았것냐! 불과 6년전으 일이고 넘도 아니고 내 처형허고 조카 일이라 너 깜방에 들어가던 87년 유월으 그 일들을 난 시방도 생생허게 기억을 허고 있는디, 너그 오멜 더 힘들게 헌 것은 너그 큰성 희진이다. 너그 성수인 희진이 각시도 마찬가진디 두 사람이 너그 오메헌티 늘 불만을 가진 이유가 무신지 아냐? 집안 살림도 어려운디 널 전주로 고등학꼴 보내고 서울로 대학을 보냈다고 그랬던 것이여. 가난헌 집안서 태어나가꼬 그것도 홀에미가 쌈짓돈을 털어서 대주는 쥐꼬리만헌 학비허고 생활비로 육지서 고등학교허고 대학꼴 댕기니라고 너도 참 심들고 어려웠것지만 너그 오메가 너 땜시 겪은 고초는 참말로 상상을 초월힜는디 니가 고걸 잊어벤지믄 넌 참말로 사람새끼가 아닐 것이고만! 아무튼 간에 넌 대학교 졸업도 지대로 못허고, 새끼까지 하나 퍼질러 나가꼬 여편네 댔꼬 방파지 장살허것다고 작년 여름으 서울서 객포로 왔는디 고때 너그 오메가 얼메나 폭폭허고 가심이 아픈지 멫날 메칠을 드러 누웠다. 그러다 자리를 털고 일어나서 너그 성허고 성수으 반델 무릅쓰고 너그 아들을 봐주겠다고 나섰는디 너그 오메가 너 땜시 그런 고생을 헌 것을 참말로 하늘도 알고 땅도 알았던지 수백 멩이 빠져 죽어가는 인당수서 살려줬다만…."

진리 면사무소 앞에서부터 조희오를 향해 속사포처럼 쏟아져 나오던 임사공의 쓴소리가 갑자기 멈췄다. 용달차가 진리 고개를 넘어 치도리 송가산장 근처에 다다랐을 때였다. 용달차 운전대를 잡고 있는 조희오는 차를 멈춰 세운 뒤 조수석에 앉아 있는 임사공의 입을 눈에 불을 켜고 노려보았다. 임사공이 조희오의 어머니 이춘심이 살아있다는 말을 뱉어냈기 때문이다.

"아니 이모부! 그럼 지금 어머니랑 같이 도줄하고 계시나요?"

"어, 그러고 있는디, 니가 놀라까봐서 아직 야글 안 힜다만 사실은 너그 아들도 시방 석금 끄터리 자밤나무 숲에 최 선장이랑 같이 숨어있고만!"

"무어 뭣이라구요, 도 동 동해까지요?"

조희오가 심하게 떨리는 목소리로 이렇게 묻자 임사공이 고개를 끄덕거리며 "그렇다!"고 말했다.

"어머니, 엉어어어…! 동해야, 어엉어어…!"

조희오는 울부짖기 시작했다. 그러자 임사공이 오른손으로 잽싸게 조희오의 입을 틀어막았다. 검찰의 지명수배가 떨어진 상황에서 자신의 암행이 발각될지 모른다는 두려움 때문인 듯 했다. 아무튼 그는 잔뜩 가라앉은 목소리로 속삭이듯 말길을 사흘 전 서해훼리호 침몰 순간으로 돌렸다.

"여객선이 까랑질 때 내가 조타실서 최 선장허고 기적적으로 빠져 나왔뎅 물에 둥둥 떠 있는 동해가 내 눈에 띄더라! 그리서 내가 동핼 구졸혔고, 최 선장이 으디서 구명정을 끌고 왔길래 거그 동해허고 나도 함께 올라타서 노를 저어 파장금으로 들어갈라고 허는 참인디 물속서 너그 오메 시신이 떠오르지 뭐냐! 그리서 구명정으로 끌어 올려 최 선장이 인공호흡을 혀가꼬 넉 오멜 살렸는디, 이것

참 솔직허게 말허믄 너그 오멜 모시고 우덜이 시방 함께 도줄허고 있는 건 최 선장허고 나허고 살어있다는 것이 뽀록날까봐 그러는 것이다만…."

임사공이 속이 타는지 담배를 꺼내 물면서 잠시 말을 멈췄다.

"아니 이모부, 어떻게 이럴 수가 있습니까? 이모부가 살자고 동해와 어머닐 지금 인질로 삼고 있는 것 같은데, 어떻게 이럴 수가 있냐구요?"

"야 임마, 내가 언지 너그 오메허고 아들을 인질로 삼었다는 것이여?"

"인질로 삼은 것이 아니면 납칠허신거요? 이모부허고 최 선장이 도줄헌 것이 들통날까봐 우리 어머니허고 아들을 납칠 한 것 아니냐구요?

"어따 이 자식 참, 사람 미치게 허네! 야 임마, 넉 오메허고 너그 아들을 우덜이 인질로 삼은 것도 아니고, 납칠 헌 것도 절대 아니란 말이여!"

"그래 인질도 아니고, 납칠 헌 것도 아니라고 칩시다. 그럼 앞으로 어떻게 할 겁니까? 오늘 새벽, 이모부하고 최 선장허고 희진이 성네 배를 훔쳐 타고 외국으로 망명을 허거나 북한으로 월북을 헐 것이라고 말씀 하셨는데 흐으윽…! 우리 어머니하고 흐으윽…! 우리 아들은 어떻게 할 꺼냐구요…?"

조희오의 입에서는 통곡과 절규가 쏟아져 나왔다. 임사공은 거의 꽁초만 남은 담뱃불을 끄지도 않고 차창 밖으로 내버렸다.

"같이 배를 타고 일단 위돌 빠져 나갈란다!"

"아니 이모부! 지금 미쳤습니까? 위돌 떠날려면 두 분만 떠나지 왜 우리 어머니와 아들을 데리고 간다는 겁니까?

"너그 오메가 우덜을 따러간다는디 날 더러 어쩌란 말이여 임마?"

"뭐가 어쩌고 어째요? 우리 어머니가 이모불 따라간다고 그러셨다구요?"

"그런다고 혔당께!"

"그럴 리가 있나요. 절대 그럴 리가 없습니다. 우리 어머니가! … 아니 우리 어머니가…! 도대체 왜 이모불 따라 외국이나 북한으로 가신다는 겁니까?"

"그 이윤 나도 잘 모릉께 고만 입 닥치고 언능 석금으로 가자! 내 야그가 사실인지 아닌지는 임마 석금 방파지 가서 너그 오메헌티 니가 직접 물어보믄 될 것 아녀!"

"좋습니다. 그렇게 하겠습니다!"

조희오는 차의 시동을 걸었다. 그런 다음 급히 액셀을 밟았다. 치도리 송가산장에 출발한 용달차가 소리와 대리를 거쳐 전막리 어귀가 눈에 들어오자 임사공이 차를 세우라고 독촉을 했다.

"아니 이모부, 왜 여기서 차를 세우라고 그러시는 거죠?"

"쩌그 전막리로 들어갈라믄 어선신고소가 있잖어! 그렁게 여그서 찰 버리고 저 우그 까끔 쪽으로 올라가꼬 전막리 마을 뒷길을 이용혀서 석금까지 가야 쓰것다!"

조희오는 약 300m 전방에 있는 전막리 어선신고소를 바라 보았다. 아니나 다를까, 어선신고소의 앞에는 전경이 한 명 서 있고, 신고소 안은 불이 환하게 켜져 있다. 벌써 차에서 내린 임사공은 길도 없는 풀숲을 헤치고 대리 뒷산인 까끔 쪽으로 향하는비탈을 오를 채비를 하고 있다.

"이모부, 차라리 바닷가 쪽으로 접근해서 석금으로 가는 것이 어떨까요?"

"얌마 쩌그 저 전경이 저렇기 서 있는디 어찌기 전막리 장불을 지나 석금까지 간다는 것이여, 잔소리 말고 언능 날 따러 오랑께!"

짙은 어둠 속에서 임사공은 길도 없는 풀숲을 능숙하게 헤치며 가파른 비탈을 오르기 시작했다. 등 뒤에 선 조희오는 투덜거리면서도 임사공을 따를 수밖에 없다. 약 1km 앞 석금 방파제 근처의 숲속에 사흘 전 인당수에 빠져 실종된 어머니와 아들이 숨어있다고 전해 들었기 때문이다.

조희오는 큼직한 배낭을 짊어진 임사공을 따라 어둠속 비탈을 오르며 서너 차례나 뒤로 미끄러졌다. 비탈 끝에 널따랗게 펼쳐진 경사진 고구마밭을 지나는 동안 조희오는 앞으로도 두 번 고꾸라져 밭고랑에 코를 박았다.

고구마밭 윗쪽에 돌로 쌓은 약 1m 높이의 둑 위엔 좁고 묵은 오솔길이 나 있다. 이 산길은 예전에 사람들이 대리와 전막리 사이를 오가던 길이다. 대리와 전막리 사람들이 밭에서 일을 하거나 산에서 나무를 할 때도 이 길을 많이 이용했다. 그런데 고구마밭 아래쪽 비탈 밑에 넓은 신작로가 뚫린 뒤로 이 산길을 이용하는 사람은 그리 많지 않다.

이 산길은 약 200m 앞에서 두 갈래로 나뉜다. 갈라지는 곳이 조희오네 밭 언저리다. 밭 아래 두렁에서 왼쪽 아래로 내려가는 샛길은 전막리로 가는 길이다. 오른쪽 위로 오르는 샛길은 전막리 마을 뒷산 자락인 잴배 쪽으로 가는 길이다. 야트막한 고개인 잴배에는 전막리를 거쳐 석금으로 가는 산길이 있고, 거륜도와 논금리 쪽으로 이어지는 산길도 나있다.

전막리와 잴배 쪽으로 가는 샛길의 갈림길에 이른 조희오의 눈앞에 어머니와 아들의 얼굴이 어렴풋이 나타났다. 눈앞에 있는 콩밭은 지난해 여름부터 서해훼리호 참사가 발생하기 전인 올 추석 연휴 직후까지 이춘심이 손자 동해를 업고 틈틈이 들러서 농사를 짓던 곳이다. 그런 사정을 잘 알고 있는 터라 잴배로 오르는 산길로 들어서면서 조희오는 훌쩍거리기 시작했다.

"어머니 흐으윽…! 동해야 흐으윽…!"

임사공과 조희오가 잴배에 도착한 것은 그로부터 10분쯤 뒤였다.

"내가 아까 석금서 진리 우리 집에 갈 때도 말이다, 산길을 따라 이 잴배로 올라와가꼬 쩌그 저 재너머 공동산을 지나 논금 미영금 깊은금 쪽으로 혀서 산을 타고 진리로 넘어 갔는디, 니가 대리 사람인께 잘 알 것지만 여그 잴배서 석금까진 시간이 얼메 안걸링께 지발족족 사람들 눈에 띄지 않기 조심허자 잉! 야심헌 밤이긴 허다만 으디서 사람이 튀어 나올지 모링께!"

"네, 이모부, 알겠습니다!"

조희오의 대답을 듣고 난 임사공이 앞에 나섰다. 두 사람은 허리를 굽혀 몸을 낮추고 전막리 쪽으로 내려가는 산길을 밟아 나갔다. 전막리에서 석금리까지 가는 길은 약 5분쯤 걸렸다. 그들이 석금리 마을 뒷길을 따라 방파제 초입에 다다르자 길가의 어두운 숲속에서 인기척이 느껴졌다.

"아가 희오야…?"

나지막한 그 소리는 분명 이춘심의 목소리였다.

"어어 어머니, 저어 희옵니다. 흐으윽…!"

조희오가 낮은 목소리로 흐느끼며 대답하자 숲속에서 한 사람이 걸어 나왔다. 위도 사람들은 구실잣밤나무를 '자밤나무'라고 부르는데, 자밤나무 숲속에서 나온 사람은 조희오의 어머니 이춘심이었다.

"어머니…! 흐으윽, 어머니…!"

조희오는 낮은 소리지만 절규하는 몸짓으로 어머니 이춘심을 끌어안았다. 부둥켜안은 두 사람은 목청껏 울부짖을 상황이 아니다 보니 곡소리조차 제대로 토해내지 못하고 피울음을 삼킬 수밖에 없었다.

"근데 어머니, 동핸 어딧죠?"

한참 동안 울먹이던 조희오가 아직도 훌쩍거리고 있는 이춘심에게 물었다.

"어, 동핸 시방 최 선장님이 안고 쩌그 자밤나무 숲에 있는디, 쬠 있다 만나게 될 것이고만. 근디 최 선장님을 만나기 전이 니가 한나

갤정헐 것이 있다!"

"아니 어머니, 제가 무슨 결정을 해야 된다는 겁니까?"

이춘심이 머뭇거리자 옆에 서 있던 임사공이 끼어들었다.

"다름이 아니고 말여, 너도 같이 밀항을 허것다고 확답을 혀줘야 최 선장님이 너그 동행 열로 뎃고 나올 것이고만!"

"아니 이모부, 어떻게 이럴 수가 있습니까? 저희 어머니하고 제 아들을 인질로 삼고 지금 저와 협상을 하자는 건가요?"

"암마, 무신 섭섭헌 소릴 그렇기 헀쌌냐! 너 아까 치도 송가산장 서 나헌티 따지던디, 우덜이 너그 오메허고 아들을 인질로 삼은 것 도 아니고, 납칠 헌것도 아니라고 내가 분명히 말을 혔잖여! 내 말 이 틀린지 안 틀린지 너그 오메 시방 니 앞으 있응께 직접 물어보믄 될 것 아녀!"

조희오는 이춘심의 어깨를 두 손으로 붙들고 흔들면서 따지고 물 었다.

"아니 어머니, 이모부 말이 맞는거요? 최 선장님허고 이모부가 밀 항을 헌다는데, 어머니가 자발적으로 따라 가신다고 혔냐구요?"

"그 말이 맞다. 너그 이모부 말이 맞다고!"

"아니 왜요? 도대체 무엇 때문에 이모불 따라서 북한이나 외국으 로 밀항을 하겠다고 하셨냐구요?"

"넌, 이 나라서 살고 싶냐? 이 개떡 같은 나라서 살고 싶냐고?"

"어머니, 아무리 개떡 같아도 우린 이 나라서 살어야 되는 것 아 닌가요? 제가 어머니가 싫다고 해서 버릴 수 없고, 우리 아들 동해가 아버지가 싫다고 해서 절 버릴 순 없는 일 아닙니까?"

"그건 이눔아 상황이 틀리잖어! 어찌기 나라허고, 부모허고 비끌헐 수가 있다고 이런 억지를 쓰는겨! 헛소리 작작 허고 언능 갤정을 혀! 이 에미랑 밀항을 헐 건지 말 건지 언능 갤정을 허라고!"

조희오는 대꾸를 하지 못했다. 잠시 흐느끼다 입을 열었다.

"어머니, 정말 동해도 데리고 가실 작정인가요?"

"글면 넌 동핼 이런 개떡 같은 나라서 키우고 싶냐?"

"그게 무슨 말씀이세요, 어머니?"

"너 대학시절, 데모 좀 고만 허고 공부나 허라고 내가 신신당불헐 때마다 나 헌티 무시라고 혔냐? 감옥에 있을 때 이 에미가 면휠 갈 때 마다 너 나 헌티 이렇기 말헜지? 이 썩으 빠진 나라서는 더 이상 살고 싶지 않다고! 너 끄칫허믄 나헌티 그런 말을 혔어 안혔어?"

조희오는 할 말이 없다.

"그맀던 니가 장갈 가서 새낄 낳고, 대학 때 깜방을 산 죄로 대학 졸업도 못 허고 취직허기도 심들어 어렵기 살다본께 진작에 정신이 썩어 빠진 것 같은디, 그렇기 줏대도 읎어가꼬 어찌기 니가 내 아들여 이눔아!"

"아니 어머니, 흐으윽! 지금 저한테 무슨 말씀을 하실려고 이러십니까?"

"너도 새낄 나서 키워봤응께 부모으 맴을 쪼꼼은 이핼 헐 것인디, 내가 핵교 문턱도 가본 적 읎는 사람이라 일자무식이다만 난 널 키우고 대학까지 갤침서 참말로 많은 걸 배우고 느꼈다. 이 나라서는 돈도 웂고 빽도 웂는 부몰 만난 자식들은 대부분 팽생 사람대접도 못 받고, 지대로 사람 구실도 못 험서 구질구질허기 똥쭐 찢어지기 살다가 나이가 들어 늙으믄 큰 빙이 들거나 시름시름 앓다가 이 풍진 시상을 하직허고 말더랑께! 너 같이 올바른 생각을 갖고 시상을 바꿔볼라고 허는 놈들은 맞어 죽던지, 깜빵을 가던지, 그것도 아니믄 사회서 왕따가 돼 가꼬 팽생을 심들게 살다가 이승을 떠나고 마는디, 이런 개떡 같은 시상살이를 두 눈으로 똑똑히 봄서러 팽생을 살어 온 내가, 그려 남은 여생을 어찌기 살길 바래냐? 내 아들이 이 드러운 나라서 힘들기 살고 있는디 내 손지까지 이런 나라서 살라고 냅싸 두라고야? 난 그렇기 못헌다. 우리 동해, 참말로 못난 할미, 못난 부모 만나가꼬 에미 젖을 떼기도 전으 인당수에 빠져 괴기들 밥이 될 뻔 혔는디 흐으윽…! 이런 개떡 같은 나라서 우리 손지가 살라고 난 냅싸 둘 수 웂다고 이눔아! 이 담에 너도 한아씨가 될 턴디, 니 손주가 이런 꼴을 당허믄 그땐 너 어찌기 헐 것 같으냐, 잉?"

낮지만 단호한 목소리로 이춘심이 조목조목 따지며 묻자 조희오는 아무 대답도 못하고 고개만 푹 숙이고 있다. 그렇지만 죽었다가 살아난 아들인데 얼굴도 못보고 돌아설 수는 없는 일 아닌가. 그래서 그는 순식간에 머리를 돌려 동해를 만날 수 있는 방법을 이리저리 궁리했다.

"네, 어머니, 저도 함께 밀항을 하겠습니다!"

"헤헤헤 그려, 잘 생각혔다. 역시 넌 내 잘난 아들이다…!"

"흐으윽, 어머니…! 흐으윽, 동해야…!"

조희오가 이춘심의 가슴에 안겨 이렇게 울고 있는데, 숲속에서 최 선장이 걸어 나왔다.

"최 선장님, 흐으윽…! 동해야, 흐으윽…!"

이렇게 흐느끼고 있는 조희오의 품에 최 선장이 동해를 안겼다. 어디서 구했는지 동해는 포대기에 싸여 있다. 그런데 그 포대기는 지난해 추석, 전남 진도 출신으로 서울에 살고 있는 조희오의 처남이 사준 포대기 같았다.

"희오야, 언능 따라 오니라, 날이 밝기 전으 배가 공해상을 빠져나가야 된다니께!"

임사공이 얼른 방파제로 가서 밀항선으로 점을 찍어 둔 조희오의 큰형 조희진네 고깃배에 올라타자고 재촉했다. 최 선장은 벌써 방파제 쪽으로 걸어가고 있다. 그 뒤를 이춘심과 조희오, 그리고 임사공이 따르고 있다.

'빨리 튀자! 어떻게든 달아나자! 어머닌 밀항을 하시더라도 동핸 보낼 수 없다…!'

조희오는 이렇게 속으로 다짐을 하며 한 발짝 뒤로 처져서 따라오고 있는 임사공의 움직임을 살폈다. 임사공을 옆으로 밀쳐서 넘어뜨리기만 하면 도망치는 건 큰 문제가 아닐 성싶다. 더욱이 임사공은 등에 큼지막한 배낭까지 짊어지고 있다. 기습적으로 밀치거나 다리를 걸면 그는 반항도 못하고 넘어질 법하다.

"에라잇…!"

갑자기 뒤로 돌아선 조희오가 임사공을 길섶 쪽으로 밀쳤다.

"어이쿠…!"

비명을 지르며 임사공이 길 가장자리로 넘어졌다. 조희오는 지체하지 않고 전막리 쪽으로 뛰기 시작했다.

"희오야…! 희오야…! 너 임마 거기 안 설래…!"

최 선장과 임사공이 조희오를 부르며 쫓아왔다. 아들 동해를 끌어안은 조희오는 필사적으로 줄행랑쳤다.

"너 이 개새끼, 거기 안 서…!"

최 선장의 앙칼진 목소리가 등 뒤에서 날아왔다. 조희오가 힐끔 뒤를 돌아보니 최 선장의 손엔 어디서 구했는지 몽둥이가 들려 있는 듯 했다. 겁에 질린 조희오는 정신없이 도망쳤다.

"어이쿠…! 아아악…!"

돌부리에 걸린 조희오가 넘어졌다. 그는 길 아래 비탈로 떼굴떼굴 굴러 떨어졌다. 다행히 대나무 숲 입구에 몸을 가누고 앉은 조희오는 품에 안고 있는 동해를 살펴보았다.

"아빠…!"

막 잠에서 깨어난 듯한 동해의 초롱초롱한 눈망울이 밤하늘의 별빛을 가득 담고 반짝반짝 빛났다.

"도옹 동해야…! 괜찮아, 응…?"

"아빠, 엄마는…?"

"엄마? 흐으윽…!"

조희오의 눈에서는 눈물이 펑펑 쏟아져 나왔다.

"그래 동해야, 엄말 만나러 가자!"

"아빠!"

"왜 동해야?"

"배고파…!"

"배고파? 그래 동해야 조금만 참어라! 대리 큰집에 가서 밥도 먹고, 두유도 사다 줄 테닌까 조금만 참어라, 응…!"

"아빠, 엄마 보고 싶어…!"

"그래 날이 밝으면 격포로 가서 엄말 보자…! 엄마 아빠가 우리 동핼 얼마나 사랑하는지 알지…?"

"아빠, 엄마 보고 싶어…! 엄마, 보고 싶어…!"

"그래 엄마도 널 많이 보고 싶어하닌깐 몇 시간만 참자 응…!"

조희오의 눈에서 동해의 이마로 눈물이 뚝뚝 떨어졌다. 그 눈물을 닦아 주려고 이마에 손을 내밀던 조희오가 깜짝 놀랐다.

"아니 피가…!"

동해의 이마에서 피가 흐르고 있었다. 조희오가 비탈 아래로 구르는 과정에서 안고 있던 동해의 머리가 어디에 부딪친 모양이다. 조희오는 아들의 머리를 더듬어 피가 나오고 있는 부위를 찾았다. "아빠, 배고파…! 아빠, 배고파…!"

머리 다친 곳보다는 배고픔이 더 고통스러운지 동해는 배고프다는 말만 되풀이했다.

"알았다, 동해야, 얼른 대리 큰집으로 가자!"

피가 나는 동해의 이마 부위를 더듬어 손가락으로 눌러 지압을 하며 조희오가 일어서는 참인데, 몽둥이 하나가 눈앞에서 어른거렸다.

"너 이 개새끼! 죽고 싶어 환장을 했냐, 엉?"

몽둥이를 들고 서 있는 사람은 다름 아닌 최 선장이었다. 그의 살기가 도는 눈빛에 조희오는 움찔했다.

"너 얼른 니 새끼 이리 안 내놔, 어서…!"

"그렇겐 못하겠습니다. 죽었으면 죽었지 제 아들은 밀항을 시킬 수 없습니다."

"잔소리 말고 얼른 그 애기 이리 내노라고 새꺄!"

"절대 그렇겐 못합니다. 밀항을 할 꺼면 당신이나 하세요! 우리 어머니도 모시고 가고, 우리 이모부도 모시고 가고, 어서들 위돌 떠나시라구요!"

"우리 세 사람은 그렇게 하기로 했으니 걱정 말고 얼른 너그 새끼나 이리 내놓으란 말여 새꺄! 안 그러면 이 몽둥이로 니 머리통을 박살낸다, 엉…!"

"그려 죽이시오. 이리 죽으나 저리 죽으나 매 일반이니 이 자리서 날 죽여도 좋소만, 제발 부탁인데, 우리 아들 동해만은 좀 살려 주시라구요, 흐흐흑…!"

"알았다. 그리하마, 에라잇…!"

최 선장의 손에 들려 있는 몽둥이가 어두운 밤하늘로 솟구쳐 올랐다. 조희오는 겁에 질려 눈을 딱 감았다.

"아악, 아아아…! 아아아…!"

최 선장의 고통스러운 비명 소리가 칠흑 같은 적막을 깨고 울려 퍼졌다. 조희오가 눈을 뜨고 보니 어머니 이춘심이 몽둥이를 들고 있던 최 선장의 오른손 팔뚝을 이빨로 물어뜯은 모양이다.

"희오야, 언능 달아나거라…! 어서, 이놈아…!"

어서 달아나라고 재촉하는 이춘심의 입가엔 선혈이 낭자했다. 마치 금방 피를 빨아 먹은 흡혈귀 같았다.

"고맙습니다. 어머니, 이다음에 흐으윽…! 꼭 살아서 찾아 뵐 테니깐 어머니 일단은요, 흐으윽…!"

조희오는 어쩌면 이승에서 마지막이 될지 모르는 작별 인사를 남기고 벼랑 위의 산길로 다시 기어올라 도망질을 쳤다.

"아빠…! 엄마…! 아앙아아아…!"

품안에 있는 동해가 다시 울부짖기 시작했다.

"동해야, 조금만 참아라, 힘들겠지만 조금만 참으라고 응…!"

이렇게 동해를 달래며 조희오는 한참동안 줄달음쳤다. 석금리 동구 밖을 막 벗어날 때쯤 갑자기 뒤에서 고함소리가 들려왔다.

"너 이 새끼, 거기 안 서…!"

몽둥이를 든 최 선장이 이렇게 외치며 뛰어 왔다. 그 뒤를 임사공이 따라왔다. 두 사람의 모습이 나무에 가려 순간적으로 보이지 않자 조희오는 길섶의 숲속으로 뛰어 들어 몸을 숨겼다.

"앙아아아…! 어엉어어…!"

품안에 있는 동해의 울음소리가 더욱 커졌다. 자칫하면 추격자 최 선장과 임사공에게 발각될 것 같았다. 그래서 조희오는 오른손 바닥으로 동해의 입을 틀어막았다. 그런데도 동해의 울음소리가 어둠 속 풀숲 밖으로 새어나갔다. 그러자 조희오는 동해의 코까지 손

바닥으로 틀어막았다.

"저기 최 선장님! 인자 그만 갑시다. 날도 금방 밝기 생겼는디 희오 야를 더 멀리 쫓아가다간 우덜 밀항계획도 수포로 돌아가기 생겼응께…!"

"나도 그렇기 생각허는디 자네 처형은 어찌기 헐쳐?"

"같이 밀항을 헐라고 찌그서 시방 지둘리고 있응께요. 언능 가서 모시고 석금 방파지로 갑시다!"

최 선장과 임사공이 어둠속으로 사라지자 조희오는 숲속에서 살금살금 걸어 나왔다. 어둠 속으로 추격자들이 사라진 것을 확인한 조희오는 전막리를 향해 달아났다. 그 사이 품안의 동해는 잠이 들었는지 조용하다.

"동해야, 조금만 참어라! 얼른 큰집 가서 맛있는 것도 먹고 날이 새면 객선을 타고 격포로 나가서 엄말 보자, 응…!"

전막리 마을 입구까지 단숨에 달려 온 조희오는 가로등 불빛 아래서 일단 걸음을 멈췄다. 그런 다음 품안에 안고 있는 동해를 들여다보았다.

"아니 이건, 아악…!"

꿈이었다.

조희오는 비명을 지르며 용수철처럼 자리에서 벌떡 일어났다. 자신이 안고 있었던 것은 아들 조동해가 아니라 오래된 유골이었다. 효수형(梟首刑)을 당한 듯한 그 유골의 왼쪽엔 먹물을 찍어 붓으로 쓴 글귀가 잔상으로 남았다. '東學黨 首魁 首級(동학당 수괴 수급)'.

8.
꿈인가
생시인가

조희오는 방에 불을 켰다. 벽에 걸려 있는 두꺼운 점퍼를 걸쳐 입더니 두리번거리며 무엇인가 찾기 시작했다. 작은방을 샅샅이 뒤져봐도 찾는 것이 눈에 띄지 않는 모양이다. 이춘녀와 임영범이 잠들어 있는 안방에 들어간 그는 어두운 방안을 조심스럽게 더듬더니 장롱 위로 손을 내밀었다. 그가 찾던 것은 손전등이었다.

손전등을 챙겨들고 이춘녀네 안방에서 나온 조희오는 마당을 가로질러 대문 밖으로 나갔다. 집 주변을 지키고 있던 3명의 전경이 경계의 눈빛으로 노려보았다. 지명수배가 내려진 임사공과 최 선장 등 서해훼리호 승무원을 붙잡기 위해 삼엄한 경비태세를 갖추고 있는 그들의 시선을 애써 무시하며 조희오는 위도면사무소 쪽으로 걸어갔다.

면사무소 근처에 있는 위도지서는 안팎에 불을 훤하게 밝히고 있다. 면사무소도 훤하게 불을 밝히고 있다. 새벽 1시가 넘었지만 면사무소 안에는 수십 명이 바쁘게 움직이고 있다. 조희오가 꿈속에서 보았던 것처럼 면사무소 정문 앞 공터엔 낡은 용달차 한 대가 세워져 있다. 유리창을 통해 들여다본 차안에는 운전석에 열쇠가 꽂혀 있었다.

'아니, 어떻게 이럴 수가 있나? 꿈에서 봤던 대로 여기 용달차가 세워져 있고, 키도 꽂혀 있는데, 그렇다면…! 그렇다면…! 지금 어머니와 동해가 밀항을 하려고 석금 방파지에 있단 말인가…?'

조희오는 다급해졌다. 정말 꿈이 맞는 것이라면 지금쯤 석금 방파제에서는 이모부와 최 선장이 어머니와 동해를 칠산호에 태운 뒤 출항을 준비하고 있거나 아니면 벌써 출항을 했을지도 모른다는 생각이 들었기 때문이다.

조희오는 용달차에 올랐다. 남의 차를 훔쳐 타는 것이 큰 죄라는 걸 모를 리 없을 텐데도 아무 거리낌 없이 용달차에 올랐다. 급히 시동을 걸고 힘껏 가속페달을 밟았다.

면사무소 뒤편의 진리고개를 급하게 넘어간 용달차가 치도리를 거쳐 소리와 대리를 지나 전막리에 도착한 것은 그로부터 15분쯤 뒤였다. 전막리 어선신고소 앞에 전경 한 명이 경계를 서고 있었지만 조희오가 몰고 있는 용달차를 제지하지 않았다.

용달차가 멈춰 선 곳은 전막리 서쪽 어귀의 공터다. 석금리로 가는 산길과 잴배로 가는 산길이 갈라지는 분기점 부근에 세워진 가로등 앞이다. 약 30분 전 조희오는 꿈속에서 이 가로등 아래에서 품안에 안고 있던 동학군 유골을 들여다 본 바 있다.

"어머니…! 동해야…!"

손전등을 비추며 석금리로 가는 산길을 내달리고 있는 조희오의 눈앞에 어머니와 아들의 얼굴이 어른거렸다. 출항을 하려고 칠산호 뱃머리로 오르고 있는 어머니와 아들의 모습도 어른댔다. 머나먼 대양의 밤바다를 항해 중인 칠산호 브릿지 안에서 벌벌 떨고 있는 어머니와 아들의 얼굴도 어리고 있다.

"흐윽 어머니…! 흐윽 동해야…!"

어머니와 아들의 이름을 수도 없이 부르면서 석금리 방파제 근처에 도착한 조희오는 오른쪽 자밤나무숲 일대를 손전등으로 비춰 보았다. 그는 그 숲을 대충 살펴보고 지나칠 성싶더니만 이내 그곳으로 뛰어들었다. 그리 넓지 않은 자밤나무 군락지를 손전등을 비춰 자세히 살펴보았지만 사람이 머물렀을 법한 흔적은 찾을 수가 없다. 수십 그루의 자밤나무들은 세찬 갯바람에 몸을 맡긴 채 심하게 흔들리면서 스산한 울음소리를 토해 낼 뿐이었다.

"에잇 씨발…!"

조희오는 쌍욕을 뱉으며 자밤나무숲을 빠져 나왔다. 그곳에서 50m쯤 떨어진 방파제 입구까지 한달음에 달려 온 그는 계단 아래의 방파제 일대를 손전등을 비춰 살펴보았다. 제법 큰소리로 울어대는 방파제 바깥 쪽 바다에 정박해 있는 어선은 한 척도 없다. 칠산바다의 짙은 어둠을 끊임없이 들이 마시며 잔잔하게 일렁이는 방파제 안쪽의 바다엔 10여 척의 어선이 정박해 있다. 그 중간쯤에 떠 있는 어선이 조희진네 고깃배인 칠산호 같았다.

높이가 4~5m쯤 되는 계단식 내리막길을 후다닥 뛰어 내려간 조희오는 방파제 위를 200여 m쯤 내달려 칠산호의 벌이줄을 감고 있는 쇠말뚝 앞에 섰다. 손전등을 비춰 칠산호의 갑판 위와 브릿지를 유심히 살펴보았지만 인기척은 느껴지지 않았다.

"햐, 이거 정말 미치겠네. 씨발 이모부가 이 칠산홀 타고 분명히 망명을 한다고 했는데…!"

조희오는 바다 위에 떠 있는 칠산호에 올라가서 조타실인 브릿지는 물론이고 기관실 내부도 살펴보고 싶었다. 꿈속에서 임사공은 분명하게 말했다. 최 선장이 석금 방파제에 떠 있는 여러 척의 어선에 몰래 올라가 기름을 훔쳐서 밀항에 필요한 연료를 충분히 확보해 놓았다고.

그런데 방파제에서 7m 정도 떨어진 바다 위에 떠 있는 칠산호 뱃머리 위로 올라갈 수 있는 방법이 마뜩치 않았다. 벌이줄이 팽팽하다면 줄을 타고 뱃머리 위로 오르는 방법을 생각해 볼 수도 있겠지만 줄이 느슨하게 축 늘어져 있어서 포기할 수밖에 없다.

조희오는 손전등을 이리저리 비추며 칠산호 선체 위로 올라갈 수 있는 방법을 찾아보았다. 거룻배로 삼을 수 있는 구조물 하나가 눈에 띄었다. 그 구조물을 발견한 곳은 정박해 있는 10여 척의 어선 중 오른쪽 맨 끝에 떠 있는 살막금호 뱃머리 근처였다. 전막리 강대 삼네 멸치잡이 배인 살막금호 선수 오른쪽에 떠 있는 그 구조물은 스티로폼 재질의 대형 부자(부표)를 반으로 잘라서 잇댄 다음 나무 널빤지를 올려서 엉성하게 만든 것이다. 위도에서는 이 구조물을 '삐꾸다이'라고 부르고 있다. 조희오는 살막금호 이물 쪽에 있는 삐꾸다이를 칠산호 뱃머리 쪽으로 어렵게 끌고 와서 조심스레 그 위에 올라탔다. 칠산호 뱃머리와 방파제 쇠말뚝을 연결하고 있는 느슨한 벌이줄을 두 손으로 꽉 쥐고 몸의 균형을 잡으며 그는 칠산호 뱃머리로 접근했다.

칠산호에 오른 그는 갑판 위의 어구들을 살펴 본 다음 기관실 출입문을 열고 손전등을 비춰 보았다. 그러나 꿈속에서 임사공이 말했던 것처럼 갑판 위는 물론이고 기관실 내부에도 다른 어선에서 훔쳐다가 비축해 놓았을 법한 연료를 담은 기름통은 보이지 않았다. 기관실을 다시 한번 들여다 본 조희오는 고물 쪽으로 건너가서 닫혀 있는 브릿지의 출입문을 확 열어젖혔다.

"아니, 으떤 씨벌놈이 이 밤중으 우리밸 올라 온 것이여, 엉?"

어두운 브릿지 안에서 날카로운 육두문자가 튀어나오더니 서슬 퍼런 식칼이 부르르 떨리면서 손전등 불빛에 섬뜩하게 번뜩였다. 두꺼운 이불 속에서 빠져 나와 식칼을 들이대고 있는 사람은 칠산호 선장 짱구였다. 머리가 많이 벗겨진 대머리에다 덥수룩한 수염이 제멋대로 뻗어서 자란 그의 몰골은 영락없는 산적이나 도사였다.

"야, 이 씨발 새꺄, 너 언능 고 후라시 안 꺼!"

짱구는 손전등 불빛 때문에 브릿지 밖에 서 있는 불청객이 누구인지 확인을 할 수 없어 애가 타는 듯 했다. 당장이라도 오른손에 들고 있는 식칼로 손전등을 비추고 있는 불청객을 찌를 듯 위협했다.

"씨발 너 고 후라시 후딱 안 끄믄 이 식칼로 니 숭낭을 쑤셔 버린다, 잉!"

"짱구 형, 저 희옵니다!"

"누구, 희오…?"

식칼을 베개 옆에 내려놓은 짱구는 급하게 브릿지 안 천장에 매달려 있는 백열등을 켰다.

"희오 니가 이 꼭두새복에 여긴 어쩐 일이여, 잉?"

"짱구 형, 혹시 말요, 이 배에 우리 어머니허고 동해 안 올라왔소?"

조희오의 질문이 얼마나 황당무계한지 짱구는 벌어진 입을 다물지 못했다.

"우리 이모부허고 서해훼리호 최 선장도 칠산호에 올라탄다고 했는데, 아직 안 올라왔냐구요?"

짱구는 브릿지 밖에 서 있는 조희오가 사람이 아니고 귀신이라는 생각에 사로잡힌 듯했다.

"얌마, 너 희오 맞냐, 엉?"

"네, 저 희온데요. 왜 그러시죠?"

"니가 임마 사람인지 귀신인지 내가 참 감을 잡을 수가 없어가꼬 그런다만 씨발 죽은 너그 오메가 칠산호엔 묻허러 올라오냐고?"

"이 밸 타고 외국이나 북한으로 망명을 한다고 했는데, 이것 참…!"

"무시 어쩌고 어째야? 죽은 너그 오메가 이 밸 타고 밀항을 헌다고 있다고야…? 구신 씨나락 까먹는 소리 작작허고 임마 언능 정신 좀 차려봐…!"

방금 전까지 짱구의 안색은 귀신에 홀린 듯했다. 그런데 지금은 귀신에 홀린 것이 틀림없어 보이는 조희오 때문에 낯빛이 창백하게 질려있다.

"짱구 형, 나 지금 가볼 데가 있는데 그럼…."

"임마 희오야…! 희오야…!"

짱구는 브릿지 밖으로 뛰어 나오며 조희오를 불렀다. 하지만 조희오는 벌써 기관실 옆에 벌이줄이 묶여 있던 삐꾸다이에 올라탄 상태다.

"희오야, 너 임마 이 오밤중에 으딜 갈라고 이러는 겨…?"

기관실 옆에서 발을 동동 구르며 짱구가 이렇게 묻지만 조희오는 대꾸도 없이 삐꾸다이를 타고 방파제 쪽으로 건너가고 있다.그런 조희오를 바라보며 짱구는 혼잣말을 지껄였다.

"아따 저 새끼 암만혀도 귀신헌티 홀린 것 같은디, 이 일을 어쩌면 좋다냐, 잉…?"

짱구는 이렇게 혀를 찼다. 조희오는 방파제 상단으로 기어오르더니 방파제 위 쇠말뚝에 삐꾸다이의 벌이줄을 묶은 다음 뛰기 시작했다. 그의 손에 들려 있는 손전등 불빛은 전막리 쪽으로 향하고 있다.

그가 전막리에 세워 두었던 용달차를 타고 대리마을 오른쪽 입구의 당산나무 근처에 도착한 것은 새벽 1시 50분쯤이었다. 차에서 내린 그의 손에 들려 있는 손전등 불빛이 이번엔 대리마을 북동쪽의 높고 험준한 산인 대양준봉(大洋峻峰)으로 향해 있다. 이 산의 정

상엔 대리마을의 당집인 원당(願堂)이 있는데, 그는 그 원당을 향해 발걸음을 재촉했다.

예전에 위도 근해에서 잡혔던 조기는 품질 좋은 영광굴비의 주된 재료였다. 봄철에 흑산도를 거쳐 북상한 조기떼는 위도 앞바다를 거칠 무렵 알을 품었다. 이 때문에 위도 근해에서 잡힌 조기는 맛이 좋기로 유명했다. 위도에서 잡힌 알을 품은 조기는 대부분 전남 영광군 법성포로 팔려 나갔고, 영광굴비의 명성을 떨치는 데 일등공신이었다.

흔히 위도는 그 옛날 황금어장 칠산바다의 중심이었다고 얘기한다. 이곳 대리마을은 위도에서도 조기잡이가 가장 성행했던 곳이다. 그래서 대리는 칠산어장의 중심 중의 중심이었다고 주장을 해도 틀린 말은 아니다.

어쨌거나 대리는 칠산어장의 수많은 항·포구 중에서 조기의 울음소리를 가장 크게 들을 수 있었던 마을이다. 대리엔 그 옛날 칠산어장 조기 파시(波市)의 역사와 문화를 되돌아볼 수 있는 중요한 문화유산이 전해 온다. '중요무형문화재 제82-3호 위도띠뱃놀이'가 바로 그것이다.

이 띠뱃놀이의 전승지인 대리마을 북동쪽의 해발 200m 정도의 산 이름이 대양준봉이다. 이 대양준봉 정상에 원당이 터를 잡고 있다. 1900년대에 쓰여진 고문헌인 '원당중수기(願堂重修記)'가 원당의 역사와 가치를 후손들에게 전해 주고 있다. 이 중수기 서문에 따르면, 대리 원당은 예로부터 신령스럽고 기이한 기운이 특별하다고 알려져 있었다.

당신(堂神)이 신령해서 팔도(八道)의 어부들이 수시로 이 원당에 몰려와 기도를 올렸고, 당신(堂神)의 그윽한 가호를 받아서 재물을 많이 모으기도 했다. 그런데 이 원당을 세운 지가 오래 돼 비바람이 새고 스며들어 보수를 해서 고치는 일이 시급했다. 그래서 당시 대리마을을 포함한 위도의 유지들은 전국 각지의 크고 작은 배들을 대상으로 모금운동을 펼쳐 거액의 원당 보수비용을 마련했다고 한다.

이런 내용을 기록해서 후세에 알리고 있는 이 '원당중수기'의 작성자는 위도도집강(蝟島都執綱) 이인범이다. 원당 중수에 필요한 자금을 모으는 데 앞장을 선 화주(化主)는 서익겸 등 8인으로 돼 있다.

대리마을의 안녕과 어부들의 풍어를 기원하는 위도 띠뱃놀이의 당신(堂神)을 모시고 있는 원당 경내엔 기와지붕의 작은 신당이 터를 잡고 있다. 비록 규모는 작지만 그 옛날 칠산바다의 영험한 기도처였던 이 신당 안에는 여러 신들의 탱화가 걸려 있다.

"흐으윽 어머니…! 흐으윽 동해야…!"

이렇게 어머니와 아들의 이름에 눈물을 잔뜩 찍어 바르며 조희오가 대양준봉에 오르고 있는 이유는 다름 아니다. 꿈속에서 만났던 이모부 임사공이 서해훼리호 침몰 뒤 도주해서 이틀 동안 대리 원당에 숨어있었다고 말했기 때문이다. 조희오는 그 말을 꿈속에서 들었다. 하지만 혹시 어머니와 아들이 서해훼리호 승무원인 임사공과 최 선장을 따라 참사 현장에서 구사일생으로 살아남은 뒤 도주를 해서 원당 안에 숨어있을지도 모른다는 실낱같은 기대감 때문에 그는 지금 한밤중에 험한 산을 오르고 있는 것이다.

"어이쿠…!"

발을 헛디뎌 조희오는 앞으로 넘어졌다. 그의 손에 들려 있는 손전등은 건전지가 방전이 되어 가는지 불빛이 희미하다. 그 때문에 길을 잃어버린 지 제법 됐다. 그래도 걸음을 멈출 수 없다. 가파른 산을 오르고 있는 그는 미친 사람 같다. 더 정확하게 표현하면 귀신에 홀린 사람 같다. 땀을 삘삘 흘리고, 숨을 헐떡거리면서도 걸음을 멈추지 않는 그의 눈동자는 초점을 잃고 멍하게 풀어져있다.

당산나무 근처에 용달차를 주차하고 산에 오른 지 약 30분 만에 원당에 도착했다. 사람 키 높이로 쌓아 올린 돌담으로 둘러싸인 원당 경내로 들어선 그는 손전등을 비추며 골골샅샅이 뒤졌다. 하지만 사람이 머물렀을 법한 흔적은 어디에도 남아 있지 않았다.

"혹시 이 신당 안에 숨어있는 것 아녀…?"

신당의 출입문은 자물쇠가 채워져 있어서 문고리를 잡고 여러 번 흔들어도 열리지 않았다. 마루에 서서 긴 한숨을 내쉬며 잠시 숨을 고른 그는 문창호지에 손가락을 넣고 구멍을 몇 개 뚫었다. 그런 다음 빼꼼빼꼼 구멍이 난 문창호지에 손전등을 대고 신당 안을 들여다보았다. 좁고 음산한 신당 안에 인적은 그림자도 없다. 대신 그의 눈에 들어 온 것은 산신령 등이 그려져 있는 당신도(堂神圖)였다.

"아악…!"

조희오는 비명을 지르며 신당 마루에서 마당으로 뛰어내렸다. 신당 벽에 걸려 있는 당신도의 여러 신들의 얼굴을 접하고 난 그는 사지를 벌벌 떨었다. 그가 이날까지 원당에 올라 온 것은 기껏해야 대여섯 차례다. 초등학교 시절, 원당 보수를 할 때 기와를 한 장 들고 원당에 들른 적이 있다. 중·고등학교 시절에 원당을 찾아온 적은 단 한번도 없었다. 20대 이후 띠뱃놀이 행사 때 마을사람들과 함께 원당제를 지내러 이곳에 몇 차례 들렀다. 하지만 혼자서 이 원당에 찾아 온 적은 난생 처음이다.

"얼른 내려가자! 내가 귀신에 홀린 것 같은데⋯."

얼뜬 사람처럼 이렇게 중얼거리며 조희오는 원당 밖으로 빠져 나왔다. 야심한 밤에 그것도 혼자서 원당을 찾아왔다는 사실을 이제야 깨달은 그는 가파른 산길 아래로 허겁지겁 뛰기 시작했다. 꿈속에서 보았던 어머니와 동해가 혹시 이곳에 숨어있을지 모른다는 생각에서 미친 듯이 원당에 찾아오긴 했지만 신당 안에 모셔져 있는 여러 신들의 얼굴을 손전등으로 훑어 온 직후 사실 그는 사지가 늘어지고 전신에 맥이 풀리면서 바지에 오줌을 싸고 말았다.

"흐으윽 어머니⋯! 흐으윽 동해야⋯! 아아악⋯!"

얼이 빠진 듯한 조희오는 어머니와 아들의 이름을 끊임없이 되풀이하며 정신없이 뛰어 내려가던 중 그만 발을 헛디디고 말았다. 그리 높지 않은 바위 아래로 떨어지면서 머리를 바위에 부딪쳤다. 이마에서 피가 철철 쏟아지면서 그의 정신은 점점 혼미해졌다. 그런 상황에서도 그는 쉬지 않고 웅얼거렸다.

"어머니⋯! 동해야⋯!"

9.
위도활빈당
발기

참사 발생 나흘째인 1993년 10월 13일 수요일. 언론은 최 선장과 갑판원 임사공 등 승무원들의 도피설을 퍼뜨리며 요란을 떨었다. 언론은 지명수배가 내려진 승무원들의 얼굴을 신문과 방송을 통해 전국 각지에 알리고, 검·경합동수사본부는 한시바삐 범법자들을 체포해야 한다며 대국민 호소에 나섰다. 특히 검찰은 최 선장이 장기 은신을 결심하게 된다면 검거가 쉽지 않고 다른 생존 승무원들에게 큰 영향을 미칠 것이라며 국민들의 제보를 당부한다고 했다.

수사를 총지휘하고 있는 L부장검사는 "승무원 중 최소한 최 선장만큼은 살아있다고 강력히 주장한다"며, "강력한 추정에 대해 98%쯤" 확신한다고 말했다. 이런 확신에 차 있다 보니 검·경합동수사본부는 "지금까지 수사 결과, 최 선장 생존은 소문을 넘어선 사실이라는 결론을 지었다"고 발표했다. 그러면서 "최 선장의 신병 확보에 모든 수사력을 모으고 있다"고 덧붙였다.

검찰이 이렇게 판단하고 있는 근거는 무엇일까. 우선, 서해훼리호에 최 선장이 승선했느냐 하는 점이 관건인데, 이에 대해 생존자인 부안경찰서의 L경장 등은 여객선 탑승 후 최 선장을 목격했다고 진술했다.

두 번째 관건은 참사 현장에서 최 선장을 목격했느냐 하는 점이다. 이에 대해서는 참사 당일 자신의 소형 고깃배를 타고 생존자 및 실종자 구조작업에 나섰던 위도 주민 S씨가 목격했다고 진술했다.

마지막으로 위도 파장금항에서 최 선장을 본 사람이 있느냐 하는 점인데, 식도리 고깃배 선원 등이 "두 눈으로 똑똑히 봤고, 서로 대화까지 나누었다"고 진술했다.

검찰은 이렇게 목격자들의 진술이 시간대별로 연속성을 갖고 있다며 다른 승무원들의 생사 여부는 몰라도 최 선장만큼은 분명히 살아있다고 확신했다.

그렇다면 최 선장은 지금 어디에 숨어있단 말인가. 검찰이 추적하고 있는 도피처는 우선 위도 본섬이다. 그 다음은 식도 등 위도의 부속섬들, 그리고 세 번째는 고군산도 등 위도 주변의 섬과 육지다. 검찰이 받은 여러 가지 제보나 풍문 중에는 "최 선장이 중국으로 밀항을 시도하다가 중국 어선에 구조됐다"는 내용도 있고, "동남아나 필리핀 등으로 밀항했다"는 내용도 있다. 하지만 검찰은 이런 풍문은 신빙성이 떨어진다고 판단하고 있다. 수사본부에는 또 "군산 터미널에서 봤다", "밤늦게 파장금 최 선장네 집에서 웃음소리가 들렸다"는 등 갖가지 제보가 접수됐다.

그러나 검찰은 최 선장이 섬보다는 육지로 도피했을 가능성이 가장 높다고 보고 있다. 왜냐하면 최 선장은 1970년대부터 위도와 곰소·격포항을 연결하는 정기여객선의 승무원으로 일한 데다 위도 출신이어서 이 일대엔 얼굴이 꽤 알려져 있다. 때문에 최 선장은 진즉에 위도를 떠나 뭍으로 도주했을 것으로 검찰은 추정하고 있다. 그래서 검찰은 최 선장과 줄이 닿을 수 있는 전북의 부안, 전주, 군산, 전남의 영광 등의 연고지에서 수사를 벌이면서, 위도 현지도 샅샅이 뒤지고 있다. 전경 수백 명과 형사 수십 명을 동원해서 위도의 야산과 민가를 일제히 수색하는 등 대대적인 검거활동을 펼치고 있다.

검찰이 소환·조사한 목격자 중 어떤 사람은 "여객선 참사 당일인 지난 10일 정오쯤, FRP어선에 최 선장이 감색 제복 차림으로 타고 있었는데, 파장금항에 내려 마을 안으로 들어갔다"고 진술했다. 그러면서 "당시 최 선장이 타고 있던 배는 10톤급 흰색 FRP선박으로 키가 아닌 핸들로 배의 방향을 조종하는 신형 어선이었으나 위도나 격포 지역의 선박은 아닌 것 같았고, 명찰을 패용한 최 선장은 왼손에 빨간 모자를 들고 있었다"고 말했다. 이런 진술을 확보한 검찰은 최 선장을 참사 현장에서 파장금항까지 태우고 갔다는 그 FRP어선을 찾기 위해 격포항과 곰소항 등 인근의 항구에 소속돼 있는 FRP어선들을 일일이 조사하고 있다. 아울러 위도에 비상 경계령을 내리고 모든 선박에 대한 입·출항을 통제하고 있다.

참사 다음날인 11일 오전엔 사고 해역에서 40여 km 떨어진 전남

영광군 낙월면 송이리 동북방 2km 해안에서 '서해훼리호 25인용'
이라는 글자가 찍힌 구명보트 하나가 발견됐다. 이에 수사본부는
최 선장 등이 이 구명보트를 타고 도피했을 가능성도 열어 두고 있
다. 검찰은 이 구명보트를 정밀 감식하고 있으며, 광주지검에 수사
협조를 의뢰해 영광군 일대에서 검문검색을 강화하고 있다.

오늘 오후엔 위도에서 30km 떨어진 군산시 오식도에 최 선장 등
이 은신해 있다는 제보가 들어와 수사본부는 오식도에 수사대를 급
파했다. 경기도 안양경찰서는 동안구의 시내버스 정류장에서 수배
가 내려진 서해훼리호 갑판장과 비슷하게 생긴 사람이 맨발에 슬리
퍼를 신고 버스에서 내려 수원 쪽으로 갔다는 제보를 접수한 뒤 추
적에 나섰다.

수사본부에 접수된 또 다른 제보 중엔 "최 선장이 위도면 식도에
서 전주로 누군가에게 전화했고, 전주에서 전화를 받은 사람이 다
시 위도 주민에게 최 선장이 살아있다고 전화했다"는 내용도 있다.
그리고 "최 선장과 가까운 위도 주민 한 사람이 최 선장 등 승무원
을 구조한 뒤 격포나 위도에 내려 주고 그 사실을 숨기고 있다"는
제보도 있다. 수사본부는 이 제보들의 사실 여부를 확인 중이다.

이렇게 어제 아침부터 본격적으로 시작된 최 선장과 임사공 등
서해훼리호 승무원 생존·도주·도피설 소동은 오늘도 전국을 떠들
썩하게 하며 일파만파로 퍼져나갔다. 수사대는 심지어 위도의 민가
까지 샅샅이 수색했지만 승무원들의 행방은 여전히 오리무중이다.
위도 본섬도 넓지만 식도, 거륜도, 왕등도 등 3개의 유인도와 수십

개의 무인도를 뒤져서 도피 중이라는 승무원들의 은신처를 찾아낸다는 것은 거의 불가능한 일이다. 위도의 야산 중엔 만만치 않게 깊은 곳도 있다. 해안가엔 동굴도 수십 개가 있다. 그러다보니 어딘가에 숨어있다는 승무원들의 은신처를 찾아내기란 위도를 대표하는 해수욕장인 도장금 백사장에서 바늘을 찾는 것만큼이나 어려운 일이다.

그래서 검찰은 최 선장과 임사공 등 승무원 가족들을 상대로 수배자들이 자수하도록 설득해 달라고 강력하게 요구하고 있다. 전주에 살고 있는 최 선장의 큰 아들은 물론이고 위도 진리에 있는 임사공의 외아들 임영범에게 수사대를 급파해 아버지의 자수를 설득해 달라고 종용했다. 업무상과실치사혐의로 전국에 지명 수배가 내려진 상태에서 현재 승무원 가족들이 받고 있는 상처는 상상을 초월한다. 그런데도 검찰과 경찰은 승무원 가족들의 가슴 가슴에 비수를 꽂으며 자수 설득에 나서달라고 닦달하고 있다.

"희오야…!"

대리마을 뒷산인 까끔산 아래 띠뱃놀이전수관 근처에 터를 잡고 있는 조희진네 집 안방에 짱구가 들어왔다. 이 방은 나흘 전까지 조희오의 어머니 이춘심과 아들 동해가 쓰던 방이다. 이 방에 추레한 차림의 짱구가 들어오자 머리에 붕대를 감고 있던 조희오가 자리에서 일어나 앉았다.

"괜찮냐?"

"네, 괜찮습니다!"

짱구는 고약하게 옆으로 쫙 찢어진 눈으로 조희오의 머리를 감고 있는 붕대를 살펴보더니 약간 탈착된 반창고를 솥뚜껑만한 손으로 살살 눌러 제자리에 붙여주었다.

"감사합니다. 형님이 아니었으면 오늘 제가⋯."

오늘 꼭두새벽 원당 아래 바위에서 떨어져 사경을 헤매던 조희오를 구해준 사람은 짱구였다. 석금 방파제에 정박 중이던 칠산호에 오른 조희오가 마치 귀신에 홀린 사람처럼 날뛰자 짱구는 서둘러 배에서 내렸다. 조희오는 전막리로 달려가서 세워 두었던 차를 타고 대리 당산나무 아래에 도착한 뒤 손전등을 들고 험준한 산 정상에 있는 원당에 올랐는데, 다행히 그 뒤를 짱구가 밟았다. 덕분에 조희오는 심한 출혈 끝에 정신을 잃은 직후 짱구와 함께 원당에 오른 조희택에게 발견되었다. 짱구는 조희오를 둘러업고 산 아래로 내려왔고, 조희택은 당산나무 아래 주차돼 있던 용달차에 동생을 싣고 진리에 있는 위도보건소로 급히 이송했다.

"근데 형님은 오늘 사고 현장에 안 가셨습니까?"

"어 너그 희진이 성허고 희택이 성이 배 타고 파장금으로 나갔고, 난 점심도 못 묵고 하루 첨드락 석금 장불서 그물일을 허다 들어왔는디, 너 혹시 오늘 새복에 귀신헌티 홀린 것 아녀, 한밤 중으 당까지 올라가게⋯."

"그건 아니구요. 꿈 때문에 그랬던 건데⋯."

"꿈 때문이라고야? 대간절 무신 꿈을 꿨간디?"

"사실은요⋯."

조희오는 어젯밤 진리 이춘녀네 작은방에서 꾼 꿈 이야기를 늘어 놓았다. 그 가운데는 '동학당 수괴 수급'이라는 글귀가 적혀 있는 유 골 이야기도 포함돼 있다.

"너 방금 뭐시라고 혔냐?"

조희오의 꿈 얘기를 듣고 있던 짱구가 물었다.

"무슨 얘기요?"

"너 방금 그맀잖여. 동해를 안고 좆나게 뛰어서 전막리 입구까지 도망와가꼬 품안에 안고 있던 동해 얼굴을 들여다볼라고 가로등 불 빛 다 비춰 봤더니 사람이 아니고 해골박적을 안고 있었는디, 그 해 골박적에 무신 글자가 쓰여 있었다고?"

"네, 그 유골에 동학당 수괴 수급이라고 분명히 적혀 있었습니다."

"동학당 수괴 수급…? 혹시 너 재작년 대리 띠뱃놀이 행사 때 일 본서 왔다던 노처녀 여교수 생각나냐?"

"글쎄요….."

조희오는 눈을 감고 기억을 되살려 보았다. 만 3년이 돼 가는 1991년 음력 설날 무렵의 기억을 되작되작 들추어 뒤져보았지만 일본에서 왔다는 여교수의 얼굴이 떠오르지 않았다.

"문수랑 너랑 고 여교수허고 정월 초이튿날 내 방서 임마 밤새도 록 술을 퍼마셨잖여! 그 여교수가 배불뚝이 너그 각시가 진도 출신 이랑께 혹시 이런 사진을 본적 있냐고 물어봤잖여…!"

"아하, 그때 본 사진이 동학군 지도자 사진이었지…."

조희오는 기억을 되살려냈다. 일본에서 위도로 띠뱃놀이를 취재

하러 온 미혼의 40대 여교수가 진도에서 수습된 동학군 지도자의 유골 사진이라며 보여준 적이 있었다. 그 여교수는 "그 유골은 일본군에 학살당한 뒤 목이 잘린 동학 농민군 지도자의 머리뼈이고, 1900년대 초기 한 일본인이 진도에서 일본으로 가져갔는데, 현재 일본의 한 대학교 연구실에 보관돼 있다"는 말을 했던 것 같다.

"내 방에 말이다. 동학 관련된 책이 몇 권 있는디, 필요허믄 갖다 줄꺼나…?"

"아니, 형님이 동학 공불 하고 계신가요?"

"어쩌 야가 오늘 날 씨석씨석 건들어싼다냐! 너 가끔씩 보믄 먹물 쪼까 쳐먹었다고 데데허기 개폼 잡음서 내가 조직이 뱃놈이라고 무실허는디, 내가 임마 으떤 잡놈인지 참말로 니가 몰라서 이러는 것이여, 잉?"

조희오는 무안한지 고개를 들지 못했다. 사실 짱구는 간단한 인물이 아니다. 입만 열면 거침없이 쏟아내는 짱구의 허풍과 자랑에 따르면, 그는 남해안 다도해의 한 섬에서 태어나 조실부모했다.목포의 주먹패들과 어울려 10대를 험악하게 보냈다. 그러다 20대 후반에 사람을 사고 파는 인신매매단에 합류했다. 전국 각지에서 노숙자 등 남자들을 납치해 전라도 남해안과 서해안 일대의 고기잡이 어선이나 김양식장, 염전 등에 넘기고, 가출 소녀 등은 사창가 등에 넘기는 직업소개소 사무장으로 30대 후반까지 일했다. 벌써 40대 중반의 나이에 들어선 그의 말이 참말인지 거짓인지 확인할 길은 없지만 그런 계통에서 잔뼈가 굵은 사람처럼 얼굴은 물론이고 복부와 넓적다리 등엔 칼자국이 선명하게 아물어 있고, 등과 팔뚝엔 여러 형태의 문신이 조잡하게 새겨져 있다. 그의 말을 믿을 수밖에 없는 것은 지난 1990년 봄, 조희진이 목포 직업소개소에 몸값으로 3백만 원이나 주고 짱구를 위도로 데리고 들어오니 가까이는 대리와 전막리의 고깃배 선원들이, 멀리는 식도와 파장금의 선원들까지 그의 면전에서 목소리를 낮추고 몸을 사렸다.

"내가 너헌티 팽상시 가끔씩 허던 말이 뭐시냐?"

짱구가 지금 무슨 말을 하고 있는지 감을 잡지 못해서 그러는지 조희오는 안경을 벗고 눈을 비빈 다음 양미간을 잔뜩 찌푸렸다.

"시상일이 어거지로 안 되는 것이여, 때가 있는 것잉께 그 때를 지둘림서 늘 사람을 귀허기 여기고, 정성껏 대해야 언진가 그 때가 왔을 때 성공을 헐 수 있다고 내가 혔냐 안 혔냐?"

조희오는 대답 없이 안경을 썼다.

"난 5·18 때 광주서 죽다 살아났고, 삼청교육대 끌려가서 내가 골병은 들었다만 죽지는 않고 살어남았다. 그라고 수많은 싸움판서도 운 좋기 살어남었는디, 내가 파란만장헌 인생을 삼서도 죽지 않고 오늘날까지 이렇기 살아남을 수 있었던 비결이 뭐신지 아냐? 난 말이여, 팽소 나보다 힘도 약하고 쌈도 못 허게 생긴 사람은 절대 먼저 공격허지 않는다. 참고 또 참다가 내 대끄빡 뚜껑이 확 열리믄 그땐 씨발 너 죽고 나 죽자고 덤비는디, 그렇기 살어서 그런지 절체절명의 위기으 순간마다 날 도와주는 사람들이 있어가꼬 내가 임마 오늘날까장 이렇기 멀쩡허기 살어있는 것이여!"

짱구가 험한 막장 인생을 살아온 것은 사실인 듯하다. 분명 그는 인정도 있고, 의리도 있다. 나름대로 독특한 인생철학도 갖고 있다. 그런 데다 조희오의 어머니인 이춘심은 물론이고 동네 어른들을 예를 갖춰 잘 모셨다. 겉보기와 다른 짱구의 사람됨을 잘 알고 있는 터라 조희오는 그를 함부로 대한 적이 없고 늘 친형처럼 따르고 있다.

"희오야…!."

집에 손님들이 찾아왔다. 이순신과 임영범, 그리고 양대관과 오세팔이었다. 병문안을 하러 조희진네 집에 찾아 온 그들이 방안으로 몰려들자 짱구는 조용히 밖으로 나갔다.

"아니 형님, 위도엔 언제 들어오셨어요?"

"어, 어저끄 밤에 경찰서서 풀려났고, 격포 우리 집서 영길이 성님이랑 자고 오늘 아침 위도로 들어왔는디 머린 좀 어떠냐?"

"새벽에 보건소 가서 치료 받구요. 집에 와서 약을 먹고 하루 종일 잤더니만 머리도 맑고 통증도 많이 가셨네요."

침몰한 서해훼리호의 대체 여객선으로 엊그제 파장금항에 들어온 태양호를 급습해서 난동을 부린 죄로 부안경찰서에 잡혀 갔던 이순신은 어젯밤 10시쯤 신궁자의 남편 장영길과 함께 유치장에서 나왔다. 태양호와 서해훼리호 선사인 KS훼리가 "없던 일로 하자"고 합의를 해줘서 유치장에 수감된 지 42시간 만에 풀려났다. "희오, 집이 있냐…!"

이번에는 딴치도에 사는 김만수와 박문수가 찾아왔다. 어제 고창댁의 장례를 치른 터라 두 사람은 피곤한 기색이다. 박문수를 따라 안방으로 들어 온 김만수가 조희오의 머리를 살펴보며 물었다.

"괜찮냐, 너?"

"네, 형님!"

조희오의 병문안을 하러 왔다가 우연히 동석하게 된 위도인은 모두 6명이다. 이들은 조희진의 처 윤미라가 차려준 술상 앞에 앉아 담소를 나누기 시작했다.

"그리서 영범이 넌 어떻기 헐 껀디?"

검찰과 경찰로부터 아버지 임사공의 설득을 종용받고 있다고 한탄하는 임사공에게 이순신이 물었다.

"아니 형님, 지금 무슨 말씀을 그렇게 씸벅씸벅 하시는 겁니까? 돌아가신 아버질 제가 어떻게 자술하시라고 설득을 허냐구요?"

임영범은 눈물이 그렁그렁한 눈으로 이순신을 야속하게 바라았다. 이에 시선을 술잔에 떨어뜨린 이순신은 자신이 말을 잘못했다고 후회를 하는 듯했다.

"순신이 형님, 엊저녁에 김두길이 이놈으 새끼가 위도유가족협의회 의장을 맡았는디요. 이 새끼 가만 놔두었다간 뒷갈망허기 심들턴게 언능 대책을 강구혀야 된당께요!"

"두길이 이 새끼가 의장을 맡았다는 소린 오늘 파장금서 정심 먹음서 들었다만 진짜 유가족도 아닌 고 새끼헌테 어쩔라고 의장을 맡겼냐?"

"김두길이가요. 국회의원 김금수허고 도의원 맹철수 이 도둑놈으 새끼들을 등에 업고 설치고 있는 디다 나이는 처먹었지만 김두길이

쫄따구나 진배없는 김동필이와 심사곤이 이 쪼잔헌 두 노친네가 행동대장을 맡어가꼬 순진헌 위도 사람들 꼬드겨서 교묘허게 밀어붙이는 통에 그렇기 됐는디요. 지가 장담허요만 김두길이 이 새끼 가만 놔뒀다가는요, 위도 주민들 전부 다 절딴나고요. 대한민국에 위도 망신 다 시킬 것이고만요…!"

양대관이 이렇게 핏대를 올리자 이순신은 속이 타는지 소주잔을 연거푸 비웠다.

"만수 너는 어쩌 암말도 안 허냐? 우덜이 어떻기 히야 되것는지 대책이 있으면 좀 내놔 보라고…!"

이순신이 맞은편에 앉아 있는 김만수를 애처롭게 바라보았다.

"형님, 저는 어저끄 외숙모 장례를 치르면서 많은 생각을 해봤는디요. 여기 있는 영범이, 대관이 그리고 희오나 문수 야들이 따라만 준다면은 제가 중간 허리를 맡어서 도울 테니 형님허고 세팔이 형님이 앞장을 좀 서 주시오."

"밑도 끝도 없이 우덜헌티 무신 일을 허는디 앞장을 서라는 것이여, 시방?"

"위도활빈당이라는 모임을 발족시켰으믄 좋겠는디, 그 대푤 순신이 형님이 맡고, 세팔이 형님이 뒤에서 후원을 했으면 좋겠구만요!"

"위도활빈당? 그 옛날 홍길동이 이끌었다던 의적단이 활빈당 아녀?"

"네, 맞습니다. 근데 홍길동이 이끌었던 의적단도 활빈당이지만요. 내년에 백주년을 맞는 동학농민혁명 때도 활빈당이 눈부신 의적 활동을 펼쳤는디요. 위기에 빠진 위돌 살려내고, 나아가서는 이 썩어빠진 나라를 바꾸는 데 도움을 줄 수 있는 활빈당을 한번 만들어 봤으면 좋겠네요. 듣자하니 어젯밤에요, 군산 공설운동장서는 희생자 유가족 천여 명이 6차선 도로를 점거허고 시신 인양작업을 제대로 못 허고 있는 무능한 정부에 항의를 혔다고 헙디다. 그런데 위도으 방귀 꽤나 뀐다는 새끼들은 그 시간에 면사무소에 위도 주민들을 불러다 모태 놓고 고작 헌다는 지껄이가 참말로 흐으윽…!"

위도활빈당의 창립을 제안하던 김만수가 서럽게 울기 시작했다. 그러자 방안에 모인 사람들도 저마다 눈물을 훔치기 시작했다.

"성님, 지는 째깐힜을 때부텀 김동필이, 심사곤이 이놈들이 으떤 뻘짓을 험서러 위도 사람들 등을 처묵고 사는지 두 눈으로 똑똑히 보고 살었는디요. 이 작자들이 서해훼리호 참사가 터진께 김두길이 이 새끼허고 굶주린 승냥이들 마냥 여리저리 날뛰고 댕김서 허는 꼬라질 가만히 지켜보자니 참말로 배창시가 뒤틀려가꼬 나 죽것는디요. 만수 성 말대로요. 위도를 대표허는 지대로 된 단첼 한나 맹글어 봅시다!"

양대관의 핏발 선 눈을 날카롭게 바라보던 이순신의 시선이 눈물이 가득한 김만수를 향했다.

"헹펜을 봉께 김동필이허고 김두길이가 작당을 혀서 맹글었다는 서해훼리호 참사 위도대책위원회허고 위도유가족협의회에 대항헐 만헌 단체 한나가 꼭 필요헌 시점이라는 판단이 든다만은…. 저기 만수야, 솔직히 말해서 위도활빈당이란 맹칭이 내 맘엔 쏘옥 와 닿지 않는디 으째 이런 맹칭을 쓰자는 건지 쫌 더 설명을 히보니라!"

김만수는 왜 모임의 명칭을 '위도활빈당'이라고 제안했는지 그 배경을 설명하기 시작했다. 그의 설명에 따르면, 위도는 허균의 소설《홍길동전》의 이상향 율도국이고, 이 소설에 나오는 의적단의 이름이 활빈당(活貧黨)이다. 그런가하면 활빈당은 1900년대에 주로 양반, 관료, 지주 등만 공격해서 재물을 뺏은 뒤 빈민들에게 나눠주던 의적이었다. 그 시절 남부지방에서 봉기한 동학 농민군 중에서 강력한 세력을 떨쳤던 집단도 활빈당이다. 김만수는 이런 의적단을 동학혁명 100주년을 코앞에 둔 시점인 1993년 10월에 위도에서 다시 부활시켜 보자고 다시 주장한 것이다.

"글먼 내가 말이여, 적어도 서해훼리호 참사가 원만허게 수습되는 고날까지 앞장서서 위도활빈당을 이끌고 갈 텐께 동생들이 뒤를 좀 받쳐 주소 잉!"

이순신이 이렇게 당부한 뒤 술잔을 높이 쳐들었다.

"자, 서로들 결의를 다지는 의미에서 건밸 히보더라고! 내가 위도 허믄 너그들이 활빈당히라 잉…! 위도!"

"활빈당…!"

건배를 끝낸 뒤 이순신이 좌중을 향해 다시 입을 열었다.

"앞으로 위도활빈당이 헐 일이 무신지 서로 야그들을 쪼까 나눠 봤으믄 좋겄는디…."

이순신이 위도활빈당의 향후 활동계획을 논의해 보자고 제안했지만 모두가 서로를 쳐다 볼 뿐 쉽게 입을 떼지 못했다. 침묵이 흐르자 양대관이 먼저 입을 열었다.

"머니 머니 혀도 서해훼리호 참살 잘 수습허는 것이 우리가 최우선적으로 헐 일이 아닐꺼라우?"

"고거야 물론이지, 방금 내가 건뱄허기 전으 힜던 말마따나 그럴라고 모임을 맹그는 것 아녀. 그건 그렇고 대관아, 아까 파장금서 차타고 옴서러 힜던 사고 현장 야그를 여그 만수도 잘 모리고, 희오나 문수도 잘 모릴 텐께 막간을 이용혀서 곌차주믄 안 좋겄냐?"

이순신이 서해훼리호 참사 현장에서 민간 잠수사로 활동하고 있는 양대관에게 시신과 선체 인양작업 상황을 설명해 보라고 부탁했다.

"글안히도 그럴 참이었는디요. 시방 객선 선체는 수심 14미터 지점서 오른쪽 직각 방향으로 누워가꼬 뺄뿌당에 파묻혀 있는 상탠디요. 물속으 조류 이동 속도가 원체 빠르다본께 해군 잠수부 80여 맹이 동원됐다고는 허지만 뺄 제거작업도 그라고 뺄뿌당 굴착 작업도 그라고 작업 속도가 억수로 느린 것이 사실이고만요."

귀를 쫑긋 세우고 양대관의 말을 듣고 있던 김만수가 물었다.

"오늘 아침 테레비 뉴슬 보다보니, 정부는 객선을 인양헌답시고 선체에 와이어 로플 감는 작업을 내일부터나 시작혀서 물속으 와이어로프와 물 밖에 있는 크레인을 고리로 연결 헌 다음에 객선을 수면 위로 띄울 계획이라고 허던디?"

"야, 근다고 허던디, 시방 사고 해상에는 해운산업연구원 소속 만 톤급 해상 크레인 설악호허고요, 3천 톤급 해군 인양선이 와이어로프와 고리를 연결하는 작업을 허고 있는디요. 오늘도 갱물 속은 50

센치 앞도 분간헐 수 없을 정도로 시야가 안 나오고 거따가 조류도 빠르다본께 선체 인양 준비작업에 애로사항이 많다고 헙디다요."

"유가족들은 객선 선첼 바다 위로 들어올리길 원하고 있다던디, 대관이 니 생각엔 이 일이 앞으로 어찌기 진행될 것 같냐?"

"정부 방침은 유가족들 생각허고 영 딴판인디요. 객선에 들어 있는 뻘을 모다 제거헌 다음에 선체 인양작업을 헌다고 헙디다.그리야만 선체 파손으로 인헌 시신 손상을 막을 수 있다고 허던디요."

"그러믄 시신 인양작업이라도 서둘러야 되는 것 아녀?"

"만수 성님 말도 틀린 말은 아닐 턴디… 사실은요, 사고 다음날인 그저끄 부텀 시신 인양작업을 실시허고는 있는디 선실로 통하는 문 한나를 뿌수고 특수요원들이 들락거릴 수 있는 통로를 게우 한나 확보했을 뿐입니다. 시신 인양 작업에 속도가 붙을라믄 잠수사 두 사람이 한 조가 되어가꼬 시신 한 구씩을 들고 나와야 허는디, 통로가 좁다봉께 고것이 불가능혀서 작업 속도가 솔찬히 늦어지고 있는 것이지라우."

"고것 참 환장헐 일이고마 잉!"

"그라긴 허요만 시신 인양작업은 갱물이 거의 움직이지 않는 물 때인 내일 이후에나 본격적으로 이루어질 것 같고만요."

"승무원들이 생존해 있다고 언론허고 정부가 지랄 임벵들을 떨고 있는데 대관이 넌 승무원들이 살아있다고 생각허냐?"

"성님, 사실은요. 지 깜냥에는 조타실 안으로 으떻기든 들어가서 영범이 아버지허고 최 선장님 시신이 고 안에 있는지 확인을 히볼라고 맻 번 목숨을 걸고 시돌 혀보았는디요. 매번 허탕을 쳤고만요. 그럼서 여러 가지 생각을 허게 되었는디, 그동안 구조대원 맻 놈이 조타실 안에 들어가서 고 안에 승무원들 시신이 있는지 없는지 확인을 힜을 수도 있을 겁니다. 물론 내 생각이 허무맹랑허고 말도 안 되는 헛소리일 수 있겄지만 오죽 답답허믄 이런 억측을 허겄습니까? 아무튼간에 지 짧은 생각으로는 어쩌믄 정부는 폴쏘 승무원 사망 사실을 알고 있을 겁니다. 그럼서도 역부러 승무원들이 도망쳤다고 시상을 떠들썩허게 맹글었다고 생각허는디요, 무능헌 정불향한 비난의 화살을 승무원들헌티 돌려놓아야 지들 신간들이 편헐 것 아니오. 씨발, 요새 경찰이나 검찰 이 새끼들이 넘부끄런 줄 모리고 껍쩍거리는 꼴을 본께 참말로 호로 상놈으 새끼들이 틀림읎다는 생각이 든당께요, 흐으윽…!"

양대관이 하던 말을 다 맺지 못하고 흐느꼈다. 이번에도 방안에 있는 사람들은 모두 눈물을 훔쳤다. 승무원 생존설 때문에 마음에 큰 상처를 받아 심신이 지쳐 있는 임영범의 곡소리는 유난히 컸다.

"사고 현장에서 눈을 뜨고 볼 수가 읎는 일이 으디 한둘이겄소만 육지서 온 민간 다이버 새끼들 일부가 허는 짓꺼리도 참말로 구역질이 나서 못 봐 주겄는디, 글씨 이 개새끼들이 말이요, 다 그런 건 아니겄지만, 객선서 넘으 가방이나 짐보따릴 뒤져가꼬 돈허고 귀중품을 훔치고, 심지어는 시신들 몸에 걸치고 있는 목걸이에 시계, 팔찌까지 슬쩍허는 것 같은디, 아 씨발 이 양아치 새끼들허고 얼굴이 마주치믄 자꼬 내 주먹이 올라갈라고 히싸서 웬간허믄 앞으로 사고 현장에 안 나갈 생각이고만요. 흐으윽…! 어엉어어어…!"

"뭐라고야? 시신을 건지러 물속에 들어간 민간 잠수사들이 시신들 유품을 훔친다고야? 흐으윽, 어엉어어…!"

양대관과 김만수의 곡소리가 점점 커지자 방안의 사람들도 또 다시 훌쩍거렸다. 다들 험악하기 짝이 없는 세상인심에 치를 떠는 듯했다.

"위도활빈당이 할 일이 또 머 있겄냐?"

눈물을 훔치다 말고 이순신이 코맹맹이 소리로 이렇게 묻자 이번에는 오세팔이 입을 열었다.

"시방 위도 주민들은 느닷없이 발생헌 서해훼리호 참사로 거진 다 대그빡에 총을 맞은 사람들 마냥 공황상태에 빠져 있다만 불과 닷새 전까지만 혀도 새만금 방조제 보상금 문제가 위도 주민들의 가장 큰 관심사였는디, 영광원자력 발전소 건설헐 때도 위도 사람들은 보상금 한 푼 못 받았고, 새만금 방조제 축조를 헌다고 요새 보상금이 부안, 군산, 김제 일대에 몽탱이로 쏟아지고 있는디도 우리 위도 사람들은 십 원 짜리 한 푼 귀경헐 수가 없어가꼬 실망들이 큰디, 이 문제도 씨발 김두길이 이놈으 새끼들헌티 맽겨 놓을 순 읎는 일 아녀!"

이순신은 긴 한숨을 몰아쉬었다. 그도 익히 잘 알고 있는 위도의 중요한 현안이기 때문이다.

새만금 간척사업. 전북 부안군 대정리에서 군산시 비응도를 연결하는 33.9km 길이의 방조제를 쌓아서 간척지를 만들겠다는 국책사업이다. '새만금'이라는 이름은 김제만경평야(金堤萬頃平野)에서 따왔다. 예로부터 '김제만경'을 줄여서 '금만(金萬)'이라고 불려왔는데 앞뒤를 바꿔 '만금(萬金)'이라는 지명을 만들었고 그 앞에 '새롭다'는 '새'자를 붙여 '새만금'이라는 지명을 만들어낸 것이다. '새만금'이라는 지명 속엔 김제만경평야처럼 광활한 농토를 바다 위에 조성해 보려는 열망이 담겨 있다.

아무튼 이 새만금 간척사업은 6년 전인 1987년 12월10일부터 공론화되었다. 태민국이 제13대 대통령 선거에 출마하면서 공약사업으로 발표하면서 국책사업으로 부각된 것이다. 당시 태민국 후보는 "새만금 사업을 최우선 국책사업으로 선정해 임기 내 완성하겠다"고 공약한 바 있다.

사실, 이 사업은 그 이전부터 추진돼 왔다. 1970년대에 장기적인 국책사업으로 시작한 서남해안 간척사업에 뿌리를 두고 있다. 새만금 사업은 1971년부터 1980년대 초반까지 예정지가 결정됐고 기초조사도 이루어졌다. 1986년부터는 경제적인 타당성 조사도 이루어졌다. 그러나 재원 조달의 어려움과 경제성이 없다는 이유 등으로 사업을 추진해서는 안 된다는 결론이 내려졌다.

그러나 태민국 후보는 이 프로젝트를 선거 공약으로 채택해 대선을 불과 엿새 앞두고 전격 발표했다. 6월 민중항쟁의 결과 여야 합의로 만들어진 헌법에 따라 1987년 12월 16일, 1972년 10월 유신으로 없애버린 국민들의 직접 투표에 의한 대통령 선거가 치러졌다. 선거 결과 태민국 후보가 36.6%의 지지로 대통령에 당선되었고, 이에 따라 단군 이래 최대의 간척사업이자 토목공사이며 투자 유치사업이라는 새만금 사업이 본격적으로 시작되었다.

지난 1991년 11월 28일, 성대한 기공식이 열렸다. 이렇게 서막이 오른 새만금 간척사업은 지난해 봄 치러진 총선과 연말의 대선 등 선거 때마다 뜨거운 쟁점으로 등장해 유권자들의 눈과 귀를 어지럽 히고 있다. 어떤 후보자는 오늘의 새만금 사업은 자신의 공로로 이 루어졌으며 앞으로 조기에 이 사업을 마무리할 수 있는 적임자는 '바로 나'라고 주장했다. 작년 연말, 한 대선 후보는 "내가 대통령이 되면 5년 안에 새만금 간척사업을 완공시키겠다"고 장담하더니, 한 달 뒤에는 "2년 안에 완공시키겠다"고 큰소리쳤다.

애당초 태민국 후보가 새만금 간척사업을 대선 공약으로 내건 배 경도 이와 크게 다르지 않았다. 대선에 출마하는 태민국 전 대통령 이 '호남푸대접론'이 선거 쟁점으로 떠오르자 호남 지역의 득표전 략으로 삼기 위해 공약을 급조했다는 비판을 받아 왔다. 그런데 이 사업이 진행되면서 이러한 주장이 틀리지 않음을 보여주는 증거들 이 속속 드러났다.

새만금 간척사업을 비판하고 있는 측은 "새만금 사업은 경제적· 기술적 타당성도 없고, 환경파괴와 자연 훼손에 대한 검토도 없었 고, 여론수렴도 없었다"고 주장해 왔다. 그런데 이런 주장은 안타깝 게도 모두 사실로 드러났다. 국민 1인당 3평씩 나눠줄 수 있다는 광 활한 간척지, 여의도 면적의 140배이고 부산광역시만한 새로운 국 토를 만들어낸다는 새만금 간척사업을 선거철마다 여야는 최대의 카드로 악용하고 있다. 그런데 위정자들은 국가의 운명이 달려 있고, 세계 최장의 방조제를 쌓아 세계 최대의 간척지를 조성한다는 이 초대형 국책사업을 밀실에 모여 야합을 통해 추진하고 있다.

한편, 전라북도에서는 새만금 사업을 반대하거나 비판하면 매향노 취급을 받기 일쑤다. '다 된 밥에 재를 뿌리는 행위'로 취급받는다. 전북 지역 정치인과 경제인은 물론이고, 전북도민 중 상당수도 이런 여론몰이에 합세하고 있다. 지금까지 사업추진 과정에서 숱한 논란과 잡음이 발생했는데도 불구하고 은연중 새만금 사업에 대한 부정적인 언행을 보이면 대번에 반지역적인 인사로 낙인이 찍힐 정도다. 지역 정서가 이렇다보니 전북의 관료나 학자는 물론이고 일반 도민들도 가타부타 말을 삼가는 분위기다. 이런 상황에서 세계적인 규모의 갯벌이라는 새만금 일대의 갯벌과 황금어장 칠산바다의 운명은 백척간두에 서 있는 것이다.

"서해훼리호 문제, 새만금 문제, 그밖에 머 또 할 일은 읎것냐?"

모두들 조용히 입을 다물고 있는데 술상에서 조금 떨어져 앉아 있는 조희오가 입을 열었다.

"대한민국을 엎어버립시다. 제가 배천 조간데요. 저희 조가 집안엔 조헌이라는 역사적인 인물이 있습니다. 조선 중기 때 문신이자 의병장인데요. 임진왜란 때 충북 옥천서 의병을 모아 영규 대사가 스님들을 모아 이끌었던 승군과 함께 청주성을 수복했습니다. 그 뒤 충남 금산에서 전사하셨는데, 그 분의 순절지가 바로 칠백의총입니다."

"아니 희오야, 대한민국을 엎어버리잠서 으째 칠백의총 야그를 꺼내는 거여?"

"저는 저희 집안 어른의 혼백이 살아 숨 쉬고 민족의 힘을 상징하는 그 칠백의총을 대학 시절에 두 차례 다녀왔습니다. 칠백의총 답사를 하면서 저는 이 나라를 망가뜨리고 있는 7백 명만 몰아낸다면 대한민국은 참 좋은 나라, 정말 아름다운 나라가 될 수 있다는 생각을 해봤습니다. 오늘 출범하는 위도활빈당을 국회의원, 재벌들, 장차관들, 국무총리에 대통령까지 모조리 싹 몰아내는데 앞장을 서는 의적단으로 키워가면 좋을 것 같은데, 여러 형님들 생각은 어떠신지 모르겠네요…!"

조희오의 입에서 주워 담기 힘든 살벌한 말들이 거침없이 쏟아져 나오자 술상 앞에 앉아 있는 동갑내기 박문수가 끼어들었다.

"야 임마 희오야, 너 시방 무슨 소릴 허는 것이여? 너 미쳤냐, 엉?"

"미치긴 임마, 내 정신 멀쩡하니 헛소리 말고 저리 비켜봐…! 저기 형님들, 활빈당이라면 그 정도 활동을 해야 되는 것 아닌가요?"

"활빈당이 아니고 위도활빈당이라고 임마!"

박문수가 다시 제지하고 나섰다.

"아 이 새끼 참, 끼어들지 말라니까 또 나서네! 임마, 그런 일도 못 할 꺼면 무신 활빈당이여? 그냥 위도지킴이라고 허든 되지!"

머리에 붕대를 감고 있는 조희오의 눈빛이 예사롭지 않자 박문수는 한숨을 내쉬며 시선을 천장으로 돌렸다. 순간 방안은 조용해졌다. 그렇지 않아도 위도활빈당이라는 명칭에 부담을 느끼고 있던 이순신은 눈을 크게 뜨고 조희오를 바라보았다.

"위도활빈당보다는 위도지킴이가 차라리 안 낫겠냐?"

이순신이 조희오의 눈치를 슬슬 살피며 이렇게 조심스럽게 물었다. 방안엔 다시 침묵이 흘렀다.

"순신이 형님, 그냥 위도활빈당이라고 헙시다!"

김만수가 위도활빈당을 고집하고 나섰다.

"방금 전으 희오 얘기에 저는 전적으로 동감헙니다. 지금 위도인들이 겪고 있는 이 고통은 위도 사람들만으 고통이 아닙니다. 대한민국 국민의 고통이라고 생각허는디요, 두 분 형님허고 여러 동생들도 잘 알겠지만 저는 공수부대 복무를 허다가 5·18 때 광주에 진압군으로 투입돼서 참 못된 짓을 많이 저질렀습니다. 그러다 천벌을 받았는지 이렇기 다리 빙신이 됐는데, 제 업고 때문에 이렇기 됐다고 치부를 할 수도 있겠지만 다리 빙신으로 이렇기 오랫동안 흐으윽…! 지가요 흐으윽… 다릴 절며 이렇기 한 15년 살면서 아마도 수만 번 제 박복헌 팔짜를 곱씹어 봤을 겁니다. 근데요, 흐으윽…! 이건요, 흐으윽…! 결코 제 개인만의 업고가 아니라는 생각이 들었습니다. 이 나라 대한민국 국민 모두의 업고라는 결론을 얻게 되었습니다. 흐으윽…! 엉어어어…!"

김만수는 복받쳐 오르는 설움을 견디기 힘든지 하던 말을 잠시 멈추는가 싶더니 다시 말꼬리를 이어갔다.

"서해훼리호가 침몰헌 진짜 이유가 뭐라고들 생각허십니까? 왜 무고헌 수십 명의 위도 주민허고 수백 명의 외지인들이 차가운 바다에 빠져서 목숨을 잃었다고들 생각허십니까? 저는요, 무능허고 무책임허고 시스템이 완전히 붕괴된 대한민국 정부허구요. 돈 밖에 모르고, 출세 밖에 모르는 정신이 썩어빠진 우리네 국민성 탓이라고 생각헙니다. 씨발 사고 발생 나흘째인 오늘까지도요, 승선자가 몇 명이고, 실종자가 몇 명인지도 모르고 있고요. 방금 전에 대관이 동생이 했던 말마따나 지금 시신인양 작업은 물론이고 선체 인양작업도 개판 오 분 전입니다. 그런데 경찰허고 검찰은 엠헌 최 선장허고 영범이 아버지 등 승무원들이 살아서 도망쳤다고 호들갑을 떨고 있습니다. 대한민국 정부가 지들 잘못을 감출라고 엠헌 승무원들헌테 덤터기를 씌워놓고 천하에 몹쓸 범죄자로 매도허고 있는 것인데, 이 나라 언론은 말도 안 되고 현실성도 없는 정부 발표나 대책만 그대로 받아서 앵무새마냥 조잘대고 있고, 일부 국민은 허위 제보 혀서 나라를 혼란에 빠트리고 있습니다. 이 때문에 승무원 가족들은 참말로 피눈물을 흘리고 있는데⋯.”

“흐으윽, 아버지⋯! 엉어어어⋯!”

임영범의 곡소리가 커지자 잠시 입을 닫고 숨을 고르던 김만수가 다시 열변을 토해냈다.

“이런 개판 오 분 전인 나라를 어떻게든 뜯어 고쳐야 될 텐데, 국가를 바로 세우고, 썩어빠진 국민성을 바꾸는 일이 무명잡초나 다름없는 우리 위도인 몇 사람의 힘으로 되겠습니까? 이 나라 국민 수만 명, 수백만 명이 나서도 쉽지 않은 일이고, 상황에 따라서는요, 수많은 사람이 목숨을 내놓고 덤벼도 될똥말똥헌 일인데요. 그렇게 어려운 일이니 큰 욕심들 버리고 우선 우리 위도인들이 헐 수 있는 쬐깐헌 일부터 하나하나 시작을 혀봅시다. 요새 우리 위도 사람들 중엔 사람으 탈을 쓰고 혀서는 안 될 일들을 겁대가리 없이 허는 놈들이 적지 않습니다. 내 핏줄이, 내 동네 사람이 참변을 당했는데도 이런 난리 통에 지 혼자만 살것다고 꼴값을 떠는 놈이 한둘이 아닙니다. 정칠 허는 놈은 정칠 허는 놈대로, 사업을 허는 놈은 사업을 허는 놈대로, 지들 눈앞에 보이는 쥐꼬리만헌 이익에 눈이 멀어 벨의벨 육갑을 다 떨고 있는데요. 씨부랄, 이 동네 저 동네서 오늘도 줄초상을 치르고 있는데도 그러고들 있으니 참말로, 흐으윽…! 엉어어어…!"

김만수는 다시 또 울부짖었다.

"정치허는 놈은 이리저리 낯짝을 들이밀며 표밭을 다지고 있고요, 돈에 눈이 먼 놈은 푼돈이라도 나올 만헌 구멍이 보이면 죽자 살자 달려듭디다. 저는 이런 우리 위도 사람들 의식부터 뜯어 고쳐 봤으면 좋겠습니다. 그래서 허는 말인데, 위도활빈당은요, 위도 주민들의 잘못된 의식을 뜯어 고치는 일을 최우선적으로 해봅시다. 그러면서 서해훼리호 참사가 지대로 수습될 수 있도록 앞장을 서서 유가족들을 도웁시다. 그리고 쌀쌀한 날씨에 사고 현장에서 생고생을 허고 있는 군인들, 민간 잠수사 등 외지인들에게 따뜻헌 커피 한 잔이라도 끓여 주면서 진한 위도의 인정을 보여 줍시다. 그렇게 해서 서해훼리호 참사의 수습을 잘 마무리헌 다음에요. 위도의 현안 중에 현안인 새만금 방조제를 쌓는 국책사업에 뭐가 잘못됐는지 공부도 좀 해보구요. 위도 주민들이 어떻게 대처해야 옳은 건지 연구도 좀 해봅시다…. 여러분들 중에 제 처갓집이 부안 백산이라는 걸 아시는 분들도 있을 텐데, 처갓집이 백산이라서 저는 그간 동학의 성지라는 백산성에 수십 번 올라갔습니다. 그러면서 깊이는 없지만 동학이 뭔지도 알았고요. 전봉준 장군이 누구인지도 알게 되었습니다. 이 방에 있는 두 분 형님허고 동생들도 기회가 되면 지금으로부터 99년 전에 봉기했던 동학 농민군들의 혼백이 서려 있는 백산성에서 올라가서 우리네 인생살이도 한번 성찰해 보구요. 우리가 살아있는 동안 내 고향과 내 나라를 위해 무엇을 해야 될지 고민도 한번 해보셨으면 헙니다. 내 목숨, 내 가족이 소중허지 않은 사람이 이 세상 어디에 있겠습니까? 총칼 앞에서 두렵지 않은 사람이 어디 있겠습니까? 그렇지만 우리 모두는 대한민국 국민입니다. 나라가 위태로우면 너나 할 것 없이 떨치고 일어나서 목숨을 걸고 싸워야 됩니다. 위도활빈당 구성원들은 제폭구민이나 보국안민의 구호를 외치며 목숨을 걸고 나섰던 그 옛날 동학 농민군들의 정신을 조금이라도 이헬 해볼려고 노력을 하고, 올바르게 계승해 보겠다는 마음의 자세가 된 사람들로 짜봤으면 헙니다. 제가 비록 학력은 보잘 것 없습니다만 주워들은 풍월은 좀 있습니다. 동학의 여러 가지 구호 중엔 이런 구호도 있다고 헙디다. '권귀진멸'이라고! 그렇지요, 세상을 어지럽히는 권세가와 탐관오리들을 모두 없앤다는 뜻인데요. 아까 희오 말마따나 이 나라를 망치고 있는 국민의 공적 7백 명을 몰아내는 일은 서해훼리호 참사를 겪다 보니 정말 필요해 보입니다.

근데 이 일은 결코 간단헌 일이 아닙니다. 정말 엄청난 일입니다. 상상을 할 수 없는 희생이 따를 수도 있습니다. 그러니 이 일은 제가 나서서 한번 시도해 볼랍니다. 제가 전국적인 규모의 활빈당을 한번 만들어 볼 테니, 위도에서는 활빈당 부활의 불씨만 좀 지펴 주시죠. 순신이 형님은 여기 있는 선후배님들과 위도활빈당을 잘 이끌어 주십시오. 그렇게 해서 위도 주민들 의식을 바로잡고, 위도의 당면 과제들을 하나하나 처리해 가면서 위도를 망치고 있는 놈들을 뒤로 물러나게 하는데 앞장을 서주십시오. 저는 위도활빈당 출신으로 이 나라의 권귀 7백 명을 타도허러 나설 테니 말입니다…!"

목에 핏대를 세우고 동학농민혁명군 제1차 봉기의 표어였던 '권귀진멸(權貴盡滅)'을 소개하면서 김만수는 전국적인 규모의 활빈당을 만들어 보겠다고 천명했다. 그의 비장한 눈빛을 바라보면서 좌중은 아무런 말들이 없다. 이순신은 연거푸 술잔을 비웠다. 엉겁결에 위도활빈당의 대표를 맡은 것이 후회스럽기도 했다. 그렇지만 분연히 떨치고 일어서는 고향 후배들 앞에서 이미 수락한 대표직을 내려놓는다면 좌중의 맏형으로서 꼴이 참 우습게 될 성싶다는 생각도 들었다. 격포에 있는 아내 강신자는 이 일을 어떻게 받아들일지 덜컥 겁이 나기도 했다. 나이 어린 자식들이 아버지인 자신을 어떻게 이해를 해줄지 걱정이 되기도 했다. 또한 현재 방안에 있는 여러 동생들과 친구 오세팔의 진짜 의중은 어떤지 궁금하기도 했다. 그래서 이순신은 눈을 감고 잠시 고민에 빠졌다.

"그려 좋다. 내가 앞장을 서마! 모임의 이름을 위도활빈당으로 허자! 죽는 그날까지 벤치 말고 우리 한번 내 고향 위도를 위해 단 한 가지 일이라도 지대로 히볼 수 있는 모임을 한번 멩글어보자! 자, 건배…!"

짧은 순간이지만 긴 고민 끝에 드디어 결단을 내린 이순신이 이렇게 건배 제의를 했다. 모두들 손에 들고 있는 술잔을 이순신의 술잔에 갖다 댔다. 그런데 잔을 부딪치는 사람들의 손은 저마다 조금씩 떨리고 있는 듯했다. 김만수는 전국적인 규모의 활빈당 창립을 준비한다고 해서 위도활빈당엔 일반회원으로만 가입하기로 했다. 조희오는 위도활빈당의 사무국장을, 박문수는 간사를 맡기로 했다. 현재 방안에 없는 인물들도 한 사람 한 사람 영입을 해나가기로 합의를 했는데, 우선 신궁자의 남편 장영길을 고문으로 위촉하자는 데 의견을 모았다.

"이 써글놈이 시방 무신 소리를 허는 것여 잉! 혹시 너 머리가 헤까닥헌 것 아녀? 순신이 너 고런 미친 소릴 헐꺼믄 언능 우리 집이서 나가라…!"

장영길을 위도활빈당 고문으로 위촉하려고 나선 이순신과 김만수 앞에서 신궁자가 목청을 높였다. 그미는 남편 장영길은 죽어도 고문을 시킬 수 없다며 성깔을 있는 대로 다 부렸다.

"아니 누나, 누가 영길이 형님을 잡어 쥑일까봐서 이러요?"

"야, 부안갱찰서로 끌려가꼬 다행히 이틀 만에 풀려났응께 망정이지 하마트면 몇 달간 콩밥을 먹을 뻔 힛잖여! 그렀으믄 인자 정신들을 챙겨야지 이것이 무신 뻘짓이여…? 김동필이허고 김두길이 이 냥반들이 여객선 사고 대책위원횐가 무신가를 맹글었응께 고 단 첼 믿고 거그다 위도일을 맽기믄 되는 것이지 너그들이 무시 잘났다고 네락읎이들 나서가꼬 모임을 또 맹근다는 것여? 비싼 밥 처묵고 씨잘데기 읎는 소릴 헐꺼믄 언능 우리 집이서 나가랑께…! 순신이 너 객포 방파지서 에편네 좌판 장사 시켜가꼬 돈 꽤나 벌었다고 허던디, 고런 일을 헐라믄 너 같이 처묵고 살만헌 사람들이 혀야지 허고만은 사람 중으 묻허러 똥줄 찢어지기 가난헌 우리 두성이 아빨 끌어들이는 것이여, 잉…?"

장영길은 입술을 깨물며 이순신과 신궁자의 대화를 경청하고 있다. 아내 신궁자가 쌍수를 들고 반대하고 있는 데다 만 이틀 동안 부안경찰서 유치장에 갇혀서 뼈저리게 느낀 점이 많은 터라 그의 고심은 이만저만이 아닌 모양이다.

"어이 순신이!"

"네, 형님!"

"미안허네만 난 그 모임서 빼주소, 내가 헐 일은 아닌갑네…!"

장영길이 이렇게 일언지하에 위도활빈당의 고문직 수락을 거부하자 이순신은 매우 실망이 큰 듯했다. 하지만 그는 더 이상 장영길에게 고문을 수락해 달라는 부탁을 하지 않고 굳은 표정으로 신궁자네 집에서 나왔다. 고개를 떨구고 터벅터벅 윗집 이윤복네 집으로 걸어가고 있는 이순신의 발자국을 김만수가 다리를 절뚝거리며 따르고 있다.

"사돈 안에 지시오?"

이순신이 집주인인 이윤복이 집안에 있냐고 물었다. 안주인인 박양란이 마루로 나왔다.

"종찬이 아빠 아침 일찍 사고 현장에 나가가꼬 아직까장 안 들어왔는디요. 그나지나 사돈 갱찰서 끌려가서 고생 많았지라우?"

"아녀라우, 편이 푹 쉬다 나왔고만요."

"오늘 정심 먹음서 아랫집 영길이 아자씨 야글 들어본께 갱찰서 유치장서 고생 많이 허고 왔다고 허던디, 사돈, 참 든든허요!"

"아니 사돈댁, 지가 무시 든든히라우?"

"이런 난리통으 나서서 객선 선사는 물론이고 정부를 향해 참말로 위도 사람들 본때를 보여 준 사람이 바로 사돈아니우. 사람들이 대놓고 말은 안 히도 위도에 사돈만헌 인물이 없다고들 생각허고 있웅께 먼일을 허더라도 자신감을 갖고 밀어붙이되 지발 족족 몸은 조심허시오, 잉!"

이순신은 눈물을 글썽였다. 방금 전 신궁자네 집에서 느꼈던 좌절감이 봄눈 녹듯 녹아내리는 것 같았다.

"사돈댁, 윤복이 사돈헌티 헐 말이 있어서 지가 이렇기 찾어왔는디요. 만수 야허고 삼복횟집 가서 쏘주나 한 잔 허고 있을 텐게 만약으 다섯 시 안에 집이 들어오믄 글로 쪼까 오시라고 전해 주시오, 잉!"

이순신은 안사돈 박양란에게 이렇게 부탁을 하고 이윤복의 집을 나섰다.

"아니 저 개새끼들이 최 선장허고 영범이 아부질 찾는다고 정금까지 뒤지러 가는 모양이네 잉!"

황혼녘에 조금치 쪽 정금다리를 건너고 있는 5명의 경찰을 보며 이순신이 이렇게 중얼거렸다.

"이 씨부럴 새끼들이요, 승무원들을 찾는다고 동이 트기 전부터 위도 구석구석을 뒤지고 있던디요. 아침 식전엔 딴치도 문수네 집에 가택수색을 허러 왔더랑께요!"

"무시라고야? 갱찰이 어저끄 장례를 치른 초상집까지 뒤지러 찾어 왔다고? 그것도 새복부텀?"

"네, 그래서 저 허고 한판 붙었는데요. 형님, 저 새끼들을 위도에서 하루라도 빨리 쫓아낼 방법이 없을까요?"

"대그빡 뚜껑이 열리고 배창시가 뒤틀려도 참어야제, 우덜이 어찌기 허것어…!"

"그렇긴 헙니다만 경찰허고 검찰 이 개새끼들, 참 해도 해도 너무 허는 것 같어서 그러네요."

미간을 잔뜩 찡그린 김만수는 이순신을 따라 벌금리 아랫거터의 맨 끝집인 삼복횟집으로 향했다.

"아니 저 새끼들은 또 으딜 갔다 기어오는 것여?"

삼복횟집 좌편 고샅길에서 빠져 나오는 4명의 경찰을 보고 이순신이 하는 말이었다.

"암만해도요, 저 새끼들이 도장금 해수욕장에 다녀오는 것 같은데요. 형님, 저 맨 앞에 서 있는 저 새끼 잘 아시오?"

"김 순경 저 새끼말이냐?"

"네, 들자허니 저 새끼가 격포어선신고소 있다가 위도로 들어 온 지가 얼마 안 된다고 허던데요?"

"저 개새끼, 격포 있을 때 선주들 꽁술 무진장 처먹었다. 객포 선주들은 말헐 것도 읎고, 여그 위도 선주들 중에도 저 새끼헌티 돈 뜯긴 사람이 수두룩헐 것인디, 저 도독놈으 새낄 언진가는 꼭 멕아지를 따야 헐 턴디, 허이구 참말로…!"

3명의 전경을 이끌고 삼복횟집 대문 앞을 지나고 있는 김 순경은 이순신이 멀리서 지켜보고 있다는 걸 알아차리지 못한 듯했다. 삼복횟집 우측으로 나 있는 벌금초소 쪽 비탈길을 오르고 있는 그는 아무래도 도피 중인 승무원들의 은신처를 찾으려고 오잠에 가는 모양이었다.

"아니 이게 누구냐, 순신이허고 만수 아니냐? 호랭이도 지말허믄 온다뎅 꼭 그짝이네, 잉!"

삼복횟집 마당 한가운데에 놓여 있는 평상 위에서 김동필과 마주 앉아 술을 마시고 있던 심사곤이 이순신과 김만수를 반갑게 맞이했다. 병어회에 소주잔을 기울이고 있는 김동필과 심사곤은 이미 거나하게 취한 상태였다.

"너그들 술 한 잔 허게 열로 올라와 앉어 보니라!"

김동필이 명령조로 이순신과 김만수에게 술자리에 동석하자고 권했다. 이에 이순신과 김만수는 마지못해 평상 끝에 나란히 걸터앉았다.

"야 이놈들아, 그렇기 삐딱허니 펭상 끝에 걸터앉지 말고 후딱 여리 올라와서 술상 앞에 지대로들 앉아 보랑께…!"

김동필이 이렇게 호통을 치자 잔뜩 구겨진 인상으로 잠시 고심을 하던 이순신이 일어났다.

"야, 만수야, 고만 나가자!"

굳은 안색으로 평상 끝에 살짝 엉덩이를 걸치고 앉아 있던 김만수가 이순신을 따라 슬며시 일어서는 참인데, 심사곤이 자리를 박차고 일어났다.

"으따 이런 호로아들놈들이 있나, 으디 으른 앞으서 버르장머리 읎이 이러는 것이여, 잉?"

난데없이 쌍욕을 퍼붓던 심사곤이 눈알을 곤두세우고 씩씩거리며 이순신과 김만수를 노려보았다.

"지도 나일 처먹을 만큼 처먹었응께요, 얼라 취급 고만허시고, 으른 대접들 받고 싶으믄 지발 으른들답게 행동을 허시오, 잉!"

이순신도 눈알을 곤두세우고 심사곤을 노려보았다. 그러자 심사곤이 잽싸게 달려들어 이순신의 멱살을 틀어쥐었다.

"야 이 좃만한 새꺄, 니가 시방 날 훈계허는 것이여? 이런 학십읎는 놈으 새끼 봤나! 이 새끼가 객포서 돈 좀 벌었다뎅 간뎅이가 부어가꼬 배 밖으로 튀어 나온 모양이네 잉?"

심사곤이 평상 밑에 선 이순신의 멱살을 쥐고 흔들며 윽박질렀다. 하지만 이순신은 눈을 딱 감고 죽이려면 죽이라는 식으로 심사곤에게 자신의 몸을 내맡겼다.

"야 이 새꺄, 니가 위도활빈당 대표람서?"

심사곤의 입에서 '위도활빈당'이라는 단어가 튀어 나오자 이순신은 당황하는 기색이 역력했다. 놀란 토끼눈이다.

"에라이 좆이나 건빵이다 새꺄! 위도 살지도 않는 새끼가 무신 자격으로 단첼 멩글어, 엉?"

어안이 벙벙해서 아무런 대꾸도 못하고 있는 이순신을 향한 심사곤의 악담은 계속 쏟아졌다.

"아직 마빡에 피도 안 마른 희오허고 문수 그 새끼들, 그라고 승객들을 내펭게치고 도망친 천하으 호리아들놈 임사공이 아들 임영범이, 너그들이 위도 주민이냐? 너그들이 새끼들아, 위도가 싫다고 육지로 주솔 옮긴지가 언진디…! 그라고 야 이 돌대가리들아, 양대관이 고 새끼가 위도놈인 줄 아냐? 고놈도 임마, 위도놈이 아녀. 전주다 대궐 같은 집을 읃어 놓고 지 에펜네 보내서 새끼들 겔치고 있다고 새끼들아…!"

이순신은 할 말이 없었다. 우선은 대리 조희진네 집에서 비밀리에 결성한 위도활빈당 얘기가 언제 누구를 통해 김동필과 심사곤의 귀로 흘러 들어갔는지 알 수가 없어서 애가 탔다. 그 다음은 약 1시간 전에 창립된 위도활빈당의 창립 멤버 7인 중 오세팔 외에는 모두가 주소지를 육지에 두고 있다는 점이 심적 부담으로 다가왔다. 그런데 이상스럽게도 심사곤은 김만수의 현 주소지 문제는 언급하지 않았다.

"어이 조카, 얼른 그 손 놓으시게!"

30대 중반의 김만수가 60대인 심사곤에게 존대도 아니고 하대도 아닌 어투로 명령을 했다. 작은딴치도 출신인 심사곤은 김만수 보다 24세가 많은 올해 나이 60세다. 이렇게 심사곤은 나이가위지만 집안 족보 상 김만수의 조카뻘이다. 그래서인지 그는 이순신의 멱살을 잡고 있는 손을 어서 놓으라는 김만수의 말에 순간 멈칫했다.

"씨팔, 순신이 형님 목에서 당신 손을 얼른 떼란 말여!"

김만수가 더욱 강경한 어투로 다그치자 이순신의 멱살을 붙잡고 있는 심사곤의 오른손은 심하게 떨었다. 이때 김동필이 끼어들었다.

"어따 씨발, 콩 가루 집안서 무신 개족볼 따지고 그릿싼다냐?"

김동필의 취중진담에 김만수의 눈빛이 매섭게 빛났다.

"뭐라구요? 콩가루 집안서 무슨 개족볼 따지냐구요?"

"그려 이눔아, 너그 아부지가 살아생전에 우리집서 머슴을 살다시피 험서러 배를 탔다. 그리서 임마 내가 에러서부텀 너그 집구석으 내력을 속속들이 다 꿰고 있는디, 니눔도 잘 알것지만 너그 집안은 대대로 쌍놈으 집안 아녀? 씨발 그런디 시방 무신 개족볼 따지고 지랄이여…?"

이렇게 막말을 내뱉은 뒤 김동필이 평상에서 일어섰다. 술이 취한 그는 몸을 약간 비틀거리며 평상 아래에 있는 김만수의 멱살을 잡으려고 팔을 쑥 내밀었다. 이때 장골(壯骨)인 김만수가 김동필의 오른손 팔목을 낚아채더니 꽉 틀어쥐었다. 그러자 김동필은 움쩍달싹도 못했다.

"아니 이 빙신 새끼가 광주서 사람을 총으로 수도없이 쏴 쥑였다 뎅 인자는 씨발 고향 으른들까지 쥑일라고 이러는 것여 뭣여 시방?"

이순신의 멱살을 잡고 있던 심사곤이 이번엔 김만수의 멱살을 틀어쥐며 고약스럽기 짝이 없는 악담을 뱉어냈다.

"아니 이런 개새끼가 있나! 에라잇…!"

김만수가 자신의 멱살을 잡고 있는 심사곤의 오른쪽 손목을 꺾었다. 곧바로 심사곤의 멱살을 잡고 평상 아래로 끌어내렸다. 그런 다음 잡고 있던 멱살을 쳐들자 키가 작고 몸집이 왜소한 심사곤이 까치발을 딛고 바둥거리며 숨을 헐떡거렸다. 김만수는 아랑곳하지 않고 심사곤에게 주먹을 높이 쳐들었다.

"얌마 만수야…! 만수야…!"

삼복횟집 마당으로 들어서던 박일수가 김만수를 뜯어 말렸다.

"저리 좀 비켜 보세요, 이 개새끼 오늘 죽여 버리게! 조카 새끼가 삼촌 알기를 개똥으로 알고 나대는데 이런 싸가지 없는 놈을 가만 놔두라고요? 형님, 이건 위도 선후배간의 문제도 아니고, 순전히 집안 문제니까요, 저리 좀 비키시라구요. 오늘 이 개새끼, 목을 비틀어 콱 분질러 버리고, 족보서도 파버릴랑께…!"

"대관절 뭔 일로 니가 시방 사곤이 성님헌티 이러는지 내가 잘 모리것다만 언능 이 손 놓고 웬간허믄 말로 허라고 임마!"

"형님, 말로 처리헐 일이 따로 있고, 주먹으로 처리헐 일이 따로 있으니 이 손 놓으시고 저리 좀 비켜 보시라구요. 집안 조카 새끼가 감히 삼촌한테 대든 것까진 봐줄 수 있겠소만 빙신이 어쩌고저쩌고, 광주서 어쨌다고 함부로 주둥아릴 놀리는데 씨발 내가 이 새낄 가만 놔둘 수 있겠냐구요, 흐으윽…!"

심사곤의 멱살을 틀어쥐고 악다구니를 쓰던 김만수가 잠시 흐느끼더니, 다시 눈을 부라리고 목청껏 악을 썼다.

"그려, 이 호로새끼야, 난 살인광이다! 광주사태 때 수십 명을 총으로 쏴 죽이고, 대검으로 찔러 죽이고, 개머리판으로 쳐 죽인 살인병기다. 씨발 그런 내가 너 하나 못 쥑이겠냐, 응? 안 그래도 요새 맻 놈 쥑이고 싶어서 내 손이 근질근질허던 참인데 너 오늘 참말로 잘 만났다. 안 그래도 씨발, 십수 년 동안 사람 피 냄샐 못 맡었더니만 내 코가 쑥 빠졌는데, 너 오늘 제대로 임잘 만났다고 새꺄…!"

김만수가 굵은 팔뚝에 힘을 잔뜩 넣고 멱살을 조이자 심사곤의 눈알이 금방이라도 튀어나올 듯 부풀어 오르는 것 같았다. 숨이 막히는 듯 시뻘게진 심사곤의 얼굴이 창백해지기 시작했다.

"야, 만수야, 고만허고 언능 나가자! 앞으로 헐 일이 산데미 같은디 미친 개새끼 한두 마리 쎄려 잡을라고 신세 조지지 말고…."

옆에서 지켜보고 있던 이순신이 이렇게 말하자 김만수는 씩씩거리며 잠시 멈칫했다. 마침내 심사곤의 멱살을 잡고 있던 손을 슬그머니 풀었다. 이순신과 김만수가 삼복횟집 대문 밖으로 걸어 나올 때까지 김동필과 심사곤은 일언반구가 없었다. 그들의 얼굴은 사색이 되어 있었다.

"아니 사돈, 어찌 그냥 나오는가?"

삼복횟집 대문 밖으로 터벅터벅 걸어 나오는 이순신과 김만수에게 이윤복이 묻는 말이었다.

"만수 야허고 쏘주 한잔 마심서 사돈 오길 기둘릴라고 여그 들렀

더니, 아 미친 개 새끼 두 마리가요, 대낮부텀 얼메나 찌클었는지 술
이 떡이 돼가꼬 아무나 물어뜯을라고 막 짖어대는 통으 참말로 가
소롭고 기가 맥혀서 기냥 나와부렀는디요. 어찌기 헐끄라우, 횟집
에 다시 들어갈꺼라우?"

"문 소릴 허는지 통 감을 잡을 수가 읎는디, 일수 아직까장 안 왔
던가? 내가 좀 늦을 것 같어서 몬자 여그 가 있으라고 힜는디!"

"일수 형님 안에 지신디요. 지가 들어가서 모시고 나올꺼라우?"

"아녀 아녀, 안에 술 취헌 미친 개새끼 두 마리가 짖고 있다는디
사돈이 들어가믄 필시 뭔 일 날 것 같응께 여그서 지둘리소, 내가 들
어갔다 나올 턴게!"

이순신 대신 이윤복이 횟집 안으로 들어갔다. 잠시 뒤 이윤복은
박일수를 데리고 대문 밖으로 나왔다.

"사돈, 우리 집으로 가서 한 잔 더 헐랑가?"

"사돈댁헌티 미안시럽긴허요만 머 고것도 괜찮을 것 같은디요."

이윤복네 삼성민박 1층 거실에는 접이식 교자상(交子床)에 술상
이 차려져 있다. 왼쪽엔 이순신과 김만수가, 오른쪽엔 이윤복과 박
일수가 나란히 앉았다.

"참 나, 위도활빈당 고문을 맡어 줄 사람이 그렇기도 읎나?"

소주잔을 비운 뒤, 삼치회 한 점을 집어 먹고 나서 박일수가 하는
말이다.

"그러게 말이네, 영길이가 맡으믄 딱이것고만 암만혀도 궁자 땜
시 사양헌 것 같은디. 어이 일수, 어찌기 헐까? 전활 혀서 영길일 열

로 오라고 혀볼까?"

이윤복의 제안에 박일수는 잠시 생각한다.

"냅싸 두소! 나 궁자헌티 욕 먹기 싫응께 전화허지 말고, 다른 인물을 한번 찾어 보세."

박일수가 소주병을 들고 이순신과 김만수에게 잇따라 술을 권했다. 이순신이 자신의 빈 잔을 내밀었다.

"아까요. 삼복횟집서 심사곤이 이 새끼가 지 맥살을 잡고 흔들서 뜬금없이 위도활빈당 야글 꺼내 드는디 참말로 미치고 환장허것습디다."

이순신이 박일수가 따라 준 소주를 반쯤 마신 뒤 이렇게 말하자 박일수가 맞장구를 쳤다.

"아니 동상, 사곤이 고 작자가 머라고 힜간디?"

"글씨, 이 새끼가 말요. 대리 희진이네 집이서 한 시간 전에, 고것도 비밀리에 창립헌 위도활빈당에 대해서 속속들이 다 알고 있는디, 누굴 통해 고 야그가 김동필이허고 심사곤이 귀에 들어갔는지 모리다봉께 참말로 머리에 쥐가 나더만요."

"아까참으 창립 멤버 야글 힜던 것 같은디, 희진이네 집에 모였던 사람이 누구누군지 다시 한번 야글 히볼랑가?"

"여그 있는 저희 두 사람허고요, 희오, 문수, 영범이, 그리고 대관이허고 세팔이 이렇기 일곱 사람이고만요."

이순신이 전하는 위도활빈당 창립 멤버 7명의 이름을 들은 박일수는 젓가락으로 돌게장을 집어 입에 넣고 와작와작 씹었다.

"희오나 문수는 아직 에린 디다가 김동필이나 심사곤이허고 막역헌 사이가 아닌께 치아불고, 영범이는 에러서 일찍 육지로 전학을 가까꼬 핵꼴 댕겨서 위도 사람들을 잘 모릴 것이고, 내가 보기엔 고런 비밀스런 정볼 슬쩍 흘릴 수 있는 사람은 대관이허고 세팔인디, 대관이는 기믄 기고, 아니믄 아닌 것이 분명헌 녀석이라 일단 창립 멤버를 허것다고 약속을 혔으믄 김동필이나 심사곤이 헌티 고런 야글 헐 사람이 아니고, 딱 한 맹 남은 사람은 동상 친구 세팔인디…."

"에잇, 고건 일수 형님이 사람을 잘 못 보고 허시는 말씀인디요. 세팔인 께복쟁이 친구라 지가 고놈으 성격은 잘 알고 있는디, 야가 좀 당차지 못 허고 뒤가 물리긴 허요만 친구인 지를 배신헐 놈은 아닌께 믿어도 되겠고만요."

"아니 글먼 누가 김동필이 고 작자들헌티 고 비밀스런 야글 귀띰했다는 것이여? 고것도 창립헌 지 한 시간 밖에 안 됐담서!"

"지 생각엔 궁자 누나네 집이서 알린 것 같은디, 저허고 만수허고 대리 희진이네 집서 활빈당 창립을 마치고요, 세팔이 용달찰 타고 벌금으로 넘어와 가꼬 궁자 누나네 집이 들러서 영길이 형님헌티 고문 좀 맡어달라고 부탁을 혔고만요. 헌디 영길이 형님이 수락을 거불 혀서 여그 삼성민박에 들렀다가 삼복회집으로 갔는디, 암만혀도 고 사이에 궁자 누나나 영길이 형님 중 한 사람이 삼복횟집서 술을 처묵고 있는 김동필이 고놈들허고 전화 통활 헌 것 같고만요."

"글먼 영길이 갸가 고 작자들허고 전화 연락을 취해서 활빈당 창립 야글 전힜다는 것이여?"

"지 생각엔 영길이 성님이 혔을 수도 있고요, 궁자 누나가 혔을 수도 있을 턴디. 형님, 중요헌 것은 누가 전화 통활 혔느냐가 아니고 만요."

"아니 글먼 머시 중요헌디?"

"김동필, 심사곤이, 고라고 김두길이 이 낯부딱만 봐도 애옥질이 나오는 새끼들이요. 위도를 지들 손안에 넣고 쭈물딱 쭈물딱 험서러 위도 사람들을 갖고 놀고 있다는 점인디요. 성님도 한번 생각을 혀보시오. 오지 낙도 위도으 관공서에 새로 부임허는 공무원들 치고 고놈들헌티 대그빡을 안 숙이는 놈 거진 읎고, 돈도 읎고 빽도 읎는 위도 사람들은 부안 군청이나 수협에 볼일이 있거나 정읍 법원이나 전주 도청 같은 디서 먼 일을 헐라먼 고놈들헌티 줄을 안 댈 수가 없다 봉께 손뿌닥만헌 위도서는 참말로 말도 안 되는 밸의밸 일들이 허구헌날 벌어지고 있는 것인디, 오늘 우덜이 비밀리에 창립헌 단체 야그가 금세 고놈들 귀에 들어간 것도 바로 고런 구도 속으서 벌어진 일이라고 생각허는디라우. 전활 영길이 성님이 혔던 궁자 누나가 혔던 냅싸두고요, 지가 단도직입적으로다 이 자리서 당불 드리자믄 일수 형님허고, 윤복이 사돈이 위도 활빈당 고문을 좀 맡어주셨으믄 좋것고만요. 지가 보기엔 36년생 갑장인 두 분이 나이도 적당허구라우, 위도서 인심을 잃지 않고 산 분들이라 안성맞춤일 듯헌디요."

박일수와 이윤복은 이순신의 제안에 묵묵부답이다. 방안엔 잠시 침묵이 흘렀고, 네 사람 사이엔 주거니 받거니 술잔만 오갔다.

"당신허고 일수 오빠가 고문을 맡으믄 되것고만 무신 고민들을
그렇기 힜샀는지 모리것네 참말로!"

술안주로 붕장어 매운탕을 끓여서 주방에서 들고 나와 술상 위에
올려놓으며 박양란이 푸념을 늘어놓았다. 술상 앞에 앉아 있는 네
남자의 시선이 일제히 박양란의 입으로 향했다.

"아까치미 내가 주방서 구멍을 치고 있는디요. 순신이 사돈허고
여그 만수가 집이 들렀습디다. 근디 두 사람 모두 쌍이 노래가꼬
금방 죽을 사람들 같더랑께요. 그래서 내가 순신이 사돈헌티 부안
갱찰서 잽혀가서 참 고생을 힜다고 일단 추어주고라우, 요새 위도
사람들이 대놓고 말은 안 혀도 순신이 사돈이 위도 인물 중으 인물
이라고 생각들을 허고 있응께 지발 힘을 내되 몸은 조심허라고 당
불혔는디요. 방금 붕어지국을 끄림서 엿듣다 봉께 김동필이허고 심
사곤이 이 양반들헌티 활빈당 창립 소식을 귀띰헌 것은 영길이 아
자씨도 아니고 궁자 고년이라는 생각이 들던디요. 암만혀도 자발
읎는 궁자 고년이 삼복횟집다 전활 힜을 것이고만요. 아까 순신이
사돈이 집이 찾어왔을 때 차마 내가 이 말까지는 헐 수 읎었는디요.
오늘 궁자네 집이서 정심 먹음서 들어봉께 궁자 이년이요, 지 서방
을 부안갱찰서 유치장서 한시라도 빨리 빼낼라고 김동필이 헌티 수
고비조로 적잖은 돈을 건냈다고 헙디다. 그런 관계다 봉께 궁자 이
써글년이 속창알머리 읎이 좆달린 남자들이 허는 일을 김동필이 고
양반들헌티 귀띰을 혔것지라우. 어찟거나 당신허고 일수 오빠가 순
신이 사돈을 도와주시오. 특뻴히 당신은 이 일에 꼬옥 나서야 될 턴

190

디, 시방 누나허고 매제허고 손지가 차가운 갱물 속으 빠져 있는디 당신이 위도의 미래가 달린 일에 나 몰라라 혀서야 되것소! 진리 영범이, 대리 희진이, 희택이, 희오…! 이렇기 친조카 여럿이 시방 피눈물을 흘리고 있는디, 외삼촌이라는 사람이 나 몰라라 헐 수는 읎는 일 아니냐고요. 듣자헌께로 오메허고 아들까지 잃어버린 희오 조카가 시방 정신이 오락가락헌다는디 흐으윽…! 엉어어어…!"

박양란이 울부짖자 술상 앞에 앉아 있는 네 남자도 눈물을 훔치며 술잔만 비웠다. 분위기가 그렇게 흘러가자 결국 이윤복과 박일수는 위도 활빈당 고문직을 수락했다.

"사돈! 전화 좀 쓰믄 안될꺼라우? 파장금 대관이 헌터 삐삐가 와서 그러는디…."

삐삐로 호출을 받고 유선전화기를 찾는 이순신을 박양란이 안방으로 안내했다. 안방에서 전화 통화를 마치고 거실로 나온 이순신이 몹시 흥분된 목소리고 외쳤다.

"대호를 찾았다고 허는구만요!"

"아니 사돈, 대홀 으디서 찾어? 물속서 시신을 찾았다는 것이여, 아니믄 숨어있는 곳을 찾았다는 것이여!"

"물속서 시신을 발견혔다고 시방 파장금 대관이허고 통활있는디요. 갱찰, 검찰 아, 이 개새끼들, 흐으윽…!"

이순신이 전하는 서해훼리호 갑판원 김대호의 시신 인양 소식은 결코 기쁜 소식이 아니다. 침몰하던 서해훼리호를 끝까지 지키다가 죽은 승무원의 시신이 처음으로 발견됐다는 소식인데 그 유가족 입장에서는 절대로 기쁜 소식이 아닐 것이다. 그럼에도 불구하고 지금 이순신이 기뻐하며 흥분하고 있는 것은 승무원 생존설이 불거진 이후, 감내하기 힘든 고통 속에 빠져 있는 가족들 때문이다.

"종찬이 아빠, 언능 진말 영범이네 집으로 가봅시다!"

박양란이 이렇게 채근하자 이윤복은 바닥을 드러낸 소주병을 들고 자신의 술잔에 따랐다.

10.
벼랑 끝에 선
섬사람들

"언니 언능 일어나서 가보잔 말이네!"

이춘녀네 집 안방에 모로 누워 있던 이춘녀의 가녀린 등을 바라
보며 신궁자가 재촉했다.

"대호가 형부헌티도 그라고 언니헌티도 그라고 얼메나 잘 혔능
가! 으디 그뿐이여! 갸가 객선을 탄 것도 먼 일가친척인 형부가 줄
을 놔서 그런 것 아닌가! 근디 갸 조문도 안 헌다믄 말이 되것능가?
그러믄 못 쓰네, 언니 그러믄 참말로 천벌을 받는다고…!"

신궁자의 성화에 이춘녀가 힘겹게 일어나 앉았다. 머리는 헝클어
져 있고, 며칠 동안 세수도 안 했는지 창백한 얼굴에 땟국이 흐르는
그미를 향해 다시 신궁자가 쏘아붙였다.

"시방 언니가 심들다는 걸 내가 어찌 모리것능가만 그리도 사람
이 헐 도리는 혀야 되는 것 아닌가. 다른 집 조문은 못 가도 형부 부

하 직원이고, 먼 일가친척이고, 동네 후밴께 대호 조문은 꼭 가봐야 되는 것 아니냐고?"

"이 오살년이 어쩌 이렇기 사람을 심들게 헌다냐! 야 이년아, 내가 무신 염치로 대호 조문을 간다는 것이여! 너그 형부가 살어서 도망쳤다고 지맹수배가 떨어져가꼬 엊끄저끄부텀 갱찰이 총을 어깨다 메고 집 주밴을 철통같이 지키고 있고, 시도 때도 읎이 이눔 저눔이 우리 집이 찾어와가꼬 취젤 허고 조살 허는디다 끄칫허믄 갱찰허고 검찰이 나나 영범이헌티 전활 히가꼬 너그 형부헌티 연락이 오믄 기언시 설득을 혀서 자술 시켜야만 형량이 줄어든다고 협박을 히대는 통으 내가 참말로 꼬꾸라져서 깨 팔러 가기 일보직전인디, 야 이 속창알머리 읎는 년아, 날 더러 으딜 가자고 이러는 것이여, 잉?"

목이 쉴 대로 쉰 이춘녀가 이렇게 힘겹게 말을 이어가자 신궁자가 주전자에 있는 물을 컵에 따라 이춘녀에게 전했다.

"내가 언니헌티 대호 조문을 가자고 이렇기 몰강시럽기 찢어진 입이서 나오는 대로 나불대는 것은 언니 말마따나 내가 참 대그빡이 안 돌아가는 닭대가리긴 허지만 그려도 내 깜냥엔 생각이 있어서 그러네! 무엇보다 잉, 언닐 고만 자리서 일어나기 헐라는 것인디, 똥이든 오짐이든 머라도 목구녕에다 집어넣지도 않고 이렇기 맻날 매칠을 맹물만 마심서 드러누워 있으믄 언니 참말로 얼메 못 산당께! 만약으 형부가 살어가꼬 시방 으딘가 숨어있다고 쳐보세. 오늘이든 낼이든 형부가 갱찰들헌티 잽혀서 깜빵에 들어 간다믄 콩밥을 일 년을 먹을지 이 년을 먹을지, 아니믄 오 년 십 년을 먹을지 모리는 판국인디 형부가 깜빵서 출솔 허기도 전으 언니가 깨꼬닥혀서 황천길로 떠나버리믄 고 뒷감당을 어찌기 헐라고 이러는가? 형부가 무신 희망으로 심들고 외로운 깜빵 생활을 허것냐고! 긍께 언능 일어나서 기운을 챙기란 말이네. 그리야 형부가 기언시 살아남을라고 바동바동 애를 쓸 것 아녀. 만에 하나 언니헌티 탈이 나믄 한나밖에 읎는 자식인 영범이는 앞으로 어찌기 산당가. 그라고 사실 나도 언니 없으믄 시상살이가 무신 재미가 있것능가. 언니가 기운이 철철 넘치는 목소리로 소락대길 질름서 날 잡어 쥑인다고 설칠 때 나도 참 살맛이 나는디, 언니가 이러고 있응께 나도 참말로 흐으윽…!"

"그려 이년아, 참말로 고맙다. 객선 까랑지던 날은 내가 승무원 가족이다 봉께 시상 사람들헌티 염치가 읎어서 웬간허믄 집밖에 안 나갈라고 용을 썼다. 그러다 너그 형부가 살어서 도망쳤다는 소문이 돌기 시작헌 끄저끄 아침부텀은 속이서 열불이 나고 배창시가 뒤집어지고 시상 사람들이 꼴도 뵈기 싫어가꼬 이렇게 집구석에 쳐박혀 있었다만 니년 말마따나 위도는 물론이고 전국 방방곡곡에 소문 강문이 날 대로 나도 너그 형부가 살어있으믄 얼메나 좋것냐! 근디 고것이 아니라서 참말로 죽것는디, 고런 속도 모르고 위도 사람들까장 너그 형부가 살어서 도망쳤다고 손꼬락질을 허고, 입이다 담지 못헐 욕까지 퍼붓고들 있으니 흐으윽, 엉어어어…!"

이춘녀가 이렇게 울부짖자 신궁자가 그미의 목을 끌어안았다. 부둥켜안은 두 사람의 곡소리가 한참 동안 그칠 줄 몰랐다. 그때 문밖에서 박양란의 목소리가 들렸다.

"성님, 집이 있능가?"

신궁자가 벌떡 일어나 안방의 출입문을 열었다. 문밖 마루 밑에 박양란과 이윤복, 그리고 이순신, 김만수, 박일수 등이 서 있다.

"음마 잉, 무신 일로 이렇기들 몰려 왔당가?"

신궁자가 이렇게 깜짝 놀라는 걸 보면 아무래도 이순신과 김만수에게 켕기는 것이 있는 모양이었다.

"아니, 궁자 누나, 여긴 언지 왔소?"

일행을 따라 안방으로 들어서며 이순신이 이렇게 묻자 신궁자는 말을 더듬거렸다.

"어엉 여그 온 지 한 이십 분 되얐고만. 추운녀 언니랑 거 있잖냐, 대호 문상을 갈라고 벌금서 진리로 넘어 왔는디… 쩌그 춘녀 언니, 나 몬자 문상을 갈 텐께, 이따 대호네 집서 보세 잉…!"

서둘러 안방에서 마루로 나가는 신궁자의 등을 이순신이 매섭게 노려보았다.

그 시각, 대리 조희진네 집 거실에서는 형제들 사이에 말다툼이 벌어졌다. 저녁 식사를 하던 중 첫째인 조희진이 위도활빈당 창립 문제를 거론하며 넷째이자 막내인 조희오를 꾸짖었다. 이에 술이 잔뜩 취한 조희오가 대들었다. 이 때문에 밥상머리에 모인 형제지간에 막말이 튀어나오는가 싶더니 급기야 손찌검을 하는 일까지 벌어지고 말았다.

"아니, 내가 뭘 잘못했다고 뺨까지 때리냐구요? 흐으윽…!"

조희오가 이렇게 따지고 들자 한차례 손찌검을 한 조희택이 주먹을 불끈 쥐었다. 그러면서 밥상 앞에 앉아있는 형 조희진, 형수 윤미라, 여동생 조수희, 매제 용삼영의 안색을 살폈다.

"큰형은 새꺄, 우리 형제들헌텐 아버지나 다름없는데, 씨발 니가 감히 큰형한테 대들어! 이런 싸가지 없는 새끼, 너 오늘 뒈지고 싶지 않으면 자발 고만 떨어라 잉…!"

"이 집 작은방에서 위도활빈당을 창립한 것이 제가 형님들한테 욕을 바가지로 먹을 만큼 잘못된 일입니까? 김두길이 그 새끼가 도대체 뭐라고 했길래 큰형이 절 밥상머리에 앉자마자 혼을 내냐구요?"

"내가 너 그저끄 아침에 진리 이모네집이서 뭐라고 부탁했냐? 네 락없이 나서서 나대지 말라고 했어 안 했어 새꺄?"

"위도활빈당을 만든 게 네락없이 나서서 나댄거요? 내 어머니허고 내 아들 문젤 잘 수습해 보겠다고 위도활빈당에 참갈한 것이 무슨 잘못이냐고…! 김두길이 이 개새끼가 유가족협의회 의장을 맡았는데, 큰형이야 동창이닌까 그 새끼 편을 들 수 있다고 칩시다. 근데 작은형도 그 새낄 믿고 서해훼리호 참사으 수습 문제를 맡기겠다는 거요? 저는 그렇겐 못하겠습니다. 어머니 문제야 위로 두 분 형님허고 누나가 있으니 내가 상관을 안 해도 되겠지만 내 아들 문제는 고도적놈으 새끼들헌테 맡기고 싶지 않습니다."

"허어, 이 새끼가 아직도 정신을 못 챙겼나! 너 언지까지 이렇기 앙당글래? 너 신소리 고만허고 입 닥쳐라, 안 그러믄 너 고 주둥아리 홍차 버리는 수가 있다 잉!"

조희택이 이렇게 경고하자 조희오는 일단 말문을 닫았다. 그렇지만 아픈 뺨을 어루만지며 씩씩거렸다.

대리마을의 100여 가구 중 조씨 성을 가진 집안은 조희진네 집뿐이다. 조희진의 선친 조창술은 18년 전인 1975년에 사망했다. 조희진의 어머니 이춘심은 40대 후반에 청상과부가 되어 슬하의 3남 1녀를 홀로 키워야 했다. 그미가 가장을 잃고 기울어가는 집안을 일으켜 세우는 데 있어서 맏이인 조희진의 희생이 컸다. 아버지가 세상을 떠나던 해에 조희진의 나이는 25세였다. 당시 그는 서울에서 충청남도 출신인 윤미라와 결혼식을 올리지 않은 채 동거를 하고 있었다. 구로동의 한 제조업체에서 일하다 정을 통한 두 사람 사이엔 아들이 한 명 있었는데, 현재 서울에 있는 S대학 법학과 1학년에 재학 중인 조동식이다. 조희진은 윤미라를 설득해서 갓난아기 동식을 데리고 위도로 낙향했다. 그때 조희오의 나이는 겨우 열한 살이었다.

"희오야, 너 제발 고만허고 얼른 밥이나 먹자 응!"

누나 조수희가 이렇게 당부하자 조희오는 뚝뚝 떨어지는 눈물을 훔치며 숟갈을 들었다. 극으로 치닫던 형제간의 다툼은 이렇게 끝나는 듯했다.

"어이, 용 서방! 술 한 잔 헐랑가?"

"네, 형님, 한 잔 마셔야 될 것 같습니다."

"수희 니가 좀 가서 냉장고에 있는 쏘주 한 병 꺼내오니라!"

옆에 형수 윤미라가 앉아 있는데도 조희택은 동생 조수희에게 이렇게 부탁했다.

"고모, 내가 갔다올 턴게 어여 밥이나 먹소!"

시누 조수희 대신 올케 윤미라가 일어나 냉장고로 소주를 가지러 가는 참인데, 조희오가 입안에 가득 물고 있던 음식물을 밥상 위에 품어내며 흐느끼기 시작했다.

"허억…! 호으윽, 엉어어어…!"

"어따 이 새끼 참말로 사람 오장상허게 허네 잉!"

비위가 상한 조희택의 인상이 험악해졌지만 조희오의 울음소리는 그치지 않았다.

"엉어어어…! 어엉어어어…!"

"야 새꺄, 너 어쩨 이렇기 청승을 떠는 것이여, 엉? 눈물 고만 짜고 언능 밥이나 쳐먹으라고 새꺄…!"

조희택이 이렇게 다그치지만 조희오의 울음소리는 오히려 더 커졌다. 그러자 조희택이 벌떡 일어나 울고 있는 조희오의 멱살을 틀어쥐었다.

"너 좀 마당으로 나가자! 밥상머리서 이러지 말고 얼른 일어나라 밖으로 나가자고 새꺄!"

"씨발, 이것 놔!"

"뭐, 씨발…? 이런 개새끼가 있나, 에라잇…!"

조희택이 오른손으로 조희오의 뺨을 후려갈겼다. 조희오의 입에서는 피가 흘러 나왔다. 용삼영이 벌떡 일어나 조희오의 멱살을 잡고 있는 조희택의 왼쪽 손목을 낚아챘다.

"매형, 저리 좀 비켜보세요! 나 살고 싶지 않으니 저리 좀 비켜 보시라구요!"

조희오가 용삼영의 등을 떠밀며 소리쳤다. 그러자 옆에 서 있던 조수희가 조희오의 앞을 가로막았다.

"누나 저리 좀 비켜보란 말야! 나 오늘 맞아 죽어도 여한은 없는데, 죽기 전에 할 말이 좀 있으닌까 저리 좀 비켜 보라구요!"

"이 정도 했으면 됐지 무슨 할 말이 있다고 그러냐, 너?"

"씨발, 어제 아침에 벌금 외숙모한테 들은 말이 있는데, 이제 좀 털어 놓고 싶다구!"

"외숙모한테 니가 무슨 소릴 들었길래 그려?"

"누나, 외숙모가 그러던데, 두 분 형님은 내가 어머닐… 나 때문에 어머니가… 흐으윽…! 엉어엉어…!"

조희오는 조수희의 가슴에 얼굴을 묻고 잠시 울부짖었다. 그러더니 입안에 고여 있는 피를 튀기며 조희진과 조희택을 향해 따지고 들었다.

"두 분 형님께 한번 여쭤 볼랍니다. 제가 어머닐 돌아가시게 했습니까…? 정말 저 때문에 어머니가 돌아가셨다고 생각하십니까, 네…?"

조희진은 물론이고 조희택도 대답을 하지 못했다.

"씨발, 큰형이나 작은형이나 저를 웬수 취급한다고 하던데, 네,

좋습니다. 그러면서도 두 분 형님은 어머니 앞으로 떨어지게 될 보상금에 눈독을 들이고 있지요…? 네, 좋습니다. 다 가지십시오. 저는 제 아들놈에게 혹시 나올지 모르는 보상금만 가질게요. 아닙니다. 제 아들놈에게도 만약 보상금이 나온다면 두 분이 다 가지십시오. 저 그 돈 없이도 살 수 있을 만큼 벌어 놨습니다. 어머니가 제 아들 동해를 이 집에서 길러 주시는 동안 격포서 좌판 장살해서 다 벌어 놨습니다. 그러니 두 분 형님이 제 아들 보상금까지 다 타서 나눠 가지세요. 손톱만큼이라도 양심이 있거든 여기 수희 누나한테도 좀 떼어 주시구요. 대신 더 이상 제가 안 보이는 데서 절 욕허지 마시오. 저 때문에, 격포에 있는 제 처 때문에 어머니가 돌아가셨다고 떠벌이지 마시라구요. 흐으윽…! 엉어어어…! 전 오늘자로 이 집, 대리 조씨 집안 핏줄이 아닙니다. 오늘 이 밤 저는 이 집을 떠납니다. 다시는 이 집에 들어오지 않을랍니다. 네 잘들 사십시오. 누나도 더이상 날 동생으로 취급허지 말고 흐으윽…! 엉어어어…! 저는 지금 이 집을 나갑니다. 제발들 건강하시고, 흐으윽, 엉어어어…! 두 분 형님이나 누나야 어차피 한 뱃속에서 나온 형제니 죄송한 마음 티끌만큼도 없습니다. 하지만 저와 피 한 방울 안 섞인 매형하고 형수님께는 정말 죄송합니다. 부디 못난 저를 용서해 주시구요. 어린 조카들 잘 키워 주십시오…!"

울부짖던 조희오가 거실에서 마당으로 나오자 그의 등을 다독거리며 위로를 해주는 사람이 있었다. 그는 다름 아닌 짱구였다.

"어따 이 새끼 참말로 꼴통이고만 잉! 씨발 나도 천하으 둘째 가라믄 서러울 꼴통인디 이 새끼 참말로 나보다 더 허네 더 혀!"

"짱구 성, 정말 미안합니다. 그리고 참 고맙습니다! 그래도 성이 우리 두 분 형님들보다 낫소! 우리 손가락 겁시다. 성허고 나허고 피를 나눈 형제는 아니지만 십 년 이십 년 변치 않는 제 의형제가 되어 준다고…!"

조희오가 내민 새끼손가락에 짱구도 새끼손가락을 갖다 댔다. 짱구와 새끼손가락을 걸고 난 조희오는 대문 쪽으로 발걸음을 뗐다.

"암마 희오야, 으디로 갈라고 시방 이러냐?"

"짱구 성, 오늘 저녁 무렵에 제 중학교 동창네 남동생 시신이 인양됐다고 헙디다. 고 녀석은 서해훼리호 갑판원인데요. 저보다 세 살이 어린데, 아 글쎄 이 녀석이 아직 장가도 못 가고 흐으윽, 엉어어어…!"

조희오는 몸서리치며 울부짖었다. 그런 그의 등을 짱구가 두들겨 주었다.

"짱구 성, 저는 조문을 가야 됩니다. 딴치도 문수가 지금 용달차를 타고 절 데리러 오고 있습니다. 저는 이렇게 이 더러운 집구석을 떠납니다. 더 이상 형들을 형이라 부르고 싶지 않고, 누날 누나라 부르고 싶지 않습니다. 전 다시는 이 집구석에 들르고 싶지 않습니다. 그간 정말 고맙구요. 저희 어머니와 제 아들한테 쏟아 주신 정 결코 잊지 않겠습니다. 짱구 성, 참말로 고맙소…!"

조희진네 집을 나선 조희오는 띠뱃놀이전수관 앞을 지나 길고 구불구불한 고샅길을 따라 마을 앞 부둣가로 나갔다. 대기하고 있던 용달차에 올라 대리를 떠나는 조희오를 짱구가 서글픈 눈으로 배웅했다.

"야 새꺄, 너 김두길이! 니가 먼데 씨발 여그 초상집서 설치는 것이여, 엉? 너 여객선 승무원들이 살아서 도망쳤다고 그동안 주둥아릴 놀리고 다녔지? 근데 이 새꺄, 오늘 갑판원 대호가 이렇게 싸늘한 주검으로 집에 왔다. 최 선장님도 그렇고 임사공 씨도 그렇고 아직까지 행방불명인 승무원들 모두가 여기 대호처럼 순직을 했을 것 같은디, 억울허게 누명을 쓰고 지명수배까지 받고 있는 그 양반들헌테 넌 미안하고 죄송헌 마음이 털끝만큼도 없냐, 응…?"

진리 김대호네 상갓집 마당에 마련된 분향소에서 김두길에게 이렇게 다그치고 있는 사람은 김만수였다. 국회의원 김금수 의원과 도의원 맹철수 의원 등과 어울려 술잔을 주고받던 김두길이 자리에서 벌떡 일어섰다.

"얌마 김만수, 너 이 새끼, 위아래도 몰라보고 오늘 까불고 있는데, 그래 너 참 가관이다! 듣자허니 너 위도활빈당인지 뭔지를 만들었다고 허던디, 니들 까불지마라 잉, 하룻강아지 범 무선 줄 모리고 까불다가는 제 명에들 못 산다 엉!"

"미친 새끼! 니가 새꺄, 뒷배가 얼메나 든든헌지는 내가 잘 모르겠다만 너 위도 사람들을 고스톱판으 흑싸리 껍딱으로 안다면 큰코 다친다 응…! 아까 해질녘에 말이다. 벌금 삼복횟집에 갔더니 그래 지금 니 앞에 앉아 있는 심사곤이 저 새끼가 날 더러 뭐라고 했는지 아냐? 집안 조카새끼가 말이다, 나헌테 빙신 새끼가 광주서 사람을 총으로 수도읎이 쏴 쥑였다넹 인자는 씨발 고향 으른들까지 쥑일라고 이러는 것이냐고 따지던디, 넌 딴치도 우리 집 옆집 살던 놈인께 내가 누군지 잘 알 것이다. 그려, 나 공수부대 지원해서 군대 갔다가 씨발 인생 조졌다. 두민국이 태민국이 이 위인들이 날 광주에 계엄군으로 투입시키는 통에 참 사람으로서는 해서는 안 될 지꺼릴 어린 나이에 멋모르고 했다만 내 나이도 벌써 서른여섯이다. 그래 너보다 내가 딱 일곱 살 아래다만 너같이 민초들 피를 빨아 처먹고 사는 거머리 같은 새끼들, 내가 가만 놔두지 않을 것이다. 두고 봐라, 니 새끼 목은 내가 꼭 따주마. 내가 니 목을 따기 전엔 절대 죽지 않을 텐께 그래 쫌만 기다려 보라고 새꺄…!"

김만수가 이렇게 협박해도 김두길은 말대꾸를 못하고 몸만 부르르 떨었다. 그런 김두길의 귀에 대고 김동필이 귓속말을 했다. 그러자 김두길은 김금수 의원과 맹철수 의원의 귀에 대고 뭐라고 한참 동안 속삭였다. 잠시 뒤, 김두길은 김금수 의원과 맹철수 의원의 뒤를 따라 상갓집을 빠져 나갔다. 김동필과 심사곤도 따라 나섰다.

"춘녀 왔냐? 안와도 될 턴디 문허러 왔어!"

김대호의 어머니가 조문을 하러 온 이춘녀의 손을 붙잡고 반갑게 맞이했다.

"언니 미안허네. 내가 면목이 읎어가꼬 인자사 집이 들렀네. 우리 대호, 극락왕생 혀야 쓸턴디 흐으윽…! 엉어어어…!"

이춘녀가 울부짖자 영정 앞에 모여 있는 위도주민 50여 명이 함께 통곡했다.

"아니 희오야, 이 꼴로 여긴 어쩐 일이냐?"

머리에 붕대를 감고 얼굴이 퉁퉁 부어있는 조희오가 박문수의 부축을 받으며 상갓집 마당으로 들어서자 이춘녀가 맨발로 달려나갔다.

"이모, 흐으윽…! 엉어어어…!"

이춘녀를 부둥켜안고 조희오가 울부짖자 상갓집에 모인 위도 주민들은 또 눈물을 펑펑 쏟아냈다. 울고 또 울고, 절규하고 또 절규하고, 탄식하고 또 탄식하는 위도 주민들의 집단적인 대성통곡은 한참동안 이어졌다.

"저 만숩니다. 딴치도 만숩니다. 저 정말 많이 취했는데요. 제가 보기엔 서해훼리호가 침몰한 뒤 오늘까지 나흘 동안 우리가 겪은 고통은 아무것도 아닐 수 있습니다. 앞으로 우리 위도 주민들이 겪어야 될 고통은 어쩌면 더 클 수도 있을 텐데요. 우리 함께 똘똘 뭉쳐 봅시다. 이 나라으 대통령이고, 전북 도지사고, 부안 군수고, 방금 전에 여기서 기어 나간 국회의원이고 도의원이고 그 어느 누구도 우리 위도 사람들을 챙겨주지 않을 것입니다. 이런 냉혹한 현실을 잘 헤아리셔서 오늘 출범한 저희 위도활빈당에 힘을 좀 보태주십시오. 제가 여기 더 머물면 실수를 할 것 같아서 이만 물러갈까 합니다. 우리 불쌍한 대호, 장가도 못가고 이승을 떠난 우리 대호, 다시는 이런 섬 구석서 태어나지 말라고, 제발 좋은데 가서 영면하라고 그 넋을 기려 주시길 간곡허게 당불 드리구요. 저는 이만 딴치도 외삼촌댁에 가서 잠 좀 푹 자겠습니다. 그저끄 새벽에 위도 들어와

서 외숙모님 초상을 치르느라고 제대로 잠도 못자고 참 힘들었습니다. 오늘은 푹 좀 자고 싶습니다…!"

비틀거리며 상갓집을 나서는 김만수를 박문수가 부축했다. 조희오도 두 사람의 뒤를 따라 상갓집을 빠져 나갔다.

"아 씨발, 어쩌다 내 인생이 이렇기 꼬인 것이여…! 어떤 씨벌 새끼들이 내 인생을 이렇게 망가뜨린 것이여 웅…? 잡어다 맷돌에 처넣고 갈아 마셔도 분이 풀리지 않을 썹새끼들…!"

박문수가 모는 용달차가 금세 딴치도에 도착했다. 박문수네 집작은 방에 들어가면서도 김만수의 서글픈 탄식은 계속됐다.

"내 인생을 망친 썹새끼들, 두고 보자! 니들은 언진가는 내 손으로 쥑여버릴텅게…!"

자리에 누운 뒤에도 김만수는 세상을 향한 강한 적개심을 드러냈다. 그런 김만수의 가슴팍까지 이불을 덮어 준 다음, 박문수와 조희오는 마루로 나갔다.

11.
업보와
운명

"스님, 이 개떡 같은 세상을 저는 어떻게 살아야 됩니까?"

지풍금 내원암 대웅전 안에 마주 앉아 있는 20대 후반의 비구니 스님에게 김만수가 이렇게 물었다.

"다 벗어놓고, 다 내려놓고 사시죠! 그래야 김만수 씨 당신의 인생이 편해집니다."

"다 벗어놓고, 다 내려놓고 살라구요? 이 개떡 같은 세상을 어떻게 그렇게 나 몰라라 하면서 맘 편허게 살아갈 수 있단 말입니까?"

"그래도 그렇게 살아야 됩니다. 그래야 당신의 인생에 더 이상 탈이 없습니다. 제 말을 듣지 않으면 당신의 인생은 앞으로 더욱 더 꼬이고 힘들어집니다!"

"꼬이고 힘들어도요. 저는 이 세상을 그냥 대충 살아갈 수 없습니다. 지은 죄가 하도 많아서요, 어떻게든 그 죗값을 치러야 됩니다.

그래야 이승을 떠날 때 눈을 감고 죽을 수 있을 것 아닙니까.그러니 제가 앞으로 인생을 어떻게 살아야 될지, 제발 스님의 눈에 보이는 제 타고 난 운명을 좀 알려 주시라구요!"

지그시 눈을 감고 고심을 하던 스님이 자리에서 일어나더니 등을 돌리고 입고 있던 승복을 벗기 시작했다. 대웅전을 밝히고 있는 여러 개의 촛불이 심하게 흔들리는 가운데 농염한 여인네의 알몸이 드러나기 시작했다. 김만수는 눈을 감았다.

"김만수 씨, 그러지 말고 눈을 뜨세요!"

"아니 스님, 도대체 왜 이러십니까? 왜 오늘 밤 제 앞에서 이러시냐구요?"

"그럴 만한 이유가 있으니 눈을 뜨고 잠시 제 가슴을 한번 들여다 보시죠!"

김만수는 슬며시 눈을 뜨고 스님의 알몸을 바라보았다. 그미의 몸은 촛불에 그을려 이글이글 타고 있는 것 같았다. 그런데 그미의 가슴에 봉긋하게 솟아 있어야 할 젖가슴이 보이지 않았다.

"아니 스님, 젖가슴은?"

"저는 유방이 없습니다. 5·18 때 광주서 바로 당신이 제 유방을 대검으로 도려냈습니다."

"아, 아니 스님, 제 제 제가 스님의 젖가슴을 대검으로 짤라냈다구요?"

"네, 그렇습니다. 5·18 때 저는 광주 K여고 1학년이었고, 당신은 총칼 든 계엄군이었지요. 그때 저는 당신께 살려 달라고 애원했지만 들어주지 않았습니다. 끝내 당신은 무자비하게, 이렇게 제 젖가슴까지 도려냈지요!"

할 말을 잃은 김만수는 승복으로 아랫도리만 가리고 앉아 있는 스님의 얼굴을 멍하니 바라보았다. 분명 그미의 얼굴은 어디선가 본 적이 있는 듯 낯이 익었다.

"하늘이 도왔던지 저는 죽지는 않았습니다. 병원에서 1년 정도 치료를 받고 나서 퇴원했구요. 집에서 요양하다가 고등학교를 중퇴하고 1982년 봄에 출가했습니다. 그 뒤 지금까지 특별하게 관심을 갖고 공부한 분야가 있는데, 이 책들을 한번 살펴보시죠!"

스님이 내민 책자들은 《정감록》, 《격암유록》 등 여러 권의 예언서였다.

"아니 스님, 이런 예언설 왜 저한테 보여 주시는 거죠?"

"당신이 바로 이 세상을 바꿀 소중한 인물이기 때문입니다."

"제가 무슨 능력으로 이 세상을 바꾼다고 이러십니까? 저는 말이죠, 그럴 자격도 없구요. 그럴 능력도, 용기도 없는 놈입니다!"

"그건 아닙니다. 제가 당신을 처음 만난 것은 1980년 5월 20일이니, 벌써 13년 전의 일이군요. 당신 때문에 제 인생은 완전히 망가졌고, 이렇게 비구니가 됐습니다. 근데 왜 제가 폐허가 된 내원암에 온 줄 아십니까? 그건 저와 당신의 거역할 수 없는 인연 때문입니다. 전 당신을 믿습니다. 당신은 전봉준 장군처럼 이 세상을 바꿀 혁명가의 운명을 타고 났습니다. 당신이 동학의 성지 부안 백산 출신의 여성과 결혼하고, 오늘 위도활빈당 창립의 주동자가 된 것도 다

그런 운명 때문에 벌어진 일입니다. 더 충격적인 말씀을 한번 드려 볼까요? 사흘 전 서해훼리호가 침몰한 것도 당신에게 주어진 그런 운명과 무관하지 않습니다."

"아니 스님, 서해훼리호가 침몰한 것이 제 운명과 어떤 관계가 있다고 이러십니까? 정말 말도 안 되는 억지를 부리시는 이유가 도대체 뭐죠?"

"이건 억지가 아닙니다. 저는 당신의 능력을 믿습니다. 아니당신의 양심을 믿습니다. 그래서 제 젖가슴을 대검으로 찔러 이렇게 잘라버린 당신을 미워하지 않았습니다. 물론 처음엔 당신을 증오했지요. 전국 방방곡곡을 샅샅이 뒤져서라도 당신을 꼬옥 찾아내 보복하고 싶었고, 실제로 그런 시도도 해봤습니다. 근데 증오가 연민으로 바뀌더군요. 당신도 질곡의 역사 속에서 치유할 수 없는 심신의 상처를 입은, 암울한 시대의 희생자라는 생각이 들었습니다. 동병상련하는 분이라는 생각에 이르다 보니 언제부턴가 당신을 향한 저의 증오는 연민으로 바뀌었습니다. 증오가 연민으로, 연민이 사랑으로 바뀌어 오늘에 이르렀는데요. 사실 저는 오랫동안 당신을 사랑했습니다. 당신의 여인이 되기 위해 허물어져 가는 내원암까지 찾아왔습니다. 전 당신을 진심으로 사랑합니다…!"

사랑을 고백하던 스님은 한참 동안 흐느끼더니 자리에서 일어섰다. 국부를 가려주던 승복이 대웅전 바닥에 떨어졌다. 실오라기 하나 걸치지 않은 스님이 한발 한발 앞으로 다가오자 김만수는 당황하며 엉덩걸음으로 뒤로 물러났다. 하지만 좁은 대웅전 벽이 그의 엉덩걸음을 가로막았다. 눈보다 동자가 더 커진 김만수에게 다가선 스님은 무릎을 꿇고 쪼그리고 앉아 두 손을 내밀었다. 그러더니 김만수의 웃옷부터 벗기기 시작했다. 스님은 이내 벌거숭이가 된 김만수의 무릎 위에 엉덩이를 깔고 올라탄 뒤 자신의 여성에 김만수의 남성이 들어오자 욕정에 굶주린 사람처럼 거칠게 숨을 헐떡거리며 몸부림쳤다. 김만수는 스님의 잘려 나간 가슴 흉터를 조심스럽게 만져 보았다. 그런데 왼쪽 가슴의 흉터를 뚫고 구렁이 한 마리가 혀를 날름거리며 기어 나왔다.

"아아악…!"

잠시 뒤 오른쪽 가슴의 흉터에서도 구렁이 한 마리가 기어 나왔다.

"아아악…!"

스님의 가슴 흉터에서 기어 나온 두 마리의 구렁이가 벽에 등을 기대고 앉아 있는 김만수의 두 팔과 목을 칭칭 감았다. 김만수의 무릎 위에 올라 앉아 욕정을 한껏 발산하던 스님의 얼굴이 서서히 여우의 얼굴로 바뀌었다. 반인반수(半人半獸)의 여우가 날카로운 이빨을 드러내며 입을 쫙 벌리고 김만수의 얼굴을 덮쳤다.

"안 돼, 아아악…!"

꿈이었다. 그러나 김만수는 벌떡 일어날 수 없었다. 등골이 땀으로 흥건했다. 1980년 5월 이후, 김만수는 이런 악몽을 벌써 13년째 꾸고 있다.

"아 씨발, 난 언제까지 이런 고통을 겪어야 되는 것이여, 흐으윽…! 어엉어어…!"

김만수가 이렇게 울부짖고 있는데, 밖에서 인기척이 들렸다.

"만수 형, 왜 그래요, 뭔 일 있어요?"

불안감이 진하게 묻어 있는 박문수의 목소리였다.

"아아 아니다, 흐윽 흐으윽…!"

술에 취한 박문수가 수심 가득한 얼굴로 방에 들어왔다. 김만수
는 그에게 방금 전에 꾼 악몽을 줄거리만 추려서 들려주었다.

"형, 내일 모레 어머니 삼우젤 지내고 위돌 뜹시다!"

다짜고짜 이렇게 말하는 박문수를 김만수는 충혈된 눈으로 바라
보았다.

"저도 출근해야 되구요. 형도 사업 시작한 지 얼마 안됐는데, 여기
더 머물 수가 없는 몸이잖아요. 그러니 하루라도 빨리 서울로 올라
가자구요!"

김만수는 입 안이 쓴 듯 얼굴을 찡그렸다.

"형, 자고 있는 두어 시간 동안 희오하고 여러 가지 얘길 나눠 봤
는데요. 위도활빈당이고 뭐고 신경 쓰지 마시고 저와 형은 일단 위
돌 뜨자구요. 방금 전에 형이 꿈 얘길 들려줬는데 그 꿈을 어떻게 해
석해야 될지 모르겠지만 형은 얼른 위돌 떠야 됩니다. 안 그르믄 김
두길이 이 새끼들한테 어떤 봉변을 당할지 모른단 말이에요…!"

박문수가 이렇게 다그치자 김만수는 고개를 숙였다. 그가 입 밖
으로 터져 나오려는 울분을 겨우 참아내며 한참 동안 말이 없자 박
문수는 조용히 방에서 나갔다. 김만수는 자리에 드러누워 눈을 감
고 잠을 청해 보지만 잠이 오지 않았다.

벌써 한 시간이 지났다. 과음해서 속이 쓰린 탓도 있지만 목숨을 걸고 간간히 날아드는 모기 탓도 컸다. 이불을 머리까지 뒤집어써도 용하게 달라붙는 모기를 잡기 위해 김만수는 자리에서 일어났다. 벽에 붙어 있는 모기를 어렵게 찾아내 손바닥을 힘껏 내려치기를 열 차례가 넘게 해보았지만 매번 허탕이었다. 그러다 방바닥에 앉아 있는 모기 한 마리가 눈에 들어왔다. 이 모기는 다른 모기들과 달리 김만수가 다가가도 달아나지 않았다. 그 모기를 때려잡은 오른손 바닥엔 검붉은 피가 좁쌀만 하게 묻어 있다.

"씨발, 얼마나 많은 피를 빨아 먹었길래 이렇게 날아서 도망치지도 못할까 잉!"

이렇게 중얼거리고 있는 김만수의 머릿속엔 잡다한 생각들이 스쳐갔다. 이 모기 몸속에서 나온 피는 어제 오후 작은딴치도 박씨들 문중산에 묻힌 외숙모 고창댁의 피일 수도 있고, 자신의 피일 수도 있다는 생각이 들었다.

"개새끼들…!"

김만수는 민초들의 고혈을 빨고 있는 이 땅의 금수들이 피를 빨다 죽은 모기와 다를 게 없다는 생각이 들자 이렇게 쌍욕을 뱉어냈다. 금수나 다름없는 사람들이 방금 전 피를 빨다 자신의 손에 잡힌 모기와 다른 점은 뭔지 생각해 보았다. 뚜렷하게 떠오른 것은 강산이 바뀌고, 정권이 바뀌어도 금수들을 확실하게 때려잡은 사람이 없었다는 점이다. 귀신도 울고 갈 만큼 권모술수에 능하고 나라가 망해도 죽지 않고 살아남을 만큼 질긴 생존력을 자랑하는 금수들은 오늘도 대를 이어 물려받은 부와 하늘을 찌를 듯한 권력을 자손만 대 이어가려고 온갖 수작을 다 부리고 있다. 이런 금수들이 득세하고 나라 살림을 떡 주무르듯 하고 있는 금수공화국에서 내가 살아남기 위해서는 어쩔 수 없이 입을 닫고, 귀를 닫고 살 수밖에 없다는 생각이 들자, 김만수의 눈에서는 눈물이 쏟아져 나왔다.

"만수, 낼 서울로 올라갈 꺼냐?"

작은딴치도 박씨네 문중산에서 치러진 고창댁의 삼우제가 끝날 무렵, 외삼촌 박기보가 조카 김만수에게 물었다.

"네, 문수랑 낼 올라갈 생각입니다!"

"그려 잘 생각힜다. 어저끄 내가 면사무소에 너그 숙모 사망 신골허러 갔다가 사곤일 만났는디, 그저끄 니가 벌금 삼복회집허고 진리 대호 상가집이서 난동을 부렸다고 험서러 니 욕을 바가지로 허던디, 너 여그 위도에 있어봤자 니 신상에 존일 읎을 텡께 웬간허믄 낼 서울로 올라가그라 잉!"

쓸쓸하게 웃으며 고개를 떨구는 김만수를 형 김대수가 10m쯤 떨어진 고창댁의 봉분 앞에서 지켜보고 있다. 그 역시 김두길과 김동필 등으로부터 김만수를 잘 단속하라는 충고를 들은 터라 동생을 바라보는 시선이 여간 곱지 않다. 김만수는 형의 그런 시선을 아랑곳 않고 삼우제에 참가한 친인척 20여 명 중 가장 먼저 하산을 서둘렀다.

김만수의 상경을 압박하는 건 위도에 사는 혈족만이 아니었다. 경기도 구리시에 있는 아내 송지숙도 얼른 상경하라고 성화가 불같다. 어제 오후 3시쯤 구리시로 전화를 걸어 아내와 통화했다. 저녁 9시쯤엔 아내가 삐삐로 호출해 통화하게 됐는데 하루라도 빨리 상경하라고 김만수를 다그쳤다. 아무래도 외사촌인 박기보의 딸이나 친형수인 김대수의 처 박정자가 그미에게 김만수의 동정을 귀띔한 모양이다.

"형, 내일 육지로 나갈 꺼죠?"

절름발이 김만수가 작은딴치도 부둣가에 이르렀을 때 부랴부랴 뒤를 밟아 온 박문수가 물었다.

"그려 낼 나가자…!"

김만수가 이렇게 대답하자 박문수의 얼굴에 화색이 돌았다.

"형은 어제 늦잠을 자는 통에 대호 발인식에 참갈 못했지만 저는 희오랑 참갈했는데요. 오후 늦게 도장금 안골 대호 장지까지 순신이 형님이 찾아 왔습디다. 그래 대홀 땅에 묻고 희오랑 순신이 형님하고 술 한 잔 했는데요. 순신이 형님도 만수 형이 위도에 더 머물면 안 될 것 같다고 걱정을 하던데, 위도활빈당은 순신이 형님허고 희오가 잘 이끌어 보겠다고 했으니 위도 일은 걱정 마시고 우린 낼 서울로 올라갑시다."

김만수는 아무런 대꾸도 하지 않고 앞서 걸어가면서 바닷물이 빠져나간 치도리와 딴치도리 사이의 드넓은 갯벌을 바라보고 있다.

"형, 오늘 저는 희오랑 벌금리 윤복이 아저씨네 삼성홀 타고 참사 현장에 나가서 시신 인양 작업을 지켜 볼 생각인데, 형님도 함께 가실 꺼요?"

"아니다. 난 내원암 스님 좀 만나 볼란다!"

김만수는 어제 오후 4시쯤 내원암에 전화를 걸었다. 주지 송헌 스님과 오늘 오후 1시 30분 내원암에서 만나기로 약속했다.

"스님을 만나서 뭐 하실려구요?"

"그저께 밤에 내가 꾸었던 꿈 얘길 너한테 들려줬잖어! 그래 스님을 찾아가서 내 인생은 왜 이렇게 꼬여 있는지 한 번 자문을 구해 볼 참이다…!"

김만수는 약속시간 보다 30분 빨리 깊은금 내원암(內院庵)에 도착했다. 깊은금 마을 뒷산 망금봉 기슭에 자리 잡은 내원암은 선운사(禪雲寺)의 말사다. 정확하게 알 수 없지만 위도 불교 신자들이 추정하고 있는 내원암의 창건 연대는 삼국시대다. 그렇게 추정하는 근거는 우선 전북 부안군 내소사(來蘇寺)와 고창군의 선운사, 그리고 전남 영광군의 불갑사(佛甲寺) 등 칠산바다 주변의 고찰들이 대부분 삼국시대에 창건됐다는 사실이다. 그 중에서도 특히 영광군 불갑면 모악리에 있는 고찰인 불갑사의 역사에 큰 관심을 두고 있다. 백제 불교 최초 전래지라는 영광군 법성포 일대는 예로부터 위도인들의 주요 생활권역이었다. 전해오는 바에 따르면, 서기 384년인 백제 침류왕 원년에 인도승 마라난타가 중국 동진을 거쳐 칠산바다를 건너와서 불갑사를 개창했다고 한다. 그래서 위도의 불자들은 내원암을 비롯해서 대리의 당집을 포함한 여러 마을의 원당, 상여가의 '가남보살' 등 생활 속에 깊숙이 스며있는 위도의 다양한 불교문화가 불갑사의 창건 시기인 삼국시대부터 형성되었을 것이라고 추정하고 있다.

해발 240m인 망금봉(望金峰)은 위도에서 두 번째로 높은 봉우리다. 해발 254m로 위도 최고봉인 망월봉(望月峰)에도 절이 있었고, 다른 곳에도 절이 있었다고 전해 오지만 현존하는 유일한 사찰인 내원암이 위치한 이곳 망금봉 중턱은 '고슴도치섬 위도(蝟島)'의 자궁(子宮) 부위에 해당하는 것으로 알려져 있다. 이런 곳에 자리잡은 내원암은 위도인들에게 아들을 낳기 위해 치성을 올리는 득남(得男) 기도처로 각인돼 있다. 절 규모는 작은 편이지만 유서 깊은 암자인 내원암의 대웅전 왼쪽 앞마당엔 수백 년 된 배롱나무(목백일홍)가 한 그루 서 있다. 그 옆엔 위도 최고의 물맛을 자랑한다는 우물도 있다. 내원암에서 저녁이면 울려 퍼지는 종소리를 위도인들은 '내원모종(內院暮鐘)'이라 부르면서 위도 팔경(八景)의 하나로 꼽아 왔다. 이곳 내원암에서 울려 퍼지는 범종소리는 위도인은 물론이고 전국 각지에서 만선을 꿈꾸며 칠산바다로 몰려들었던 고깃배 선원들의 온갖 시름을 덜어 주고 생지옥 같은 세상살이의 고통에서 잠시라도 벗어나게 해주었다.

"송헌 스님, 안에 계신가요?"

김만수가 대웅전 왼쪽에 있는 스님 거처로 들어가는 부엌문을 두드렸다. 어두컴컴한 부엌에서 출입문을 열고 20대 후반의 비구니 스님이 나왔다.

"어서 오시소, 김 사장님!"

송헌 스님은 김만수를 김 사장님이라 불렀다. 올봄 김만수가 아내 송지숙과 함께 내원암에 들러 건넸던 명함에 '온달식품 대표'라는 직함이 찍혀 있다 보니 그렇게 부른 모양이다.

"스님, 방바닥이 차갑네요!"

방안에 들어선 김만수가 방바닥을 손으로 만지며 말했다.

"아직 견딜 만합니더. 근데 우짠 일로 저를 뵙자고 했는가예?"

"어제 전화로 간단히 말씀드렸다시피 저는 서해훼리호 참사로 돌아가신 외숙모님 장례식 때문에 위도에 왔다가 내일 육지로 나가야 되는데요. 위돌 떠나기 전에 스님을 꼬옥 좀 찾아뵙고 인생 상담을 할까 해서 왔습니다."

"제가 김 사장님 인생 상담을 해드릴 만큼 공력이 깊지 않은데 예…."

송헌 스님은 공손하게 이렇게 대답한 뒤 찻잔을 준비했다. 그런 스님의 가슴패기를 김만수는 슬쩍 훔쳐보았다. 꿈속에서 봤던 것처럼 스님의 유방이 정말 있는지 없는지 확인할 요량이었다. 그런데 승복에 가려진 스님의 양쪽 유방은 분명히 제자리에 자리를 잡고 있는 듯했다.

"스님, 고향이 광주는 아니죠? 사투리가 경상도 쪽인데…."

"네, 전 대구라예."

"그럼 고등학굘 대구서 나오셨나요?"

"네, 대구서 고등학교, 대학굘 나왔는데예, 근데 갑자기 그건왜 물으시는거지예?"

"그냥 궁금해서요…!"

이렇게 시치미를 떼고 난 김만수는 스님이 휴대용 가스레인지에
차를 끓이고 있는 사이 방안 구석구석을 둘러보았다. 혹시 꿈속에
서 봤던 예언서가 하나라도 방안에 있는지 확인하기 위해서였다.
예언서는 단 한 권도 보이지 않았다. 그리 넓지 않은 방안에 있는 것
이라곤 몇 점의 탱화와 붓, 물감 등 그림을 그리는 도구뿐이었다.

"스님은 탱화를 공부하시는 모양이죠?"

"네, 탱화를 방편으로 삼아서 제 가슴에 부처님을 모시고 수행하
다보니 어쩌다 이곳 내원암까지 오게 됐네예!"

"아차, 올봄에 제 처와 들렀을 때도 그렇게 말씀하셨던 같은데, 헤
헤 까먹어서 죄송합니다… 어쨌거나요, 스님! 제가 서해훼리호 참
사를 겪으면서 더 뼈저리게 느끼고 있는데요, 제 인생은 참 기구하
다는 생각이 듭니다. 그래 이 힘한 세상을 앞으로 어떻게 살아야 될
지 몰라서 이렇게 염치 불구하고 스님을 찾아왔습니다…!"

송헌 스님은 김만수를 물끄러미 바라보고 있다. 보통 키에 가녀
린 몸매, 백옥의 피부에 짙은 눈썹과 초롱초롱 빛나는 눈, 오똑한 콧
날과 도톰한 입술. 20대 후반으로 보이는 송헌 스님의 자태는 30대
중반인 김만수의 혼을 쏘옥 빼버릴 만큼 곱고 아름다웠다.김만수는
숨겨두었던 인생 이야기를 모두 털어놓았다. 장장 두 시간이 넘게
김만수의 얘기를 듣고 난 송헌 스님은 빙그레 눈웃음을 치며 이렇
게 말했다.

"김 사장님은 참 업고가 많으신 분 같은데예, 제가 어떤 얘길 해
드려야 될지 막막하네예."

"스님, 당장 먹고 살아야 되니 깊은 산속에 혼자 들어갈 수도 없는 일이구요. 성격은 모가 나서 어디를 가나 부딪치는 데다 전직 두 민국 대통령과 태민국 대통령의 이름 석자만 들어도 울화통이 터지고 피가 거꾸로 솟는데 대체 이 일을 어쩌면 좋겠습니까?"

"제 생각에는예 그 분들과 악연의 고리를 끊는 것이 당장 필요해보이는데예 혹시 유감주술(類感呪術)이라고 들어보셨는지 모르겠네예?"

"유감주술이라구요…?"

"대리 띠뱃놀이 행사 때 허수아비 못봤어예? 바다로 떠나는 띠배에 신기도 하고, 마을 구석구석에 세워 두기도 하는, 짚으로 만든 작은 인형 말이라예!"

"네, 그걸 제웅이라고 하지 않나요?"

"맞습니더. 고걸 제웅이라고도 하는데 예로부터 그 제웅은 여러 용도로 쓰였는데 원한을 품고 있는 사람의 옷을 입히고 그 안에 사주를 적어 넣고 바늘이나 송곳 같은 걸로 찌르면서 저줄 하잖습니꺼…!"

송헌 스님의 얘기를 듣고 난 김만수의 머릿속엔 사극에서 많이 보았던 제웅을 이용한 저주 장면들이 떠올랐다. 그렇게 저주하고 싶은 대상을 찾아보니 우선 자신의 인생을 처참하게 망가뜨린 전직 대통령 두 명의 얼굴이 아른거렸다. 두 사람 외에도 여러 사람 얼굴이 머릿속을 스친다. 이윽고 서해훼리호 참사를 불러 온 썩어빠진 권귀들을 모조리 저주해야 되겠다는 생각까지 들었다. 제웅을 이용한 유감주술은 어제 위도활빈당 창립 과정에서 거론되었던 대한민국의 권귀 7백 명을 타도하는 데에도 적잖은 도움을 줄 수 있을 거란 생각이 들었다.

"스님, 제가 저주하고 싶은 사람이 수백 명인데, 제웅이 하나에 그 사람들 모두의 사주팔자를 종이에 적어서 집어넣고 저주해도 효과가 있겠습니까?"

송헌 스님은 잠시 생각하더니 고개를 끄덕거렸다.

"그렇게 해도 무방할 것 같은데예 김 사장님이 그런 식으로 저주하고 싶은 분이 몇 분이나 되는데예?"

"일단 7백 명입니다. 전·현직 대통령, 국회의원, 재벌, 관피아, 언론사 기레기, 그리고 종교인… 이 나라를 망가뜨리는 금수들한테 저주의 주문을 걸어 보고 싶습니다…!"

유감주술. 영국의 한 인류학자가 이론을 만들어서 주장하기 시작한 공감주술(共感呪術)의 한 형태로 모방주술(模倣呪術)이라고도 불린다. 닮은 것은 닮은 것을 낳고, 그 결과는 원인을 닮는다는 유사성에 바탕을 두고 있다. 예를 들어, 기우제(祈雨祭)를 지내면 비가 내리고, 돌부처의 코를 떼어 먹으면 아들을 낳을 수 있다고 믿는 식이다. 연애를 방해하거나 걸림돌이 되는 사람의 인형을 만들어서 상처를 내고 저주하는 것도 유감주술의 하나다. 옛날 궁중에서는 사람의 형상을 닮은 짚 인형인 제웅을 만들어 방자, 즉 남이 잘못 되거나 재앙을 받도록 귀신에게 빌어서 저주하거나 그런 방술을 쓰는 일이 잦았는데, 이 역시 유감주술에 속한다.

김만수가 제웅을 이용한 방자로 대한민국의 지위가 높고 권세가 있는 권귀(權貴) 7백 명을 저주하겠다는 강한 의지를 내비치자 송헌 스님의 얼굴엔 수심이 드리워졌다.

　"김 사장님, 왜 그렇게 많은 사람들한테 방자질을 하겠다는 생각을 하셨지예?"

　"혹시 대리 사는 조희진 씨 아십니까?"

　"그 분은 제가 잘 모르지만 어머니 이춘심 씨가 내원암 신도라 잘 알고 있는데예 그 보살님이 이번에 손주하고 참변을 당해 저도 참 마음이 짠한데, 아직 시신은 못찾았지예?"

　송헌 스님의 초롱초롱한 두 눈에 눈물이 고였다.

　"네, 아직 시신을 찾지 못했는데요. 그 이춘심 씨 막내아드님이 조희옵니다. 이번 참사로 아들을 잃은 그 동생이 그제 위도활빈당을 창립허는데 그러더군요. 임진왜란 때 승군을 지도했던 영규 대사랑 금산 전투서 순절한 의병장 조헌이 배천 조씨로 집안의 선조라며 칠백의총에 합장된 칠백의사의 충절을 계승해 이 나라를 망가뜨리고 있는 7백 명만 몰아낸다면 대한민국은 참 좋은 나라, 정말 아름다운 나라가 될 것 같다구요. 스님도 한번 생각해 보시지요! 정치권력을 왕권 같이 행사하며 제왕처럼 국가와 법 위에 군림허는 대통령, 이기심에 찌들고 당리당략에 따라 춤을 추며 국정을 농단허는 국회의원, 족벌체제로 문어발식 경영을 일삼으며 정경유착에 혈안이 돼 있는 재벌, 부패공화국의 고위 관료로 마피아 친척뻘이 되고도 남을 만헌 관피아, 선정적이고 자극적인 쓰레기 같은 기사를 양심의 가책도 없이 써갈겨대는 언론인, 신성한 종교를 지들 욕망을 채우고 치부의 도구로 삼고 있는 종교 지도자, 이들이 이 나라를 망가뜨리고 있는 권귀라고 확신허는데, 그 가운데 7백 명만 추려서 몰아낸다면 대한민국을 개조헐 수 있지 않을까요?"

"7백 명 중 단 한 명을 몰아내기도 힘들겠지만 그들을 저주해서 김 사장님의 막힌 운이 트이고, 국운이 융성할 수 있다고 생각하시면 그리 하이소! 근데예…."

송헌 스님이 말꼬리를 흐리며 찻잔을 들어 입술에 갖다 댔다. 김만수도 속이 타는지 말문을 닫고 차를 마셨다. 김만수의 빈 찻잔에 주전자의 차를 따르고 나서 송헌 스님이 다시 입을 열었다.

"김 사장님, 사실 제가 오늘 김 사장님께 유감주술을 알려 드린 건 전직 두 대통령과 이어지고 있는 악연을 당장 끊지 않으면 김 사장님의 상처 받은 영혼에 더 처절한 고통이 따를 것 같아 그런건데예, 갑자기 이 나라 권귀 7백 명에게 방자질을 하겠다고 나서니 어떤 말씀을 해드려야 될지 참 난감하네예."

"아니 스님, 제 구상에 무슨 문제가 있는 겁니까?"

"유감주술이란 같은 것끼리는 같은 효과를 낳는다는 원시적 사고방식이라예."

"스님 덕분에 오늘 저는 그런 주술이 있다는 걸 알게 됐는데요. 글쎄 무슨 말씀을 허실려고 이러십니까?"

"그런 주술을 함부로 부리다가 김 사장님이 부메랑을 맞을 수도 있어 그러는데예 남을 저주하거나 죽이려면 나도 똑같은 일을 당할 수 있다는 걸 모르진 않겠지예?"

"네, 잘 알고 있습니다. 제가 싸워야 될 대상은 하나같이 엄청난 권력과 돈줄을 쥐고 있는 무법자들이라 상상을 초월하는 역공을 당할 수 있다는 걸 제가 왜 모르것습니까? 그렇지만 이렇게 가만히 앉아서 그들헌테 당할 순 없는 일 아닙니까? 내 고향 앞바다서 대참사가 발생했고, 내 친척과 이웃이, 그리고 내 고향 선후배들이 이 나라 권귀들의 끝없는 탐욕 때문에 지금 이 순간에도 피눈물을 흘리고 있는데 말입니다. 남을 죽이려면 내가 죽을 각오가 돼 있어야 한다는 세상 이치를 제가 왜 모르겠냐구요? 사실 저도요, 부양을 해야 될 처자식이 있다 보니 제 몸을 함부로 쓸 수 없구요. 솔직히 두렵고 겁도 납니다. 헌데 제 운명이 천길 낭떠러지로 향하고 있는 듯한데 대체 이 일을 어쩌면 좋겠습니까? 흐으윽…!"

김만수는 울분을 터뜨렸다. 한참 뒤, 그의 두 눈에 그렁그렁 맺혀 있던 눈물이 거의 다 마르자 송헌 스님이 다시 조심스럽게 입을 열었다.

"저는 탱활 그리다보니 부처님의 상호는 물론이고예, 신들의 얼굴, 중생들 얼굴에 늘 관심을 두고 삽니더! 근데예…"

송헌 스님이 무슨 말을 하려고 이렇게 뜸을 들이고 있는지 김만수는 답답한 모양이다.

"제가 김 사장님과 마주 앉아 이래 대활 나누고 있는 건 지난 봄 보살님과 함께 이곳 내원암에 찾아 오셨을 때가 처음이고, 오늘이 두 번짼데예 기분 나쁘게 생각하지 말고 한번 들어 보실라예…? 제가 보기에 김 사장님의 인상은 영락없는 도깨비상이라예!"

"아니 스님, 제 인상이 도깨비상이라고요?"

"죄송하지만 그렇습니더!"

"아니 스님, 제 머리에 뿔이 난 것도 아니고, 이빨이 튀어 나온 것도 아닌데 어째서 제 인상이 도깨비상이라고 허십니까?"

김만수가 이렇게 큰 소리로 묻자 송헌 스님은 난처한 듯 씩 웃었다.

"지금 김 사장님이 말씀하신 도깨빈 우리나라 토종 도깨비 형상이 아니고예 중국의 독각귀나 일본의 오니 형상이라예…!"

송헌 스님의 한국 도깨비에 대한 설명은 그렇게 시작되었다. 그미의 설명에 따르면, 민간 신앙으로 전해 오는 초자연적인 존재 중 하나인 한국 도깨비는 귀신도 아니고 요괴도 아닌 엄연한 신이었다.《삼국유사》등 우리나라 고대 문헌으로 살펴볼 때 도깨비 신앙은 이미 삼국시대부터 존재했다. 도깨비는 보통 남성으로 머리를 산발하고 성질이 거친데 산길이나 들길에서 사람과 마주치는 경우가 많다. 걸음이 빠른 도깨비는 넓은 들이나 갯벌을 순식간에 이동하고 신출귀몰했다. 그 형체는 다양한데 불을 켜고 다니는 등불 도깨비도 있고, 굴러다니는 달걀 도깨비도 있다. 음귀라서 어두운 밤에 주로 나타나는데, 간혹 궂은비가 부슬부슬 내리거나 안개가 낀 대낮에도 나타났다. 어떤 사람은 한밤중에 밤길을 가다가 도깨비가 나타나 심술을 부리기에 칡넝쿨로 묶어 놓은 뒤 다음 날 찾아갔더니 헌 빗자루 하나가 묶여 있었다고 말한다. 어떤 나그네는 밤길을 가다가 아름다운 여인을 만나 하룻밤을 보내고 아침에 깨어나니

부지깽이 하나를 끌어안고 누워 있었다고 증언한다. 도깨비는 닭이 울고 먼동이 트면 흔적도 없이 사라지곤 했는데, 보통 빗자루나 부지깽이 같은 일상의 생활도구로 변했다.

이렇듯 한국의 도깨비는 사람이 죽어서 생긴 귀신도 아니고, 사람을 해치는 요괴도 아니었다. 이런 한국의 도깨비는 몇 가지 두드러진 특징도 갖고 있다. 그 첫 번째 특징은 심술궂은 장난을 매우 즐긴다는 점이다. 한밤중에 만난 사람에게 씨름을 한판 하자고 요구한 뒤 몇 판을 내리 져도 다시 또 씨름을 하자고 요구를 하는 점 등이다. 두 번째는 꾀가 없고 미련하다는 점이며, 세 번째는 건망증이 심한데도 빌린 돈은 꼭 갚을 줄 아는 양심(?)도 갖고 있다는 점이다. 이밖에 영악한 인간에게 연거푸 속아 넘어가는 순진함도 있고, 노래와 춤을 즐기는 풍류의 기질도 갖고 있다. 사람처럼 희로애락을 모두 느끼고 즐거운 일에 몰두했다. 사람과 어울리기를 좋아하는 도깨비를 우리 민족은 이 땅을 지키는 수호신으로 여겨왔다. 지체가 높아 쉽게 접근을 할 수 없는 존엄한 신이 아니라 위엄이 덜하고 부담스럽지도 않은 평범한 신이었다. 그리고 도깨비는 재물을 모아주는 신으로 형편이 어려운 사람들에게 언젠가는 부자가 될 수 있다는 희망을 전해 주는 풍요의 우상이었다. 그래서 농부들은 도깨비불이 뛰어 노는 곳에서 제를 올리며 풍농을 빌었고, 어부들은 도깨비불이 머무는 바다에 그물을 치고 만선을 꿈꾸었다.

그런데 이렇게 우리 민족의 오랜 친구이자 수호신이었던 변화무쌍한 도깨비의 형체가 우리 현대인의 의식 속에 왜곡된 모습으로 들어앉아 있다. 머리에 뿔이 나고, 어금니가 앞으로 튀어나오고, 원시인 같은 차림으로 손에 도끼나 철퇴를 들고 돌아다니는 일본의 요괴 중 하나인 '오니'처럼 자리 잡고 있다. 이는 일제강점기 때 일본인들이 강제병탄의 정당성을 주장하고, 민족 문화를 말살하기 위해 시도했던 식민지 문화정책에서 비롯되었다고 한다.

"아니 근데 스님, 제게 오늘 도깨비 이야길 이렇게 상세하게 들려주시는 이유가 뭡니까?

송헌 스님의 도깨비 이야기를 듣고 있던 김만수가 이렇게 물었다.

"아까 말씀드린 것처럼 김 사장님은 우리나라 토종 남성 도깨비와 그 형상이 엇비슷해서 그랬는데예, 착한 사람들에겐 도움을 주고 나쁜 인간들을 가만 놔두지 않았던 도깨비가 사라지니 근래 들어서 희한한 일들이 참 많이 벌어지는 것 같아서 그런데예. 제 보기엔 1970년대부터 현대화와 도시화가 가속화되면서 이 땅에서 도깨비가 거의 자췰 감추고 말았는데, 한밤중에 불쑥 나타나고, 사람의 눈에 자주 띄던 도깨비가 사라지니 대신 활개를 치고 다니는 무리들이 누군 줄 아시나예?"

송헌 스님의 질문에 김만수는 어리둥절한 듯이 두 눈만 끔뻑거렸다.

"도깨비가 사라지니 시도 때도 없이 우리들 눈앞에 나타나서 설치고 있는 무리들이 바로 김 사장님이 말씀하시는 금수들인데 요즘도 이 금수들이 사람을 해치고 나랄 망가뜨리고 있으니, 이것 참 큰일이라는 생각이 드네예…!"

다시 말을 이어가는 송헌 스님의 입을 김만수는 뚫어져라 바라보았다.

"김 사장님, 이곳 내원암에 와서예, 대리 띠뱃놀이 행사 때 두 차례 참갈했는데예, 마을 앞 부둣가에서 띠배를 만들 때 둘러보니, 한편에서는 주민들이 띠배에 실을 제웅을 만들데예. 그래 구경을 해 보니, 짚으로 사람 형상을 만든 다음에 한지를 상체 상단에 감고 난 뒤 매직펜으로 사람의 얼굴을 그리던데예 제가 보기엔 그 제웅의 얼굴이 곧 도깨비의 얼굴이라는 생각이 들었습니더!친근감 있고 익살스러운 그 얼굴들이 바로 이 세상을 살아가는 보통 사람들의 얼굴이고, 도깨비의 얼굴이라는 생각이 들던데예, 일단 대리 띠뱃놀이 행사 때 만드는 제웅으로 이 땅의 권귀 7백 명한테 유감주술을 걸어 보시구예, 그 이후에 여유가 되면 캐릭터나 열쇠고리 같은 문화상품을 만들어서 세상에 널리 뿌려 보시지예. 그래서 위도 도깨비들이 전국 방방곡곡에 널리 퍼지면 도깨비가 사라진 뒤 겁 없이 설치고 있는 이 땅의 금수들이 몸을 사리지 않을까 싶네예…!"

송헌 스님의 조언이 반가운 듯 김만수의 얼굴이 환하게 펴졌다.

"위도활빈당 창립을 하셨다니 참고가 될 만한 정보를 하나 드릴까 하는데예, 김 사장님, 제가 이곳 내원암에 오기 전에 선운사에 머물렀는데, 이 내원암이 선운사 말사라는 건 아시지예?"

"알고 있습니다."

"그럼 혹시 선운사에 있는 미륵부처님 얘기 들어 보셨는가예?"

"아뇨, 듣지 못했습니다."

"선운사 도솔암 근처엔 높이가 13m에 이르는 마애미륵부처님이 모셔져 있는데예. 이 선운사 미륵부처님 배꼽엔…."

송헌 스님은 보물 제1200호인 선운사 도솔암으로 오르는 길 옆 절벽에 새겨져 있는 거대한 마애미륵불 이야기를 꺼냈다. 전해오는 바에 따르면, 이 마애미륵불은 고려 초기의 마애불 계통의 불상으로 배꼽 부위에 있는 작은 감실(龕室)에 비결(秘訣)이 들어있다고 해서 크게 주목을 받아 왔다. 특히 동학의 대접주로 전봉준 장군과 함께 1895년에 처형당했던 손화중(孫華仲)이 그 비결을 꺼내서 손에 쥐었다고 해서 더욱 주목받았다.

전라북도 고창군 아산면 삼인리에 있는 절로 삼국시대에 창건되었다고 전해오는 선운사(禪雲寺). 선운사의 '선운(禪雲)'은 '구름 속에서 참선 한다'는 뜻이다. 선운사를 품어 안고 있는 선운산(禪雲山)은 일명 도솔산(兜率山)이라고도 불린다. 선운산은 본래 도솔산이었다는데, '도솔'이란 미륵불이 있는 '도솔천궁'을 뜻한다. 이런 이유 때문에 선운산은 새 세상을 꿈꾸는 후천개벽의 땅으로 여겨져 왔고, 구원의 보살인 미륵불이 일찍부터 상주했다. 석가모니불에 이어 중생을 구제할 미래의 부처로 여겨져 온 미륵불이 도솔천궁 선운산에서는 색다른 형태로 존재해 왔다. '동불암지 마애여래좌상'이라는 이름을 가진 마애미륵불 배꼽 안에 천 년의 비결이 들어 있다고 전해진다. 이 신비한 비결이 마애비륵불 배꼽 안에서 세상 밖으로 나오는 날 한양이 망하고, 비결에 손을 대는 사람은 벼락을 맞아 죽는다는 경고성 전설도 있었다. 그런데 1820년 전라도 관

찰사 이서구가 이런 경고를 무시하고 비결을 꺼냈다가 천둥벼락을 맞았다. 갑자기 내려친 벼락 탓에 힘들게 꺼낸 비결을 읽어보지도 못한 채 다시 감실 안에다 집어넣었는데, 그때 이서구가 얼핏 본 것은 '전라감사 이서구가 열어본다'는 문구였다고 한다. 이후 그 누구도 이 비결을 꺼낼 엄두를 못냈지만 1892년 동학 혁명군의 지도자 손화중이 도끼로 부처의 배꼽을 부수고 감실 안에 있던 비결을 꺼냈다. 민중의 분기탱천하는 힘을 한데 모아 새로운 세상을 열기 위한 발판을 만들려고 손화중은 목숨을 걸고 비결의 탈취를 시도했다. 그런데도 그는 벼락을 맞지 않았다. 하지만 비결이 그의 손에 들어간 뒤에도 앞날의 길흉화복을 적어 놓았다는 그 내용은 세상에 알려지지 않았다. 물론 그 비결의 행방은 아직까지 묘연한 상태다.

"그 비결의 내용이 궁금하지 않은가예?"

송헌 스님의 질문에 김만수는 그렇다는 듯 고개를 끄덕였다.

"손화중은 그 비결서에 어떤 글이 적혀 있는지 공개하지 않았지만 일설엔 그 비결의 겉표지에 붓글씨로 쓴 끔찍한 한자 두 자가 적혀 있었다고 하던데, 굳셀 무자와 바다 해자라고 하데예…!"

"굳셀 무자와 바다 해자가 적혀 있었다구요?"

김만수는 방바닥에 손으로 '굳셀 무(武)'자와 '바다 해(海)'를 써 보면서 송헌 스님의 이어지는 말에 귀를 기울였다.

"손화중이 꺼낸 그 비결을 아마 전봉준 장군도 읽어 봤을 텐데예, 그 비결에 적힌 굳셀 무자와 바다 해자를 보고 동학혁명을 최선봉에 서서 이끈 그 두 지도자는 어떤 판단을 했는지 알 순 없지만 저는 아마도 앞으로 세상을 바꿀 사람이나 계기는 무자나 해자와 관련이 있다는 생각을 하고 있는데예, 김 사장님이 제웅을 활용한 유감주술을 걸 때도 그렇지만 위도활빈당을 이끌어 가실 때도 이 비결을 꼬옥 참고하셨으면 하네예! 어쩌면 선운사에 있던 후천개벽의 기운이 말사인 위도 내원암에 전해졌는지도 모를 일 아닌가예…!"

김만수는 두리번거리면서 송헌 스님의 거처를 가득 채우고 있는 탱화들을 살펴보았다. 사실 그는 그저께 밤에 꾼 악몽 속에 그미가 나타나 오늘 내원암에 찾아왔다. 그미에게 앞으로 자신의 인생을 어떻게 꾸려야 될지 몰라 상담을 받으러 온 것이다. 그미는 인생살이에 큰 도움이 될 수 있는 많은 이야기를 들려주었다. 그 가운데 선운사 마애미륵불의 배꼽에서 손화중이 꺼냈다는 비결이 그의 지친 영혼에 활기를 불어 넣었다. 그렇지만 머리가 아팠다. '무'자와 '해'자, 바다에서 떨치고 일어나 무력으로 국가를 전복 시키라는 뜻인지, 바다에서 발생할 어떤 일로 인해서 정권이 붕괴된다는 뜻인지, 그 두 글자의 참뜻을 나름대로 해석해 보자니 김만수의 머릿속은 뒤엉켰다. 선운사 마애미륵불의 비결과 서해훼리호 참사의 연관성을 따져보자니 그의 머리가 아플 지경인데, 삐삐가 울렸다. 호출을 한 사람은 이순신 같았다.

"스님, 삐삐가 와서 그러는데요. 저 전화기 좀 잠시 쓸 수 있을까요?"

송헌 스님의 양해를 구한 김만수는 수화기를 들고 파장금 동굴여관으로 전화를 걸었다.

"아니 순신이 형님, 그게 정말입니까, 최 선장님과 영범이 아버님의 시신이 정말로 객선 통신실서 발견됐냐구요…?"

김만수의 목소리는 심하게 떨렸다. 생존해서 도주했다는 최 선장과 임사공 등 서해훼리호 여객선 승무원 4명의 주검이 통신실에서 발견돼 인양됐다는 소식에 그는 꽤 흥분한 상태다.

"개새끼들, 청와대, 경찰, 검찰, 언론 이 개새끼들! 이 짐승 같은 새끼들을 어떻게 처치해야 되는 것이여, 응…? 흐으윽…!"

승무원 4명의 시신 인양 소식에 갑자기 야수처럼 돌변한 김만수의 생급스러운 언행에 송헌 스님은 적잖이 당황했다. 구겨질 대로 구겨진 얼굴로 작별 인사를 하는 둥 마는 둥 내원암을 떠나는 김만수를 배웅하면서도 그미는 여전히 당혹스런 표정이다. 하지만 김만수는 그미의 그런 안색에 신경 쓸 겨를이 없을 정도로 혼란스럽다.

12.
최 선장 생존설의
전말

"개새끼들…! 아아! 이 개새끼들…!"

좁은 산길을 절뚝절뚝 내려가는 김만수의 입에서는 육두문자가 끊이지 않는다. 이글거리는 두 눈엔 분노인지 슬픔인지 모를 감정의 파편들이 군데군데 박혀 있다.

"형실이 어머님, 춥고 답답하더라도 꾹 참으시고 꼭 극락왕생하십시오! 흐으윽…"

절뚝거리며 걷고 있던 김만수가 멈춰 선 뒤 갑자기 흐느끼며 축원한 곳은 치도리 이씨 문중의 선산 앞이었다. 왼쪽 길섶 아래 다랑논 건너 30m쯤 떨어진 야산 기슭에 제대로 멧장도 입히지 않은 봉분이 하나 있는데, 어제 오후 북망산으로 떠난 치도리 한복녀의 무덤이다.

이번 서해훼리호 참사로 위도면 치도리에서 희생된 주민은 모두

아홉 명이다. 20대에서 50대 사이의 여성 여덟 명과 남성 한 명이 참변을 당했다. 치도리는 약 100가구가 터를 잡고 사는 마을이니 열 집에 한 집꼴로 줄초상이 난 셈이다. 참사 후 어제까지 치도리 주민 다섯 명의 시신이 인양됐는데, 어제는 두 명의 망자를 북망산으로 모시는 슬픔이 있었다.

한복녀는 50대 초반의 중년 여성이다. 그미는 서울의 한 병원에서 관절 수술을 받고 입원 중이던 남편 이동복의 수술비 3백만 원을 준비해 여객선에 승선했다가 사고를 당하고 말았다. 병석에 누워 있던 이동복은 아내의 사망 소식을 듣고 아픈 다리를 끌고 정신없이 위도로 달려왔다. 어제 아내를 저승으로 보내는 길은 정말 힘겨웠다. 한 동네에서 두 집이 초상을 치르는 데다 마을 주민 대부분이 참사 현장으로 실종자 인양작업을 나간 통에 상여를 멜 상여꾼도 거의 없고 봉분을 만들어줄 사람도 부족했다. 그래서 이동복은 발인 시간이 다섯 시간이나 지난 오후 2시쯤에야 어렵게 임대한 1톤 화물차에 아내의 주검을 싣고 이곳 선산까지 운구했다. 외아들 이형실과 마을 주민 다섯 사람이 땅을 파고 펫장을 떴다. 그렇게 힘들게 장례를 치르다보니 적당히 흙더미를 쌓아 올린 뒤 주먹떼를 입힌 봉분은 초라하기 짝이 없다. 그런 사정을 잘 알고 있는 터라 김만수는 세 시간 전, 내원암에 가려고 치도리에서 깊은금리로 넘어오면서 한복녀의 봉분에 들러 술을 따르고 절을 올렸다.

"아, 씨발! 어쩌다 이런 일이, 흐으윽…!"

김만수의 눈에서는 눈물이 저절로 뚝뚝 떨어졌다. 한복녀의 외아들 이형실은 동네 후배인데, 올해 나이 스물여덟으로 아직 미혼이다. 김만수는 어젯밤 1남 3녀 중 맏이인 이형실과 밤늦게까지 소주잔을 기울였다. 환갑을 앞둔 아버지 이동복은 몸이 성하지 않고, 위도에서 고등학교를 다니는 동생도 두 명이나 되는데 앞으로 집안을 어떻게 끌어가야 될지 모르겠다며 탄식하는 이형실을 위로하자니 김만수의 가슴은 더욱 미어졌다.

1km 정도의 산길을 절뚝절뚝 걸어서 깊은금리에서 치도리로 넘어가고 있는 김만수의 눈에서는 하염없이 눈물이 쏟아져 나왔다. 앞으로 남은 인생을 이런 봉충다리로 살아가야 되는 자신의 신세도 서럽지만 이번 서해훼리호 참사로 부모나 자식을 잃은 위도 유가족들의 앞날을 생각하니 억장이 무너져 내렸다. 쏟아져 나오는 눈물을 훔치고 있는 김만수의 머릿속엔 서해훼리호 참사 이후 승무원 생존설이 불거진 뒤, 오늘 최 선장과 임사공 등 승무원 4명의 주검이 인양되기까지 이 땅의 권귀들이 벌인 마녀사냥식 허튼짓이 파노라마처럼 스치고 지나갔다.

사고 당일인 10월 10일 오후, 위도에는 최 선장이 살아있다는 소문이 퍼지기 시작했다. 다음날인 10월 11일, 전북 지역의 석간신문인 J일보는 15면에 '선장 生存해 있다 일부 주민들 주장'이라는 제목의 기사를 실었다. 사고 발생 사흘째인 10월 12일, 서울에서 발행하는 조간 H신문이 17면에 5단으로 '최 선장 살아있다'는 제목의 기사를 싣고, 구조어선에서 내려 파장금리 마을 쪽으로 걸어가는 최 선장을 봤다는 위도 주민들의 증언까지 보도했다. 이 H신문의 기사를 시작으로 거의 모든 언론은 최 선장의 거취를 확인하기 위해 야단법석을 떨었다. 기자들 사이에서는 "이제 남은 것은 최 선장의 인터뷰 뿐"이라는 말이 오갈 정도로 최 선장 생존설은 기정사실로 굳어갔다. 피 튀기는 취재경쟁을 벌이던 언론은 근거 없는 보도를 앞다투어 쏟아냈다. 심지어 승무원들이 중국 어선을 타고 필리핀이나 동남아시아로 탈출했다는 추측성 기사도 나왔다.

시민들의 무책임한 장난 전화와 허위 제보가 전국 각지에서 빗발쳤다. 심지어는 "내가 최 선장이다"라는 장난 전화를 수사당국에 거는 사람도 있었다. 어제 오후엔 최 선장을 자처하는 남자가 전주지검에 전화를 걸어 울먹이는 목소리로 "내가 최 선장인데 전주 M방송국에 가서 자수하겠다"고 밝혔다. 이 전화가 사실일 경우를 대비해 검찰은 수사관들을 방송국에 급파했지만 그 남자는 끝내 나타나지 않았다.

사고 직후, 검찰은 전주지검 정주지청에 수사본부를 차리고, 전북도경, 군산해양경찰서와 합동으로 수사를 벌여왔다. 그동안 검찰은 사고 여객선이 정원을 초과했는지, 자격을 갖춘 승무원들이 제 위치에서 근무했는지, 운항 과정에서 승무원들의 과실이 있었는지 등을 조사했다. 그러나 검찰이 가장 역점을 둔 부분은 실종 승무원의 소재 파악이었다. 승무원 가운데 일부가 살아있을 가능성이 있다고 보고 이 부문에 수사의 초점을 맞춰 왔다.

검찰과 경찰이 시급하게 실행해야 될 수사를 제쳐두고 승무원 생존설에 집착하는 바람에 최 선장 등 승무원 가족들은 엄청난 이중 고통을 당했다. 구조 작업에 나섰던 민간인들과 생존자 중 그 누구도 수장돼 있는 서해훼리호 선체 안에서 최 선장을 보지 못했다는 진술이 나오는 가운데 검찰이 최 선장 등 승무원들을 한시 바삐 검거하겠다고 설치면서 승무원 가족들 가슴에 대못을 박았다.

그들은 "차라리 그런 보도가 사실이었으면 좋겠다"고 말하는 승무원 가족들의 피눈물 나는 호소에도 전혀 귀를 기울이지 않았다. 검찰과 경찰의 허튼짓이 도를 넘자 승무원 가족들은 외부와의 접촉을 끊고 두문불출하며 울분을 삭였다. 승무원 가족들을 더 슬프고 괴롭게 한 것은 어느 순간부터 쉬쉬하면서 손가락질을 하는 위도 주민들이었다. 언론의 오보와 합동수사본부의 오판을 사실로 받아들이고 승무원들을 범죄자로 취급하는 이웃과 동네 사람들을 바라보면서 승무원 가족들은 남몰래 피울음을 삼켜야 했다.

서해훼리호 참사 엿새 만인 오늘 오후 1시 30분쯤, 최 선장은 여객선 선체 3층 조타실 뒤편에 있는 통신실에서 발견됐다. 아마도 그는 여객선 침몰 직전, 황급히 통신실로 뛰어 들어가 여객선 선사나 해경 등에 구조를 요청했던 모양이다. 그리고 나서 순식간에 휩쓸려 들어온 물살에 통신실의 출입구가 막히자 탈출하지 못하고 희생당한 것으로 보인다. 위급한 상황에서도 승객의 안전을 지키려다 죽음을 맞은 듯 했다.

생존해서 도피했다던 최 선장의 시신이 떠오르자, 언론은 갑자기 그를 책임감이 투철한 영웅으로 둔갑시켜 보도했다. 그러면서 오보의 발단이 검찰이라고 책임을 돌렸다. 오보에 대한 사과문은 독자들이 잘 알아보지 못하게 슬쩍 끼워 넣은 뒤, 풍문과 억측에 덩달아 춤을 춘 자신들의 치부는 감추기에 급급했다.

그동안 승무원들의 소재 파악에 매달려 왔던 검·경합동수사본부는 "드디어 올 것이 왔다"며 허탈하고 침통한 분위기에 휩싸였다. 그러면서 "그동안 조타실에 시체가 한 구도 없다더니 어찌 된 일이냐…? 인양본부가 일을 제대로 하지 못해 애꿎은 검찰만 얼굴을 못들게 됐다"며 참사 현장에서 목숨을 걸고 실종자 수색과 인양작업을 맡고 있는 인양본부 쪽으로 화살을 돌렸다. 합동수사본부는 이번 참사로 실종된 희생자들의 대대적인 시신 인양작업이 마무리 돼가는 오늘 오전까지만 해도 승무원들의 주검이 나타나지 않자 "애초 검찰의 수사방향이 맞았다"며 자신감을 보였다. 그러나 몇 시간도 안 돼 승무원들의 주검이 발견되자 수사의 방향을 전면 재검토하는 등 허둥대고 있다.

검·경합동수사본부장인 L부장검사는 애초 "최소한 최 선장만큼은 살아있다고 강력히 추정한다"며 "강력한 추정에 대해 98%쯤"이라고 말한 바 있다. 그렇게 호언장담했던 L부장검사는 최 선장의 주검이 발견되자 "1%의 생존 가능성만 있어도 수사하는 것이 검찰의 임무"라고 어처구니없는 변명을 늘어놨다. 결과적으로 검찰과 언론이 국민을 우롱한 것이지만, 그동안 청와대는 굿이나 보고 떡이나 얻어먹겠다는 생각으로 수수방관하는 태도를 취했다. 위도 주민들 중에는 청와대가 최 선장 생존·도피설을 막후에서 부추기고 조종했을지도 모른다고 생각하는 사람도 있었다.

사람의 눈이 다르고, 생각이 각양각색이듯 사건을 지켜봤다는 목격자들의 증언은 얼마든지 부정확할 수도 있고 틀릴 수도 있다. 더욱이 수백 명이 한꺼번에 익사한 대형 참사를 겪는 상황에서 경황이 없다보면 사람을 잘못 볼 수 있는 가능성은 높아진다. 지난 10일 파장금항에서 목격자들이 보았다는 최 선장은 위도 지서장인 장 경위일 가능성이 높다고 사람들은 얘기하기 시작했다. 장 경위는 위도 지서장으로 부임한 지 얼마 되지 않아 식도의 선주들과 선원들이 얼굴을 모를 가능성이 높았기 때문이다. 묘하게도 장 경위와 최 선장의 외모가 많이 닮았다고 한다. 더욱이 제복을 입은 최 선장과 옷차림이 매우 비슷한데, 그날 소형 선박을 타고 사고 현장을 다녀간 장 경위는 감색바지에 경찰 점퍼를 입고 있었다. 그 때문에 장 경위를 최 선장으로 오인할 수 있는 가능성이 높다는 것이다.

아무튼 언론과 당국의 서해훼리호 승무원 악당 만들기 합동작전 (?) 속에서 인당수의 말종으로 내몰렸던 7명의 승무원 중 4명이 숨진 채 발견됐다. 지난 13일 갑판원 김대호의 주검이 인양된 터라 시신이 확인된 승무원은 모두 5명이고, 2명은 아직도 실종 상태다.

"여보, 당신이 죽어가는 사람들을 놔두고 혼자 도망 칠 양반이 아니라는 걸 내가 왜 몰랐겠소! 헌데도 난 그 헛소문이 사실이길 바랐소! 근데 살아서 도망쳤다는 양반이 어찌 이렇게 죽어서 나오냔 말이요! 어쩌다 이렇게 허무하게 가셨냐고요! 흐으윽… 엉어어어…."

오후 4시쯤 남편 최 선장이 주검으로 발견됐다는 소식을 전해들은 백효심은 이렇게 통곡했다. 그미는 파장금리 최 선장 생가로 우르르 몰려든 기자들에게 그동안 억누르고 있던 불만을 아프게 쏟아 냈다.

"이것들 보시오, 기자 양반들! 어떤 분이 먼저 우리 집 양반이 살 아있다고 기살 썼는지 모르겠소만 당신들도 사람인디 사람의 탈을 쓰고 어떻게 이럴 수가 있단 말이요! 내가 그랬지요? 당신들이 시 도 때도 없이 우리 집에 찾어와서 인터뷰 좀 해달라고 떼를 쓰고 매 달리길래 우리 집 양반은 책임감이 강한 사람이라 절대 침몰허는 여객선을 버리고 도망칠 사람이 아니라고 수십 번 말을 혔는데도 당신들은 내 말을 듣지 않고 모든 책임을 우리 집 양반헌테 뒤집어 씌우지 않았소! 어떻게들 이럴 수 있단 말이요! 무슨 염치로 다시 우리 집에 찾어 왔단 말이요! 제발 부탁인디, 이제 그만들 허고 돌 아가시오! 난 당신들 얼굴만 봐도 가슴이 벌렁거리고 온 몸이 떨려 가꼬 못살겠으니… 흐으윽… 어엉어어…."

이렇게 울부짖던 백효심은 실신했다. 이번에는 어머니 백효심을 붙들고 최 선장의 둘째 딸 최현주가 울부짖기 시작했다.

"엄마! 엄마…! 제발 정신을 차려보세요, 엄마! 엄마… 얼른 정신 좀 차려 보시라구요! 엉어어어… 어엉어어…."

잠시 후 백효심의 정신이 돌아온 뒤에도 최현주의 곡소리는 그치 지 않았다. 그미는 마당에 서 있는 기자와 경찰 등을 향해 사나흘 동 안 참고 있던 울분을 토해내기 시작했다.

"얼른들 돌아가시오! 마당에 계신 기자들, 경찰들, 검찰들, 당신 들은 정말 꼴도 보기 싫으니 얼른 돌아들 가시오! 그동안 우리 가족들 문밖출입도 못하고 집안에 틀어박혀 있었는데, 그게 다 당신들 때문 아닌가요…? 당신들 때문에 우리 아빠는 두 번씩이나돌아가셨잖아요. 만약 오늘 시신이 발견되지 않았다면 우리 아빤 억울한 누명을 쓴 채 두 번씩이나… 아빠! 흐으윽… 아빠…! 우리 가족들 앞으로 어떻게 살아요! 엉어어어… 아빠아….”

최 선장의 집에서 통곡이 흘러나오자 집밖에 있던 위도 주민들도 저마다 눈물을 훔쳤다.

“씨발, 산 사람만 명예가 있는 것이 아니라 죽은 사람도 명예가 있는 것 아녀?”

“그러게 말여라우, 산 사람만 명예가 있는 것이 아니고 죽은 사람도 명예가 있는 것잉게, 숨진 승무원들 명예는 어찌기 히서라도 회복 시켜줘야 되는 것 아닐꺼라우…!”

위도 주민들은 검찰과 언론이 두 번 죽인 승무원들의 명예를 회복시켜야 된다고 입을 모았다.

“아니 근디, 최 선장 시신을 찾았담서 얼로 모신 것이여? 위도로 모시고 오는 것이여, 아니믄 군산으로 모시고 가는 것이여?”

“아까 대관이가 그러던디요, 해경 함정에 실려 군산항으로 모신다고 허던디요.”

“아니 파장금 집으로 모시믄 될 것이지 좆빨 났다고 군산으로 모셔가!”

“그러게 말여라우, 아이고 씨부럴 새끼들, 참말로 오함말 듣고가서 대갈통들을 뿌숴 버릴 수도 읎고…!”

위도 주민들이 최 선장 생가 앞 골목길에 모여 이렇게들 울분을 달래고 있는 참인데, 대문을 열고 집안에서 최현주가 소반에 차린 사잣밥을 들고 나왔다.

"아니 현주야, 사잣밥은 언지 준빌 했다냐?"

"엄마가 말씀하셔서 사고 다음 날 준빌 해뒀네요…!"

사잣밥은 초상집에서 죽은 사람의 넋을 부를 때 저승사자에게 대접하는 밥이다. 위도에서는 보통 밥 세 그릇, 국 세 그릇, 그리고 몇 가지 반찬을 채반 등에 차려서 집안에 놓고 절을 올린 뒤 집밖 고샅이나 부둣가 등지에 내다 버린다. 그러면 동네 가축이나 날짐승들이 먹어 치우곤 한다. 이런 사잣밥을 최 선장의 아내 백효심은 참사 다음 날, 위도로 들어 온 자녀들에게 미리 준비해 놓으라고 조치했다. 남편 최 선장이 서해훼리호와 함께 인당수에 수장됐다고 확신했기 때문이다. 오늘 최 선장의 시신이 발견 되었다는 기별이 오자 그미는 사잣밥을 집안 거실에 차렸다. 가족들과 함께 소반 위에 차려진 사잣밥에 절을 올렸다. 그 사잣밥을 파장금항 여객선 선착장에 갖다 놓으려고 최현주가 들고 나온 것이다.

"현주야, 사잣밥 내가 들고 갈 텐게 그 소반 이리 도라!"

오세팔의 처 최지미가 소반을 받아 두 손으로 들고 앞장을 섰다. 그 뒤를 최현주가 따랐다.

"아이고 아이고 기술이 아빠, 나는 나는 인자 어찌기 산단 말이요! 에리디 에린 우리 새끼들 사남맬 뎃고 난 앞으로 어찌기 산다요! 기술이 만술이 아직 장개도 못 갔고, 영애 순애 아직 고등학교 졸업도 못 시켰는디, 당신도 읎이 나 혼자 에린 자식들을 어찌기 키운단 말이요. 엉어어어…! 어엉어어어…!"

파장금항 선착장 근처에서는 어제 장례를 치른 시름리 홍길수의 아내가 가족들과 함께 진혼굿을 올리고 있다. 굿상 뒤엔 망자가 저승길을 갈 때 신고 갈 새 구두 한 켤레와 새 양복 한 벌이 놓여 있다. 굿상 옆에 앉아 징을 두드리며 굿을 주재하고 있는 만신의 염불소리는 점점 커졌다. 서해훼리호 참사로 이승을 떠난 망자의 넋을 인당수에서 건지기 위해 애를 써보지만 탐욕의 바다에 빠진 뒤 금수들에게 물어뜯긴 망자의 영혼이 쉽게 물 밖으로 걸어 나오지 못하는 모양이다.

"유왕님네 유왕님네, 지발 부탁이니, 우리 집 양반 심청이 빠져 죽은 인당수서 불귀의 객이 되었는디 속히 그 슬픈 넋을 불러내서 손톱만큼도 이승에 남긴 한이 없도록 달래주시고, 돈이 읎어도 사는 것이 팍팍허거나 옹삭허지 안코 베슬이 없어도 넘헌티 괄세 받지 않는 좋은 시상으로 꼭 쫌 천도혀 주시오! 우리 집 양반 이승서는 참 얼메나 서럽기 살았는지 눈도 못 감고 죽었소만 저승서는 꼭 쫌 넘헌티 기죽지 않고, 돈 때문에 허덕거리지 않게 살도록 혀주시오…! 유왕님네 유왕님네, 이렇기 빌고 또 비오니 지발 우리 기술이 애비 쫌 극락왕생허게 혀주시오…! 흐으윽, 어엉어엉…!"

홍길수의 아내가 무릎을 꿇고 두 손을 싹싹 비비며 유왕님전에 축원하고 있다. 위도에서 유왕님은 용왕님을 대신하는 해신(海神)이다.

"현주야, 인자 고만 가자…!"

파장금항 여객선 선착장 한 귀퉁이에 창호지를 펴고 소반 위에 있던 사잣밥을 펼쳐 놓은 최지미가 서둘러 집으로 돌아가자고 최현주를 독촉했다. 하지만 최현주는 서해훼리호 희생자 홍길수의 넋을 건지고 영혼을 위로하는 진혼굿에 정신이 팔려 있다.

"얼른 가잔 말이다. 넉 오메 눈이 빠지게 지둘리고 있을 텐게 언능 가자고…!"

"언니, 우리도 아빠 진혼굿을 저렇게 해드려야 헐 턴디, 흐윽 흐으윽, 아빠…! 엉어어어…!"

최현주는 파장금항 방파제 너머의 인당수를 바라보며 울부짖기 시작했다. 그미를 달래며 눈물을 훔치던 최지미는 소반에 있던 밥그릇, 국그릇 등에 남아 있는 음식 찌꺼기를 손으로 훑어 선착장 밑 바다에 버렸다. 그러자 갈매기 10여 마리가 그 사잣밥 찌꺼기를 쪼아 먹으려고 우르르 날아들었다.